花明かり

深川駕籠《かご》

山本一力

祥伝社文庫

もくじ

一ッ目之橋
竪川
新辻橋
二ッ目之橋
三ッ目之橋
四ッ目之橋
大川
大横川
新大橋
水戸屋敷
小名木川
扇橋
万年橋
仙台堀
深川佐賀町
亀久橋
深川平野町
八幡湯
富岡八幡宮
深川黒江町
永代寺
門前仲町
黒船橋
桜並木
弥助桜
佃町
蓬莱橋
千住
三ノ輪
坂本村
吉原
今戸
入谷
日本堤
浅草寺
大川
本所
深川

本書関連地図

北
西
東
南
神田川
蔵前
両国橋
御城
親仁橋
万橋
浜町
栄橋
吉羽屋
思案橋
富沢町
駿河町
室町
小網町
浜町河岸
道三堀
杉浦屋
海賊橋
花椿
永久橋
日本橋
茅場町
箱崎町
蛎殻町
岡本
崩橋
豊田屋
北新堀町
楓川
豊海橋
三ノ橋
京橋
永代橋
尾張町

挿画／原田維夫
題字／日野原牧
図版／三潮社
装幀／かとう みつひこ

花明かり

一

深川大横川《ふかがわおおよこがわ》沿いの土手には、江戸で一番の遅咲きで知られた桜並木があった。

江戸の花見の名所は、一に飛鳥山《あすかやま》、二が上野《うえの》の山と、向島《むこうじま》の大川端《おおかわばた》だと称された。

飛鳥山も向島も、いまから六十年前の享保《きようほう》時代に、八代将軍吉宗《よしむね》が命じて植樹させた桜である。

「数十年を経《へ》たのちには、かならずや桜の名所として、ひとの目を楽しませることであろう。さすれば見物客も集まり、土地の者の暮らしも潤《うるお》う」

吉宗が思い描いた通りとなった。いまでは飛鳥山も向島も、毎年の桜の季節には江戸中から花見客が集まった。

江戸の桜は、深川の一カ所だけをのぞいて、ほぼ同じころにつぼみを膨《ふく》らませた。

そして二分咲き、三分咲きと続き、いきなり満開を迎える。

芭蕉《ばしよう》の高弟、服部嵐雪《はつとりらんせつ》門下の雪中庵蓼太《せつちゆうあんりようた》は、
世の中は三日見ぬ間に桜かな
と詠《よ》んだ。それほどに、桜はいきなり咲き、そしていさぎよく、あっぱれに散っ

花吹雪のあとは、若葉が陽を浴びて輝く。初夏を思わせる陽気がおとずれると、見《み》栄《え》っ張りの江戸っ子は、初鰹《はつがつお》に有り金を叩《はた》く。

毎年三月初旬から四月初めにかけて、江戸で繰り返される風物詩である。ところが深川の大横川沿いの一角だけは、いささか様子が違った。

大横川に架かる黒船橋《くろふねばし》を西の端として、東に向けておよそ二町《ちょう》（約二百十八メートル）。この長さの土手に、四十本ずつの八重桜《やえざくら》が植わっている。

土手は大横川の両側に築かれており、桜の数も四十本ずつが、両岸に等しく植えられていた。

北岸の四十本は、江戸の他の名所と同じ時季に、いきなり花を咲かせた。まさしく雪中庵蓼太が詠んだがごとく、三日見ぬ間に咲き、そして散った。

ところが南岸の八重桜四十本は、対岸の満開には知らぬ顔を決め込み、つぼみを膨らませることすらしなかった。江戸中の桜が若葉に変わったころに、ようやくつぼみを膨らませるのだ。

「深川の自慢は、毎年春に二度の花見ができることさ。こんなことは、飛鳥山でも、上野の山でもできねえだろうよ」

土地の者は、胸を張って自慢した。それも道理で、大横川沿いの土手の一角では、北岸・南岸で別個に、二度の花見が楽しめた。

いつ花が見ごろになるのか。

深川っ子には、このことが三月で一番の気がかりなのだ。南岸の桜はまことに気まぐれで、つぼみの膨らむ時季が毎年異なる。

桜並木の続く土手と町木戸を接するのは、深川佃町《つくだちょう》だ。町の肝煎《きもいり》五人のうち、ふたりが花咲きの検分役として、時季が近づくと毎朝つぼみの膨らみ具合を見て回った。

「どうだい、与兵衛《よへえ》さん。そろそろいいんじゃないか」

「いや、まだ決めるのは早い。もう一日、様子を見よう」

肝煎ふたりは晴れても降っても、明け六ツ（午前六時）早々に桜のつぼみを吟味《ぎんみ》した。

天明《てんめい》八年（一七八八）三月二十三日、朝五ツ（午前八時）。

『今年二度目の花見どきは、三月二十六日』

肝煎が墨文字で書いた立て札が、佃町の木戸わきに立てられた。

「佃町に札が立ちやしたぜ」

立て札の一件は、その日のうちに青物や豆腐《とうふ》、魚などの棒手振《ぼてふり》（担《かつ》ぎ売り）連中が、各町の裏店《うらだな》に触れて回った。

「今年はいつなのさ」

「二十六日」

「そいじゃあ、しあさってってことだね」

棒手振から聞かされた日を、女房連中はその日の晩飯どきに亭主に伝えた。

「めえったなあ。その日は棟上《むねあげ》だぜ」

「だったら、次の日に見に行けばいいじゃないかね。二日や三日は持つからさあ」

「ちげえねえ」

三月二十三日の深川各町は、夜更けまで、遅咲き桜の話で持ちきりとなった。

二

三月二十五日、朝五ツ。気持ちよく晴れた東の空には、昇る途中の天道《てんとう》がいた。

朝の陽差しは、木兵衛店《きへえだな》の木戸に接する質屋の土蔵を照らしている。漆喰《しっくい》の白壁にはじき返された光は、裏店の井戸端を明るく照らしていた。

「新太郎、起きてるか」

腰高障子戸《こしだかしょうじど》の前で、木兵衛は一度だけ呼びかけた。壁板には、駕籠《かご》が立てかけてある。ふたりがなかにいるのは明らかだった。

一度呼びかけたあと、木兵衛は内側からの返事を待つでもなく、さっさと障子戸に手をかけた。新太郎たちは、宿の戸に心張り棒をほとんどかわない。それを分かっている木兵衛は、遠慮のない手つきで戸を開いた。

土間に入ると、大きないびきが聞こえた。大男ふたりが大の字になって、眠りこけている。土間の真ん中に立った木兵衛が、強い舌打ちをした。

「おい、新太郎、尚平《しょうへい》」

呼びかけても、いびきはやまない。

「もう五ツだ。いい加減に起きたらどうだ」

木兵衛が二度声をかけたが、ふたりともまるで起きる気配がない。いつもなら、一度の呼びかけで、尚平はすぐさま目覚めた。

ところが今朝は、新太郎に負けない大きないびきをかき続けた。

「まったくしょうがないやつらだ」

目一杯に顔をしかめた木兵衛は、井戸端のがらくた捨て場から、大穴のあいた鍋《なべ》を手にして戻ってきた。鋳掛屋《いかけや》（鍋釜《かま》の修繕屋）でも直しようのない大穴で、捨てるしかない鍋である。

木兵衛は土間を見回した。へっついの下には、薪《まき》が積み重ねられている。一本の薪を手にすると、新太郎の耳元に近寄った。

「新太郎、起きろ」

穴のあいた鍋を薪でぶっ叩《たた》きながら、もう一度大声を発した。

「なんでえ、どうしたんでえ」

新太郎と尚平が、同時に飛び起きた。目をこすった新太郎は、間近に立っている木兵衛を見た。

たちまち、顔をしかめた。

「なんだ、その顔は」

木兵衛が口を尖《とが》らせたが、新太郎は目を逸《そ》らせて取り合わなかった。

「何日も宿をあけっぱなしにして、いったいどこをほっつき歩いていたんだ」

木兵衛は本気で腹を立てていた。

二十三日におゆきを助け出したあと（『お神酒徳利《みきどっくり》　深川駕籠』〈祥伝社刊〉参照）、ふたりは坂本村《さかもとむら》のおゆきの店に泊まった。木兵衛店に戻ってきたのは、昨夜の四ツ

（午後十時）前である。

おゆきがかどわかしに遭《あ》ってからは、新太郎も尚平も、まったく木兵衛と顔を合わせていなかった。宿をあけたのは二十三日のひと晩だけだが、木兵衛は留守続きだったと思い込んだのだろう。

「よそに泊まるときは前もって聞かせろと、なんべん言えば分かるんだ」

「すまねえ、うっかりしちまって」

新太郎がめずらしく、素直に詫《わ》びた。朝の寝起きから、いつまでも揉《も》めていたくなかったからだ。相手にあっさりと詫びられて、木兵衛は拍子《ひょうし》抜《ぬ》けしたような顔になった。

「それで……なにかご用ですかい」

大あくびのあと、新太郎が問いかけた。

「佃町の遅咲き桜が、今年は明日からが見ごろとなった」

「そうか……もうそんな時季だったか」

おゆきの騒動に気を取られて、新太郎も尚平もすっかり桜のことは忘れていた。

「そいじゃあ、明日が花見てえことで？」

新太郎が顔をほころばせた。木兵衛は渋い顔でうなずいた。

「明日は朝から仕度《したく》が忙しい。おまえたちも明日は一日仕事休みにして、しっかりと手伝ってくれ」

「がってんだ」

立ち上がった新太郎は、掻巻《かいまき》を脱ぎ捨てた。肌着はなにも着ておらず、木綿《もめん》のふんどし一本だけである。このふんどしは、尚平と揃《そろ》いでおゆきが用意していたものだ。

小便がたまっている新太郎は、ふんどしの前が威勢よく膨らんでいる。新太郎の股間を見せつけられた木兵衛は、ふんっと鼻を鳴らして土間から出た。

「明日の花見は、おゆきさんも誘ったらどうでえ」

「そっただこと……」

尚平は歯切れのわるい応じ方をした。

二十三日の夜は、おゆきと尚平はひとつの部屋に寝た。そのあとでも尚平は、おゆきには余所《よそ》行きの言葉遣《ことばづか》いをしている。

新太郎に対して見せる遠慮も相変わらずだ。

「なにが、そんなことなんでえ。おめえが声をかけりゃあ、おゆきさんだって大喜びするだろうがよ」

新太郎が強く言っても、尚平は口をつぐんだままである。

「しゃあねえやろうだ、まったく」

呆《あき》れ顔になった新太郎は、用足しをするために土間におりた。前を膨らませたまま、ふんどし一本で外に出ようとしていた。

「おめ、そんな格好で出るでねって」

尚平が大慌《おおあわ》てで搔巻を放り投げた。

「おらがいねと、おめはとってもひとりでは暮らせねべ」

「ばかいうんじゃねえ」

乱暴に言い残して、新太郎は障子戸を開いた。外に出たとき、新太郎の目は曇っていた。

尚平がおゆきと所帯を構える日を、身近に感じたがゆえだった。

三

うまい具合に、三《み》ノ輪《わ》までの客を乗せた新太郎たちは、九ツ（正午）過ぎに坂本村の近くで客をおろすことができた。

「都合よく三ノ輪にきたてえのは、おゆきさんとこに行けというお告げだぜ」

尚平の返事を待たず、新太郎は空駕籠《から》で坂本村まで走った。昼の時分で、店は近在の客で一杯だった。

「ひなたぼっこしながら待ってらあ」

ふたりは店の前を流れる小川の岸辺に座った。空は高く晴れ渡っており、陽を浴びた野草の緑色がまぶしい。田んぼのあぜ道には薄桃色や紅色《べにいろ》のれんげの花が、群れになって咲いていた。

「おい、新太郎」

尚平が新太郎の足元を指差した。四尺《しゃく》（約一・二メートル）近い青大将が、身体をくねらせて這《は》っている。うわっと声をあげて、新太郎が飛びのいた。

ことのほか蛇が苦手《にがて》な新太郎は、岸辺に戻ろうとはしない。

「あいつら、なんもわるさはしねって」

「そんなこたあ、どうでもいい」

「だったら、ここきて座れ」

尚平が何度勧《すす》めても、新太郎はいうことをきかない。

「焼いてくったら、うなぎみてにうめえど」

「ばかやろう。よくもそんなことを……」

口を尖らせているとき、おゆきがふたりを呼びにきた。

「ちょっとわけのあるひとと相席《あいせき》になるけど、いいかしら」

「おれっちなら、構うこたあねえぜ」

青大将のことはおくびにも出さず、新太郎は調子のよい物言いで応じた。

「ごめんなさいね」

詫びながらおゆきが案内したのは、木兵衛よりも年配の男が、ひとり座っている卓だった。

「庄兵衛《しょうべえ》さん、相席させてもらいますね」

おゆきが少し大声で断わりを言った。庄兵衛はうつろな目でおゆきを見ただけで、返事はしなかった。

新太郎と尚平が座っても、庄兵衛は見ようともしない。卓にはすでにどんぶり飯、味噌《みそ》汁、アジの干物、いんげん豆の煮物が出されていた。飯と味噌汁からは湯気が立ち昇っているが、箸《はし》をつける様子は見えなかった。

おゆきは大急ぎで調理をしたのだろう。ふたりの昼飯は、さほど間をおかずに供された。

庄兵衛と同じ献立《こんだて》だが、新太郎の盆には生卵が加わっている。熱々の飯に生卵をかけるのが好物だと、おゆきには分かっていた。

近所の農家が放し飼いにしているにわとりが、今朝産んだばかりの卵である。殻《から》はざらざらしており、見るからに新しい。

「いただきます」

新太郎が大声を出しても、目の前の庄兵衛は相変わらずぼんやりと座っているだけだ。新太郎は空の小鉢《こばち》に卵をぶつけた。

「おっ……こいつあ、ありがてえ」

「どうした、新太郎」

「黄身が双子だぜ」

新太郎が卓に置いた小鉢には、黄身がふたつの卵が入っていた。うつろだった庄兵衛の目が、卵を見るなり涙をあふれさせた。いい歳《とし》をした年寄りが、新太郎の前で大粒の涙を流している。

「どうかしやしたかい?」

庄兵衛の様子が気になった新太郎は、相手の顔を下からのぞき込んだ。

「うちの婆《ばあ》さんも、卵に黄身がふたつ入っていると大層《たいそう》に喜んだもんだった」

庄兵衛は上下とも歯がよくないらしい。しゃべると、歯の隙間《すきま》から息が抜けた。

新太郎は顔つきを引き締めて、尚平と目を見交《みか》わした。庄兵衛は連れ合いをなくして、飯も喉《のど》を通らないのだと思ったからだ。

「元気を出してしっかり食べないと、およねさんの世話ができなくなりますよ」

流し場から出てきたおゆきは、明るい声で庄兵衛に話しかけた。見当が大外《おおはず》れとな
った新太郎は、きまりわるそうな顔でうつむいた。

「なんか言わねで、えがったな」

「うるせえ、ばかやろう」

小声で応じた新太郎は、小鉢の卵をかき混ぜた。

「あんまり混ぜ過ぎないほうが卵はうまいと、婆さんがいつも言うとった」

「そんな哀《かな》しそうな言い方ばかりしていたら、ひとはおよねさんがどうかしたのか
と、勘違いしますよ」

おゆきは庄兵衛の物言いをたしなめて、流し場に戻った。

「せめてもういっぺん、およねの好きだった桜を見せてやりたかった……」

おゆきに言われても、庄兵衛の物言いは変わらない。物悲しげに言ったことを聞い
て、卵を混ぜる新太郎の手が止まった。

卓の向かいに座っているのは歯の抜けた様子といい、丸くなった背中といい、どこにでもいそうな年寄りだった。

連れ合いに先立たれたかのような物言いをするのも、同じ年配の男にはめずらしくなかった。

分かっていながら、新太郎の手が止まった。

庄兵衛が心底、連れ合いを大事に思っていると、物言いから察せられたからだ。

ことによると古女房は粋筋《いきすじ》の女で、この爺《じい》さんも昔は色里で名を売ってたってか？

新太郎に勝手なことを思わせるなにかが、庄兵衛から滲《にじ》み出ていた。

高い空にはひばりが番《つがい》で飛んでいる。鳴き声が、店の土間にまで流れ込んできた。

四

庄兵衛がおゆきの店に出かけてから、かれこれ四半刻《しはんとき》（三十分）が過ぎていた。喉に渇《かわ》きを覚えた女房のおよねは、寝返りを打って枕元を見た。

土瓶《どびん》は流しだったねえ……。

およねの目が曇った。軽いため息をつき、口のなかに唾《つば》をためようとした。しかしうまくは運ばず、喉の渇きは癒《い》えなかった。

およねが寝ている六畳間は、南の端に構えられていた。水のある流し場は、杉板の廊下を七間《けん》(約十二・六メートル)進んだ先の、土間の一角だ。が、流し場に向かうには、板の間から土間におりなければならない。

板の間は、土間から二尺(約六十センチ)近くも持ち上がっている。足の自由が、あまりきかないおよねには、土間にひとりでおりるのは難儀だった。

それでもおよねは、両手を使ってずるずると廊下に這い出した。それほどに、喉の渇きは激しかったのだ。

土間におりる手前には、十二畳大の板の間が構えられている。そこには囲炉裏《いろり》が切られていた。庄兵衛が座る正面の『横座《よこざ》』には、壁際《かべぎわ》に竹筒が二本立てかけてあった。

酒と水とが、別個の竹筒に入っている。酒の竹筒は囲炉裏にさして、燗酒《かんざけ》を拵《こしら》えた。もう一本の水の筒は、竹の香りが移った井戸水を味わうためである。

庄兵衛は毎朝、筒の水を入れ替えていた。

あの竹筒なら、手にとることができる。

そう判じたおよねは、両腕に力をこめて囲炉裏端へと這った。わずか一間(約一・

八メートル）を這っただけで、息が上がった。

ふうっ。ふうっ。

浅い息を吐きながら、およねは廊下を這った。何度も止まり、その都度《つど》荒い息を繰り返した。そしてまた、腕を動かして前に前にと這った。

囲炉裏まで、残り四間（約七・二メートル）まで進んだ。腕を突っ張って上体を反《そ》り返らせたおよねは、深い息を吸い込んだ。

ふうっと音を立ててすっかり吐き出すと、前方の板の間を見詰《みつ》めた。土間越しに、外の光が差し込んでいる。

あと四間這えば、水が呑《の》める……。

およねの細い腕に力がこめられた。

五

およねが二年前の秋に寝ついて以来、朝夕の食事の仕度は庄兵衛が受け持った。

が、昼飯はおゆきの店で摂《と》るのが、庄兵衛の決め事だった。

「おひるぐらいは外に出て気晴らしをしないと、あんたの身体が持たないから」

およねは外食を強く勧めた。庄兵衛が断わると、およねは手を合わせて懇願《こんがん》した。

「あんたに元気でいてもらわないと、あたしも生きてはいけなくなるから」

庄兵衛が達者でいるのは、つまりはふたりのためだとおよねは強く迫った。庄兵衛は渋々《しぶしぶ》ながらも連れ合いの言い分を受け入れた。

おゆきの店で食事を摂ったあとは、自分が食べたものと同じ品をおよねのために持ち帰った。そして庄兵衛が茶をいれて、およねはひと足遅い昼飯を摂った。

いつもの庄兵衛なら、出かける前には土瓶にたっぷりと水を汲《く》み入れて、およねの枕元に置いた。水が呑みたくなったときには、寝返りを打って手を伸ばせば、およねは自分ひとりで水を呑むことができるからだ。

しかしこの日は、朝からおよねの体調がよくなかった。

「あんた……」

「また、もよおしてきたのかい」

「すまねえ」

「遠慮なんか、いらないから」

およねは夜明けから四半刻おきに、かわやに連れて行ってほしいと頼んだ。

「今日は、土瓶を枕元に置かなくていいよ」

うっかり水を呑むと、またもや小便をもよおすかもしれない。それがいやで、およねは土瓶を枕元から遠ざけてくれと頼んだ。

「だったら今日は、おゆきさんとこに行くのをやめるさ」

「それはだめだって」

およねは両目を深く曇らせた。

「あんたが出られないかと思うと、あたしのほうが気詰まりだから」

およねは庄兵衛を無理やり外に出した。

「なんかあったら、鳴子《なるこ》の紐《ひも》を引っ張っておせえてくれや」

おゆきの店に出かける前に、庄兵衛は何度もそのことを念押しした。

およねひとりを残して庄兵衛が外に出るのは、おゆきの店に行くときと、藁《わら》を集めに近所の農家に出向くときだけだ。

おゆきの店までは、一町（約百九メートル）足らずの隔《へだ》たりだし、農家の庭先までも似たようなものだった。

自分が外に出ているときに、およねにもしものことが起きたら……。

それを案じた庄兵衛は、物干し場のわきに鳴子を吊《つ》り下げた。そして鳴子に結んだ紐を、家中に張り巡らせた。

「なんかあったら、この紐を引っ張れ」

庄兵衛が試しに紐を引くと、二十個の鳴子がカタカタと大きな音を立てた。鳴子の備えがあることが、庄兵衛には大きな安心感をもたらしてくれた。

水が呑みたい一心で、およねは五度も廊下で止まったものの、なんとか囲炉裏端まで這ってくることができた。

やっと水が呑める。

竹筒はいつものように、壁際に立てかけてあった。囲炉裏には炭火が埋《い》けられている。うっかり炉辺《ろへん》の藁などに燃え移らないように、炭火には灰がかぶせられていた。それでも、じわじわと熱は伝わる。自在鉤《じざいかぎ》に吊るされた鉄瓶の口からは、弱い湯気が立ち昇っていた。

およねは壁際に這い寄り、竹筒をしっかりと握った。が、すぐに顔つきが大きく曇った。

今日に限って庄兵衛は、竹筒に水を汲み入れてはいなかった。酒の筒も空である。さらにおよねは、激しい渇きに襲いかかられた。囲炉裏端を見回したが、水の入った器《うつわ》は皆無だった。

湯気を立ち昇らせている鉄瓶だけが、唯一《ゆいいつ》の水分の在り処《ありか》だった。しかし鉄瓶には、どうやっても手は届かない。第一、湯気の立っている鉄瓶など、身体の自由のきかないおよねに持てるわけがなかった。

平常のときならおよねもそう判じて、鉄瓶に手を伸ばそうなどとは思わなかっただろう。

いまは、喉の渇きに激しく責められていた。なんとかならないものかと、囲炉裏端を見回した。

庄兵衛は、囲炉裏端でわらじを拵えるのを生業《なりわい》としていた。およねの身体が自由に動いていたときには、およねもわらじ作りに励んだ。藁から細い縄をなうのは、庄兵衛よりもおよねのほうが上手だった。

わらじは一足十六文《もん》で仲買人に卸《おろ》すのが、坂本村の相場である。ところがおよねの編《あ》んだわらじには、一足二十六文の値がついた。十文も高値で買い取られたのだ。

足の自由がきかなくなったいまも、およねは折りに触れて庄兵衛のわらじ作りを手伝った。拵えるのではなく、わらじの紐の結《ゆ》わえ方を伝授し、吟味するのだ。

およねの手助けが効《こう》を奏《そう》し、庄兵衛が作るわらじは一足二十文で買い取られた。

囲炉裏端の隅《すみ》には、わらじ作りの道具が積み重ねられていた。およねは長さ一間の物差しを手に取った。竹でできている物差しは、しなりはしても容易には折れない。
その物差しで、自在鉤に吊り下げた鉄瓶を取ろうと考えたのだ。端《はし》を強く押して、
およねは物差しが丈夫であることを確かめた。使い込まれた物差しは、ミシミシッと
軋《きし》みはしたが、折れる気遣いはなかった。
うまく取れますように……。
強く念じながら、物差しを伸ばした。

六

新太郎は、どんぶり飯を二杯もお代わりした。どんぶり飯一杯につき、生卵をひと
つ。醬油《しょうゆ》をかけただけで、おかずは一切口にしない。味噌汁すら呑まずに、一気に
平らげた。
「もっとよく嚙《か》んで食わねと、腹こわすことになるど」
「その通りだ。うちの婆さんも、いっつもわしに同じことを言うとった」
歯の調子がわるく、しゃべり言葉のところどころから、息が漏れた。
新太郎と尚平が並んでおり、向かい側には庄兵衛がひとりで座っていた。

「ところで庄兵衛さん……」

手つかずだった味噌汁を食べ終えた新太郎は、椀《わん》を卓に戻してから庄兵衛を見た。

「さっき口にしてた、もういっぺんおよねさんに桜を見せたかったてえのは、どういうことなんでさ」

「言った通りだよ」

庄兵衛も味噌汁の椀を卓に戻した。今日の味噌汁の具は、ワカメと油揚げである。庄兵衛の椀の縁《ふち》には、食べ損《そこ》ねたワカメの切れ端が張りついていた。

「うちの婆さんは、滅法《めっぽう》な桜好きでね。つぼみがはじけると、まったく落ち着かなくなるでよ。花が咲いたあとは、桜吹雪で散ってしまうまで、見たい、見たいの毎日だ」

「庄兵衛さんは、およねさんと連れ立って花見に出かけるんですかい」

軽い調子で訊《き》いてから、新太郎はおのれの口が滑《すべ》ったことに気づいた。昼飯を食べながら、およねの足は調子がよくないと聞かされたばかりだった。

「つまらねえことを言っちまった」

新太郎は両手を卓に載《の》せて、あたまを下げた。意地っ張りだが、おのれに非があると分かったときの新太郎は、いさぎよく詫びた。

「気にしなくていい」

庄兵衛の物言いには新太郎も尚平も驚いた。

長屋差配の木兵衛を思わせるような、年配者の芯《しん》の強さを感じさせられたからだ。

庄兵衛は新太郎にあたまを上げさせた。

「見ず知らずのあんたらに、いきなり身の上話をしたこっちがよくねっから」

気にするなと言いながらも、庄兵衛の物言いは、どこか寂《さび》しそうだった。

「なんだって庄兵衛さんは、もういっぺんと、数に限りをつけなさるんで」

庄兵衛は思案顔になった。答えたものかどうかと、考え込んでいるのだろう。

「ことによると……」

新太郎はそれ以上は口にせず、庄兵衛を見詰めた。庄兵衛は思いを定めたような顔でうなずいた。

「桜が散ってから、婆さんの容態がよくねえんだ」

「そんなことは、言いっこなしですぜ」

新太郎は上体を、卓の上に乗り出させた。

「およねさんは身体の具合がわるいんじゃなしに、足の自由がきかねえだけだと、庄兵衛さんはそう言ったじゃありやせんか」

「確かにそう言ったがさ……」

日に日に、元気がなくなってきているとつぶやいた。

「今日は今日で、朝から何度も小便に行きたがるからよ」

「いまもですかい？」

庄兵衛は、力のないうなずきを見せた。

「ひとりでは行けねえからって、枕元に水を置かずに出てきたがね」

新太郎と尚平は、返事ができずに黙っていた。庄兵衛は湯呑みに手を伸ばした。

まさに、そのとき。

カタ、カタ、カタ、カタ……。

差し迫った音で、鳴子が鳴った。

顔色の変わった庄兵衛は、店から飛び出した。あとを新太郎と尚平が追っていた。

七

這いつくばったおよねの目に、強い怯《おび》えの色が浮かんでいた。

膝元には、二つに折れた竹の物差しが転がっている。赤く熾《お》きていた囲炉裏の炭火には、引っくり返った鉄瓶の湯がかぶさった。

ジュジュジュッ。

強い音を発して、炭火は一気に消えた。火事の心配はなくなったが、すさまじい灰《はい》神楽《かぐら》が立った。

灰がおよねの髪、首筋、着ているものにかぶさった。のみならず、両方の目に群れになって飛び込んだ。

ゴホゴホッと、およねはひどく咳《せ》き込んだ。口のなかにも、細《こま》かな囲炉裏の灰が入ったからだ。

目を開けようにも、痛くて開けられなかった。両手で目を拭《ぬぐ》おうとしたら、手の甲《こう》についていた灰が、さらに目に入った。

とめどなく涙がわきあがってくる。それに加えての、ひどい咳き込みだ。およねは目を閉じたまま、身体をふたつに折った。

咳はやまなかったが、背筋と両腕を懸命に伸ばして鳴子の紐をさがした。壁をまさぐっているうちに、右手が紐を探り当てた。

およねは、紐も切れよとばかりに強く引っぱった。

カタ、カタ、カタ……。

鳴子が軽《かろ》やかな音を立てた。およねの耳には、鳴子が力強い助っ人の足音に聞こえた。

ふうっ……。

ようやく吐息を漏らしたおよねは、さらに紐を引いた。鳴子が鳴り続けた。

「およねさん、なにがあったんでえ」

最初に飛び込んできたのは、新太郎だった。囲炉裏の周《まわ》りの灰神楽は、まだ収まってはいない。土足のまま板の間に飛び上がった新太郎は、およねの身体を抱え上げた。

ゴホゴホッと強く咳き込んだが、およねの顔から怯えの色は消え去っていた。

新太郎より一足遅れて、庄兵衛と尚平が土間に駆け込んできた。尚平は老いた庄兵衛を気遣い、駆ける足取りを加減していた。

新太郎に抱えられた連れ合いを見て、庄兵衛は息を呑んだ。髪も顔も、灰をかぶってひどい有様《ありさま》だ。いまにも逝《い》きそうな危篤《きとく》の病人に見えた。

「どうした、およね」

庄兵衛はかすれ声で話しかけて、およねの手を強く握った。意外にも強い力で、およねは握り返した。

庄兵衛の顔つきが、わずかに明るくなった。

「見た目はひでえが、灰神楽を浴びただけだ。拭い去ったら、どうてえことはねえ」

抱いた手ごたえで、新太郎はおよねの無事を察していた。

「庄兵衛さんとこには、内湯の備えがありやすかい？」

問われた庄兵衛は、怪訝《けげん》そうな顔つきでうなずいた。

江戸の町中は、商家といえども敷地が狭くて湯殿を構えるのは難儀《なんぎ》だった。ましてや長屋暮らしの者には、内湯などは論外である。だれもが銭湯で身体の汚れを流した。

坂本村は浅草《あさくさ》にも吉原《よしわら》にもわけなく行けるが、御府内《ごふない》の外だ。江戸市中の住居に比べて、地べたはふんだんに使うことができた。

藁葺《わらぶ》き屋根の農家でも、湯殿と、広い流し場を建家《たてや》のなかに構えていた。新太郎の問いに庄兵衛がいぶかしげな顔を見せたのは、坂本村で内湯のない宿は一軒もなかったからだ。

「おめえは湯を沸かしてくれ」

「がってんだ」

尚平はすぐさま湯殿に向かった。

「おまえ、なにか呑みたかったんだろう」

連れ合いの様子を見て、庄兵衛は喉の渇きを察した。およねはもう一度、庄兵衛の手を強く握り返した。

「竹筒を空にしたまま、うっかり忘れていた。勘弁してくれ」

およねに詫びてから、庄兵衛は水を汲みに土間におりた。新太郎の両腕に抱かれたおよねが、心底から安心した顔つきを見せていた。

八

庄兵衛の介添《かいぞ》えで湯につかったおよねは、すっかり身繕《みづくろ》いを調《ととの》えて座敷に戻ってきた。

「おゆきさんのおかげです」

およねは新太郎、尚平ではなく、おゆきのおかげだと口にした。庄兵衛の顔が曇った。

「それは筋が違うだろう。おまえを助けてくれたのは、新太郎さんと尚平さんじゃないか」

およねのあたまが弱くなり、恩人の名前を取り違えたと庄兵衛は案じたらしい。ところがおよねは、強い目で亭主を見た。

「ひとの名前を取り違えているのは、あんたですよ」

およねは、連れ合いが胸の内で思っていることを読み取っていた。

「おゆきさんがあそこにいたからこそ、尚平さんと新太郎さんが、坂本村までお昼を食べにきてくれたんです」

だからこそ、命の恩人はおゆきだとおよねは言い切った。界隈《かいわい》では尚平とおゆきの仲はすでに知れわたっていた。

「ちげえねえ。およねさんの言う通りだ」

「そだな」

新太郎と尚平は、およねに向かって笑いかけた。およねも笑顔で応じた。身繕いをしたとき、およねは唇に紅までひいていた。

「とにかく、およねさんの命になにごともなくてよかったぜ」

新太郎と尚平は、安堵《あんど》の笑顔を見交わした。

「安心したら、なんだかあたし、おなかがすきました」

およねの顔に、しくじりを見つけられたこどものような、きまりわるさが浮かんだ。

「ものが食えれば、ひとは元気になるだ」

口下手《くちべた》の尚平がみずから口を開いて、およねの言い分を受け止めた。

「尚平の言う通りだ」

新太郎は、膝を大きく叩いた。

「はらが減ったてえのは、なによりもおよねさんが元気になったてえあかしだ」

新太郎はあぐらを組んだまま、膝をずらしておよねににじり寄った。

「いっそのこと、これからみんなでおゆきさんのところに行きやしょう」

言いながら、新太郎はその場に立ち上がった。尚平も立った。

「あすこなら、およねさんの昼飯も用意できるし、なによりおよねさんが大丈夫だてえのを、おゆきさんに見せられやす」

「ありがてえ」

庄兵衛がしわの寄った目元をゆるめた。さらに目尻《めじり》のしわが増えた。

「おまえもたまには、外の景色を見たほうが気晴らしになる。新太郎さんたちが一緒なら、駕籠に乗せてもらえるだろう」

庄兵衛も乗り気になっていた。

「嬉《うれ》しいお話ですが、あたしはひとりで駕籠に座れるかどうか分かりません」

みんなが乗り気になっているとき、はらが減ったと言い出した当のおよねが、不安顔になっていた。新太郎は、およねの目の前にしゃがみ込んだ。

「でえじょうぶだ、およねさん。おれがこの手で、しっかりとおんぶしますぜ」

新太郎が両手を突き出した。およねの顔に笑《え》みが戻った。


ひと通りおよねが食べ終わったところで、新太郎はおよねを正面から見た。

「ついさっき庄兵衛さんは、もういっぺん、およねさんに桜を見せてやりてえって、そう言ってやしたが」

あれはどういう意味だと、新太郎はおよねに問いかけた。真正面から問いをぶつけたのは、およねなら正直に答えると判じたからだ。

この日初めて会ったおよねだが、ごまかしは無用の性分《しょうぶん》だと新太郎は見抜いていた。

「あたしの身体は、あと半年は持ちません。いつもそれを口にしていますから、うちのひとは新太郎さんたちに、ついそう言ったんでしょう」

気に留めず、捨て置いてくださいと言って、およねはこの話を打ち切ろうとした。

「およねさんが半年持つか持たねえかは、おれには分からねえがさ」

およねの目をしっかり見詰めながら、新太郎は湯呑みの番茶を呑み干した。

「桜だったら、明日、もういっぺん見ることができやすぜ」

「そうだ。見られるだ」

新太郎と尚平が、きっぱりと請《う》け合《あ》った。

空ではまた、ひばりが鳴いていた。

九

新太郎と尚平は、いまならもう一度桜を見ることができるとおよねに請け合った。

しかしそう言い切ったあとの新太郎は、口を閉じておよねを見た。

およねさんは、物事をごまかさずに真正面から見詰めるひとだ……新太郎は、およねの話し振りと、かゆの食べっぷりを見て、そう察した。

ものを食べる元気がないと言って、朝から臥《ふ》せっていたおよねである。ところがおゆきの店に顔を出したら、気力が身体のうちに満ちたのだろう。

およねのために、おゆきはかゆと豆腐の煮付けを拵えた。

かゆには梅干ひと粒を沈めて、そのうえに鰹節《かつおぶし》を散らした。梅干から出る塩を考えて、おゆきはかゆには味付けをしなかった。

散らした鰹節も削《けず》っただけで、下地《したじ》はひと垂《た》らしもしていない。強い味付けは、およねの身体につらいだろうと考えてのことである。

おゆきの気遣いをしっかりと受け止めて、およねは茶碗《ちゃわん》一膳のかゆと、豆腐の煮付けをきれいに平らげた。残さずに食べたのは、およねの気性がそうさせたのだと、新太郎は察している。

あと半年の命だと、およねは自分の口から明かした。初めて会った新太郎と尚平にそんな大事を伝えたのは、それだけおよねがふたりを信じたからだ。

だからこそ、新太郎は口を閉じた。

およねは人の気持ちを察する女だ。本当にほしいと思ったときには、自分の口でそのことを伝えるだろう。

およねが本気で桜を見たいと思っているなら、当人の口で言わせてやりたい。

いまのところ、およねに桜を見せたいと言っているのは、連れ合いの庄兵衛だ。およねからじかに、桜を見に連れて行ってくれと頼まれたわけではなかった。

見に行きたければ、およねはかならずそれを口にする。新太郎は、およねの誇り高い気性を察しているがゆえに、桜見物に誘うようなことを言わなかった。

「もう一度桜が見られるというのは……」

新太郎が黙っていると、およねのほうから問いかけてきた。

「お江戸の御府内のことでしょうか」

新太郎を正面に見て問いかけた。

御府内とは、江戸城を中心に品川大木戸《しながわおおきど》・四谷《よつや》大木戸・板橋《いたばし》・千住《せんじゅ》・本所《ほんじょ》・深川までの内側を指す言葉だ。

江戸の切り絵図では、御府内との境目《さかいめ》を朱色《しゅいろ》の線で描いた。ゆえに御府内を『御朱引き内』とも称した。

およねが御府内かと訊いたのは、その範囲であればぜひとも行きたいと思ってのことだろう。問われた新太郎は、きっぱりとうなずいた。

しばしの間、およねは新太郎を見詰めた。余命半年とはとても思えない、力強い眼差《まなざ》しだった。

新太郎はしっかりとその目を受け止めた。

互いに見詰め合っているうちに、驚いたことにおよねは背筋をぴんと張った。

「あたしは死ぬ前に、もう一度桜が見たいのです」

「およねさんがそう言ってるてえのは、庄兵衛さんから聞きやした」

およねはしっかりとうなずいてから、両手を重ねて膝に載せた。

「新太郎さんと尚平さんに、お願いがあります」

「うかがいやしょう」

「今日でも明日でも構いません。あたしを、桜見物に連れて行ってください」

「がってんでさ」

新太郎が胸を叩いた。尚平はおよねを見詰めて、何度もうなずいた。

のれんの陰から土間を見ているおゆきが、両目を潤《うる》ませていた。

十

木兵衛が新太郎たちの宿の前に立ったのは、いつもの五ツよりも、四半刻は早かった。

「いつまで寝ているんだ」

大きな舌打ちをした木兵衛は、腰高障子戸に手を置いた。

「今日は花見だ、さっさと起きろ」

声を発した拍子に、障子戸を強く押した。

木兵衛がいぶかしげな顔つきになった。戸口を見ると、軒下《のきした》に立てかけてある空の駕籠が見えなかった。

「新太郎さんたちなら、明け六ツの鐘が鳴るなり、飛び出して行きましたよ」

井戸端で米を研《と》いでいた長屋の女房が、木兵衛に声を投げた。

「なんだい、それは」

木兵衛の顔つきが、いきなり険《けわ》しくなった。

「今日が花見だというのは、何度もあのふたりには言い置いた」

顔をしかめて話しながら、木兵衛は井戸端に近寄った。

「おまいさんたちにだって、今日が花見だというのは、何度も何度もそう言ったはずだ。よもや、聞き漏らしたなどとは言わないだろうが」

「そんなこと、言うわけがありませんて」

女房は強い目で木兵衛を見詰め返した。

「花見だと分かってるからこそ、こうやって仕度を進めてるじゃないですか」

女房はむっとした顔で、研ぎかけの米が入ったザルを木兵衛に見せた。

「今朝は長屋のひとたちが総出で、花見の仕度を進めてるんです。わきから妙なことを言わないでくださいな」

家主《いえぬし》が相手だけに、女房の物言いはていねいだ。が、顔つきは木兵衛に向かって毒づいていた。

「おまいさんたちが仕度をしてくれているのは、あたしも充分に分かってる」

口が過ぎたと思ったのか、木兵衛の物言いが少し柔らかくなった。

「それにつけても、新太郎たちは手伝いもしないで、いったいどこに出かけたんだ」

「詳しいことは知りませんけどねえ。なんでも、坂本村がどうだとか言ってましたよ」

「坂本村?」

木兵衛の声が、またもや尖った。

「あいつら、明け六ツから坂本村に出向いたというのか」

「出向いたかどうかは知りませんよ。坂本村がどうとか尚平さんが言ったのを、小耳に挟んだだけですから」

「尚平がそう言ったんなら、坂本村に間違いはない」

木兵衛の目つきが一段と険しくなった。

「花見は、今日一日しかできない。それを分かっていながら坂本村へ出向くとは、いったいどういう了見《りようけん》をしてるんだ」

強い口調で文句を言っているうちに、木兵衛はおのれの言葉で気を昂《たか》ぶらせた。歯が丈夫なら、さぞかしギリギリと歯軋りをしたことだろう。

「坂本村が、どうかしたんですか」

木兵衛が何度も坂本村の地名を口にするのを、女房はいぶかしく思ったのだろう。

木兵衛は言葉を濁して、その場を離れた。おゆきと尚平のことは、いかに腹を立てていたとはいえ、長屋の女房連中には言えなかった。

男女の秘めごとを漏らそうものなら、四半刻もしないうちに、木兵衛店の隅にまでうわさが行き渡るのは目に見えていた。

「今日が花見だと分かっていながら手伝わないような連中は、ここにはいらない」

木兵衛は女房の耳に届く声で、ひとりごとをつぶやいた。

「あいつらが戻ってきたなら、今度という今度は店立《たなだ》て（家主が店子を宿から追い立てること）を食わさずにはおかない」

木兵衛の目は本気で腹を立てていた。

朝の光が、木兵衛店にも届き始めている。吹く風はそよ風で、空には一切れの雲も浮かんではいない。

絶好の花見日和《びより》だというのに、長屋の路地を歩く木兵衛はこめかみに血筋を浮かべて怒っていた。

「ちょいと。ちょいと……」

花見の料理を拵えていた女房のひとりが、せかせかとした足取りで歩く木兵衛を見て、仲間のたもとを引っ張った。

「木兵衛さんのご機嫌が、ことのほかよくないみたいだからさあ」

女は、木兵衛の背中を指差した。

「なにか言われても、口答えをしちゃあ駄目だよ」

「分かった、分かった」

たもとを引かれた女は、小声で応じて首をすくめた。

「年に一度の、せっかくの花見だもんね」

「その通りさ」

女房たちが、顔を見交わした。

今年の木兵衛店の花見は、家主の機嫌のわるさを案ずることから始まった。

十一

明け六ツの鐘で木兵衛店を飛び出した新太郎と尚平は、四半刻を過ぎたときには吾《あ》妻橋《づまばし》を渡っていた。

三月下旬の夜明け直後は、朝の気配に肌寒さが残っている。

はあん、ほう。はあん、ほう。

掛け声を発して疾走する駕籠は、朝の冷気を切り裂いて進んだ。走るにつれて、駕籠舁《か》きふたりの身体が火照《ほて》ってくる。

吾妻橋を西に渡ったころには、新太郎も尚平も、ひたいに汗の玉粒が浮かんでいた。

駕籠はひと息の休みもとらず、日本堤《にほんづつみ》の土手を走り始めた。品川沖の彼方《かなた》から昇った朝日が、土手を照らしている。坂本村に向けて駆ける駕籠舁きの背中を、まだ赤味が強い朝日が照らしていた。

駕籠は早くも、坂本村の入り口に差しかかった。村につながる坂道の両側には、野草が群れを作っていた。

降り注ぐ陽光をさえぎる家屋は、坂道には一軒もない。存分に陽の恵みを浴びて育つ野草は、葉の色味が濃かった。

はあん、ほう。はあん、ほう。

坂道に差しかかると、ふたりの掛け声が一段と力強さを増した。前棒《まえぼう》の尚平も、後棒《あとぼう》を押す新太郎も、ともに坂道が得手《えて》なのだ。平地のときよりも上り坂のほうが、駆け方が速くなったりもする。

とりわけいまは、坂本村につながる道を走っているのだ。前棒を引く尚平は、我知らずに先へ先へと駆け方を速めていた。

おゆきの店の前に到着したとき、坂本村にはまだ刻を告げる鐘の音は流れていなかった。

「深川から半刻もかからずに走ったのは、今日が初めてじゃねえか」

「そんだな」

尚平がこともなげに返事をした。

「そんだなって、この野郎」

手拭いでひたいの汗を拭いながら、新太郎は相肩《あいかた》を小突いた。

「おめえがひたすら前へ前へと引っ張ったから、こんなに早く着いたんじゃねえか」

「そんだな」

尚平はにこりともせずに、汗を拭《ふ》いた。

新太郎がなにを言っても、尚平は一向に乗ってこない。まだ、おゆきが店の外に顔を出さないからだ。そんな尚平の態度に、新太郎が焦《じ》れた。

「いやはや、尚平さんの走りの速いのには、心底からおみそれしやした」

新太郎がからかい半分に相肩の走りを褒《ほ》めたとき、おゆきが白い前掛けの紐をほどきながら外に出てきた。

「新太郎さんがそんなに言うほど、尚平さんの走りは速かったんですか」

おゆきの耳には、新太郎が話したことが聞こえていたらしい。尚平が顔を赤らめた。

「よくよく、およねさんのことが気にかかったんでしょうね」

尚平さんって、ほんとうに気性がやさしいのね……。

新太郎がいるのも構わず、おゆきは尚平を褒めた。尚平の顔が、さらに赤くなっている。

「ばかばかしくて、やってらんねえ」

小声で毒づいた新太郎は、庄兵衛夫婦が暮らす農家へと向かった。おゆきの店から庄兵衛の母屋《おもや》にまで、鳴子の紐が伸びている。

朝日を浴びた紐が、だいだい色に染まって見えた。

尚平とおゆき。

庄兵衛とおよね。

いずれも、強い絆《きずな》で結ばれている。庄兵衛の母屋に向かいながら、新太郎はふっと入谷《いりや》のさくらを思った。あたまのなかに、さくらの着ていた紺《こん》がすりが浮かんだ。

格別に、さくらと親しいわけでもない。それにさくらと親しくなるためには、木兵衛に断わりを言わなければならない。

入谷にいる、差配《さはい》役の籐吉《とうきち》にも筋を通す必要があるだろう。

そう考えると、さくらを思う気分が萎《な》えた。

まだしばらくは、ひとり者を続けるしかねえか。

胸のうちでつぶやいたとき、母屋の戸が開いた。庄兵衛にわきをささえられて、およねが戸口にあらわれた。

銀の平打ちかんざしをさした、およね。

歳を感じさせない艶姿《あですがた》を見て、新太郎が棒立ちになっていた。

十二

三月二十六日の朝日は、あたかもおよねの外出を祝っているかのようだった。

六ツ半（午前七時）を、四半刻ほど過ぎたころである。斜めに空からさす朝の光には、まだたっぷりとだいだい色の色味が残っている。

そのあたたかそうな光を浴びて、およねのかんざしが光った。平打ち細工の、格別に凝《こ》った拵えではない。

が、かんざしはひとを選んで輝くという。

およねは顔の薄化粧とともに、髪にも油をくれていた。銀髪が、かんざしを引き立てている。そのかんざしが、朝の光を浴びているのだ。

銀髪の艶《つや》と、かんざしの渋い銀の輝きとが重なり合って、およねの外出を飾っている。

「こいつあ、おどろいた」

目を見開いた新太郎は、まっすぐにおよねに近寄った。

「きれいだ、およねさん……この様子のよさを見たら、辰巳《たつみ》芸者の姐《ねえ》さんたちも、裸足《はだし》で逃げ出すにちげえねえ」

「朝から、お上手《じょうず》なことを言って」

およねがはにかんだ。その仕草《しぐさ》に、わざとらしさはみじんも含まれていない。十五、六の娘が見せるような、可愛《かわい》らしさに満ちたはにかみようだ。

「いいなあ。なんだかぽうっとなって、およねさんに岡惚《おかぼ》れしちまいそうだぜ」

隣に立った尚平に、新太郎は真顔《まがお》でおよねの様子のよさを褒めた。

「たいしたもんだ、およねさん」

愛想はまるでないが、それだけに尚平の物言いには実が感じられる。およねから見れば、新太郎も尚平も、まだまだ小僧っ子だろう。

そんな若者ふたりから、艶やかさを褒められた。しかも世辞ではなしに、ふたりとも正味《しょうみ》である。

およねの顔が上気して、頰のあたりが赤くなった。

何十年もの間、見ることのなかったおよねのはにかみである。庄兵衛は両目をしっかりと開いて、連れ合いの様子を見詰めていた。

「これから深川まで、およねさんを乗っけて向かいやす」

新太郎たちが担ぐ駕籠は、安価な四つ手駕籠だ。しかし職人が気合をいれて駕籠に通した長柄《ながえ》は、樫《かし》の一本棒である。

少々手荒に扱っても、駕籠はびくともしない拵えだ。それが分かっている新太郎と尚平は、他の駕籠をわきにどかせて疾走した。

ところが今朝の客は、身体の調子がよくないおよねである。銭箱《ぜにばこ》の上に座った木兵衛のとき以上に、駕籠を揺らさぬように気をつけなければならない。

なによりも嫌な歩きの駕籠になると、新太郎は肚《はら》をくっていた。

「のんびり座っててくだせえ。駕籠は走ったりはしやせんから」

およねを安心させようとして、新太郎がやさしい口調で話しかけた。

「それはいけません」

およねはきっぱりとした物言いで、新太郎の申し出を拒《こば》んだ。

「新太郎さんたちは、江戸でも名を知られた疾風《はやて》駕籠でしょう」

「なんでそんなことをご存じなんで」

新太郎と尚平が、驚きで目を丸くした。

「知っているわけではありませんが、あなたがたを見ていれば、それぐらいのことは察しがつきます」

「おみそれしやした」

新太郎は素直な口調で、およねの慧眼《けいがん》に心底から感心した。

「だからといって、およねさんを乗せて突っ走るわけにはいきやせん」

「どうして？」

「どうしてって……」

新太郎が言葉に詰まった。およねの目に、いたずら小僧のような笑いが浮かんだ。

「あたしが、もうすぐ死にそうな婆さんだからでしょう」

「とんでもねえ」

「ごまかしたってだめです。新太郎さんは正直だから、目にそう書いてありますよ」

様子のよさを褒められたのが、よほどに嬉しかったのだろう。およねは病人とは思えないような、達者な物言いになっていた。

「めえったなあ……およねさんには、とってもかなわねえ」

新太郎があたまをかいた。わるさを見抜かれた、ガキ大将のようなしょげかたである。およねの目元が、さらにゆるんだ。

「およねさんの身体がしんぺえなのは、見抜かれた通りでやすが」

新太郎は大きく息をひとつ吸った。言いにくいことを口にする前に見せる、新太郎のくせだった。

「突っ走らねえのには、もうひとつのわけがありやす」

新太郎と尚平が、およねと庄兵衛を交互に見た。

「おれが走るのをためらってるのは……」

新太郎が続きを話し始めた。その口を、庄兵衛が抑《おさ》えた。

「新太郎さんたちが案じていなさるのは、およねがうまく駕籠に乗れないということじゃろうが」

「そうでやすが……」

図星《ずぼし》をさされて、新太郎が口ごもった。

「そのことなら、心配はいらんて」

「へっ……？」

尚平が、思わず素《す》っ頓狂《とんきよう》な声を漏らした。

庄兵衛とおよねが、わけありげな顔に笑みを浮かべている。新太郎と尚平はわけが分からず、互いに顔を見合わせた。

「いまはこんなふうに寝たきりになっとるが、およねは若い時分は、日本堤の毘沙門《びしやもん》天《てん》と呼ばれた、疾風駕籠の乗り手じゃったからよ」

「なんだとう」

新太郎が、甲高《かんだか》い声を漏らした。

「およねさんが、あの毘沙門天さんだったてえんで?」

庄兵衛が、しわのよった顔でうなずいた。

新太郎が絶句した。

尚平は、日本堤の毘沙門天のことは知らない。これほどまで驚く新太郎を見るのは、尚平は初めてである。思わず、相肩の顔をのぞき込んだ。

「おれも千住の寅《とら》から話を聞かされただけで、詳しいことは知らねえんだ。まさか、言い伝えのご当人にここで会えるとは、思ってもみなかった」

新太郎はまだ動悸《どうき》が静まらないらしい。息を整えようとして、駕籠の前にしゃがみ込んだ。

見栄っ張りの新太郎は、滅多なことではしゃがみ込んだりはしない。それほどに、およねが毘沙門天だったと知って驚いていた。

朝日が、坂本村にも届き始めている。赤味の強い光が、新太郎の鉢巻きを照らしていた。

十三

坂本村を出る前に、新太郎たちはさまざまに駕籠に細工を施《ほどこ》した。およねがいつも使っているたすきを、長柄に通した。駕籠によりかかった形で、たすきをしっかりと握っていられる工夫だ。

床には座布団を三枚重ねた。そして座布団がずれないように、細紐でしっかりと結び合わせた。

浜育ちの尚平は、舫綱《もやいづな》が操《あやつ》れる。船を杭《くい》に縛りつける要領で、しっかりと座布団を床板に結わえた。

座布団が動かないことを確かめてから、さらに一本、太いたすきを床板の底に回した。このたすきで、およねの膝を軽く結ぶのだ。

たすきを膝から腰に回せば、新太郎たちが駆けてもおよねの身体がよれないですむ。

駕籠に肩を入れる前に、新太郎と尚平は、万全の手配りをした。

「お気遣いをいただいて、ありがとうございます」

およねは、晴れ晴れとした顔で新太郎と尚平に礼を言った。

「まさか今年のうちにもう一度、桜が見られるとは思いませんでした」

「桜だけじゃないさ」

連れ合いのわきに立った庄兵衛が、言葉を添えた。

「桜を見せてあげられるのも嬉しいが、わしはおまえがもう一度、疾風駕籠に乗ってくれることのほうが何倍も嬉しい」

「そうですね」

およねは亭主の顔をしっかりと見た。

「こんなふうにして駕籠に乗れるとは、夢にも思いませんでしたから」

およねは新太郎と尚平が肩を入れる前に、駕籠の正面にふたりを招き寄せた。大柄なふたりは、およねの前にしゃがんだ。

新太郎たちの後ろには、庄兵衛も膝を曲げてしゃがんだ。

「こうして駕籠に乗ることができて、どれほど嬉しいか……お礼の言葉もありません」

来年の桜は見られそうもないと、覚悟をしていたおよねである。駕籠に乗ることができるなどとは、思うことすらしなかった。

桜が見られて、疾風駕籠にも乗ることができて……こんなぜいたくを味わえれば、なにも思い残すことはない。

およねの言い分に、庄兵衛もしっかりとうなずいていた。

「ばか言っちゃあいけねえやね」

新太郎の両目に力がこもった。

「今日一日、およねさんの命はおれと尚平が、しっかりと預かりやす」

そうだなと問うと、尚平は無言のまま深くうなずいた。

「日本堤の毘沙門天を乗せてやすから、昔の通り、日本堤を走らせてもらいやす」

およねに辞儀をした新太郎は、大きな息を吸い込んでから後棒に肩を入れた。

尚平も大きな息を吸った。前棒の先に立ったおゆきは、尚平に潤んだ瞳を向けている。

梶棒《かじぼう》に肩を入れた尚平は、息を詰めて長柄を持ち上げた。

新太郎がゆっくりと足踏みを始めた。朝日が新太郎と尚平の背中にあたっている。

新太郎がぐいっと長柄を押した。尚平がすかさず応じて、一歩を踏み出した。

はあん、ほう。はあん、ほう。

次第に掛け声が速くなっている。坂道を登りきった駕籠は、揺れもせずに辻を曲がった。

庄兵衛は、走り去った駕籠に向かって、両手を合わせた。

「あと四半刻で仕度をすませて、あたしたちも出かけましょうね」

「わしはいつでもいいからのう」

庄兵衛のはずんだ声に応ずるかのように、早朝の空からひばりの声が降ってきた。

十四

三月も下旬になると、日本堤には天気次第でかげろうが立った。

新太郎も尚平も、晴れた日に土手を走るのは大好きである。前棒・後棒が息遣いと足を合わせて、ひたすら駆けるのが駕籠だ。

真っ当な駕籠舁きは、ほとんど前しか見ていない。わき見をしながら走ると、いつほかの駕籠や荷車にぶつかるか、知れたものではないからだ。

前棒を担ぐ尚平も、後押しの新太郎も、ほぼ前だけを見て走った。とはいえ川をわきに見る土手のように、広々と開けた場所を走るのはすこぶる心地がよかった。

とりわけ日本堤は、大川の土手である。広い川を渡ってくる三月下旬の風は、まさしく薫《かお》る風に思えた。

およねは気丈にも、身体をたすきで駕籠に縛りつけていた。

「揺れてもあたしは大丈夫ですから、いつも通りに駆けてください」

そうは言われても、新太郎たちの『いつも通りの駆け』は、半端《はんぱ》な走りではなかった。客と駕籠舁きとが調子を合わせて、目一杯の速さで走るのが、いつもの駆けなのだ。

およねにどう言われようとも、本気で走るわけにはいかなかった。

日本堤の土手が、前方に見えてきたとき。後棒の新太郎は担いだ長柄の押し方で、土手に上がったら走りをゆるめると合図を送った。

尚平も、分かったという合図を送り返してきた。そして土手に登るなり、早足ほどの速さにまで落とした。

日本堤は、『疾風駕籠』とか『翼《つばさ》駕籠』の別名で呼ばれる、走り自慢の四つ手駕籠がひっきりなしに行き交《か》う土手である。

疾風駕籠の乗客のほとんどは、吉原に遊びに出向く客だった。

「なかに着くまでに、駕籠を一挺《ちょう》抜くごとに小粒《こつぶ》ひと粒の酒手《さかて》をはずむからよう。目一杯に飛ばしてくれ」

「がってんだ」

客に煽《あお》られて、駕籠舁きは命がけで土手を走った。

なかに遊びに入ったときに、客は何挺の駕籠を抜いたかを自慢したいのだ。それゆえに、祝儀をはずんで見栄を競《きそ》った。

新太郎たちも、なかに向かう客は何度も乗せていた。が、どれほど酒手をはずむからと持ちかけられても、他の駕籠舁きとの抜き比べには一切《いっさい》応じなかった。

他の駕籠よりも速く走るというのは、新太郎と尚平の、駕籠舁きとしての矜持《きょうじ》である。客に祝儀をはずまれて走ることではなかった。

話は逆で、客が一文の祝儀をくれなくても、走りたいときには疾風のごとくに走るのだ。

なかに遊びに向かう客の多くは、見栄っ張りのくせに、祝儀は渋る者が多かった。

四つ手駕籠に乗る客は、あり余ったカネで遊びに行く大尽《だいじん》ではない。

カネを潤沢《じゅんたく》に持っている連中は、四つ手駕籠には乗らない。小型の屋根船を誂《あつら》えて、大門《おおもん》近くの船着き場まで、酒肴《しゅこう》を楽しみながら出向くのだ。

限られたカネをやりくりして、なんとかなかで遊女にいい扱いをされたいと思う者が、四つ手駕籠で大門前まで乗りつけるのだ。たとえ小粒銀ひと粒といえども、遊びの費えにとっておきたい連中は、駕籠舁きへの祝儀を渋った。

乗ったときに取り決めた酒手を、きちんと払わない客は、呆れるほどに多い。大門のわきでは、四六時中、駕籠舁きと客とが酒手の額で言い争いを繰り広げていた。

そんな光景を何度も見た新太郎と尚平は、客に言われても駆け比べには応じなくなっていた。

「どきねえ、どきねえ」

新太郎たちを、四つ手駕籠が抜き去って行った。新太郎の駕籠は、早足程度で吾妻橋に向かっている。後ろからくる駕籠すべてに、抜き去られてしまうのだ。

「新太郎さん……新太郎さん……」

駕籠の内からおよねが、新太郎に呼びかけた。なにごとかと驚いた新太郎は、尚平に合図を送った。駕籠が止まり、土手の端で新太郎は長柄から肩を外した。

「どうしやしたんで?」

「悔《くや》しいんです、抜かれてばっかりで」

先行きがどうなるか分からない身体なのに、およねの顔には血が上っていた。坂本村を出たときよりは、はるかに血色がよくなっている。新太郎と尚平は、驚きの顔を見交わした。

「あたしのことを気遣っていないで、お願いですから、もっと速く走ってください」

「およねさんは、連中に抜かれるのが悔しいんで？」

「そうです」

「連中に負けねえためなら、身体がどうなってもいいてえわけだ」

およねは思い詰めたような顔つきで、強くうなずいた。

「とにかく、いっぺん駕籠から外に出てくだせえ」

たすきをほどいた新太郎は、およねの身体を抱きかかえて駕籠の外に出した。そして、草むらに座らせた。

晴れた土手の前方が、かげろうでゆらゆらと揺れていた。

「駕籠に抜かれるのが悔しいと思う気力がありゃあ、まだまだ長生きできやすぜ」

新太郎は身体に大きな伸びをくれた。

「あっしも尚平も、無駄な駆けっこはしねえんでさ」

「無駄な駆けっことは？」

「ここを走ってる疾風だの翼だのてえ駕籠は、なんてえことのねえ速さでね。あんな連中に抜かれても、屁《へ》でもねえんでさ」

毎月一度、木兵衛を乗せて入谷に出向いている。新太郎はその駕籠の仔細《しさい》をおよねに話した。

「木兵衛さんは、あっしらに歩けてえんでさ。それが嫌で、毎月、うちの家主に毒づいていたんでやすが……」

「いまは違うんですか」

「いや、違いはしやせん。木兵衛さんを乗せて歩くのはやっぱり億劫《おっくう》でやすが、走るだけが能じゃねえてえことも、いまは分かった気がしやす」

去年の五月初旬に、新太郎たちは吾妻橋から白鬚《しらひげ》の渡しまでの客を乗せた。無駄な駆け比べをしなくなったのは、その客を乗せたことがきっかけだった。

五月六日の、気持ちよく晴れた四ツ半（午前十一時）過ぎ。

「日本堤に差しかかったら、ひとつ頼みがあるんだが」

吾妻橋で拾った客は、宗匠頭巾《そうしょうずきん》をかぶった、芸事の師匠のような身なりの老人だった。

「なんでやしょう」

「駕籠賃とは別に、銀五匁《もんめ》の祝儀を払わせてもらう。日本堤の土手に登ったあとは、ぜひとも……」

客のあとの言葉は、新太郎が引き取った。

「疾風だの翼だのの連中を、ごぼう抜きにしろてえことですかい」

新太郎は腕組みをして、客を見下ろした。そうだと言うなら、乗せるのを断わる気だったからだ。

「そうじゃない。その逆だ」

土手に登ったあとは、できる限りゆっくりと、早足ぐらいで白鬚の渡しまで行ってほしいというのが、客の言い分だった。

銀五匁の祝儀は、走らないための迷惑賃だという。

「なにか、わけでもありやすんで?」

「土手に行けば分かることだ。どうだ、引き受けてもらえるかね」

尚平と目配《めくば》せを交わしてから、新太郎は客の申し出を受けた。

空が青く高く晴れ渡った日で、大きな天道が初夏の陽差しを降り注いでいた。日本堤に登ると、向かい風が吹いていた。

地べたは、すでに陽に焼かれて熱くなっている。しかし風を身体に浴びての早足は、地べたの熱さを向かい風がほどよく冷ましてくれた。風の心地よさに、新太郎は驚いた。

木兵衛を乗せたとき以外の新太郎たちは、この土手を歩くことはなかった。ゆえに風が流れていても、それを心地よいと感じることはなかった。

むしろ、向かい風は駕籠舁きには大いに迷惑だったのだ。

風てえのは、こんなに気持ちがいいもんだったのかよ。

早足で歩きつつ、新太郎は風を存分に味わった。川を渡ってきた風は、土手の雑草を揺らして吹き上がってきている。

風には、むせ返るような草のにおいも含まれていた。

「このあたりで、とめてくれないか」

客に言われた新太郎は、土手の端で駕籠をおろした。

「いまの時季の風は、さまざまな香りを含んでいる。大川を渡る風は、さしずめ潮《しお》と草が香るというところかのう」

「たしかに、草のにおいがいっぺえに詰まってやした」

「初夏の風は薫風《くんぷう》での。この風をいっぱいに吸い込むと、寿命が延びる」

走ってばかりいないで、たまには足をゆるめてみてはどうかの……。

客に言われたことがきっかけで、新太郎は早足歩きの楽しみを知った。

「どうでやす、およねさん。目一杯に息を吸い込んだら、草のにおいがしやせんかい」

「ほんとうに……」

「これから桜を見に行くんでやすから、抜いた抜かれたなんてえのは、わきにうっちゃっときやしょうや」

新太郎に笑いかけられたおよねは、恥ずかしそうにうつむいた。およねのうなじに、春の陽が降り注いでいた。

十五

蔵前《くらまえ》に差しかかると、通りを行き交う荷車とひとが激増した。

「どきねえ、そこを」

「てめえこそ、わきによりやがれ」

通りのあちこちから、仲仕《なかし》の怒鳴《どな》り声《ごえ》が聞こえた。

蔵前の大路は、広いところなら十間（約十八メートル）の道幅がある。ところがそんなに広い大路が、荷馬車、大八車、米を担いだ仲仕衆で埋まっていた。

五月初めには、武家の俸給『夏借米《かしまい》』が支給される。その備えとして蔵前の米蔵には、毎日のように諸国から年貢米が廻漕《かいそう》されてくる。

蔵前の仲仕には、肩に担いだ米俵の数だけ給金が支払われる、いわゆる出来高払いである。米一俵《ぴょう》を担げば、十文の実入りだ。

力のある仲仕は、朝五ツから八ツ（午後二時）までの間に、百俵は担ぐ。一日一貫（一千文）の稼《かせ》ぎは、大工の棟梁《とうりょう》よりも多かった。

とはいえ、数をこなさなければ実入りは増えない。一俵でも多く運ぼうとする仲仕は、動きののろい者を怒鳴りつけた。

新太郎たちは迂闊《うかつ》にも、この時季の蔵前に駕籠を乗り入れた。

日本堤で駕籠からおりたおよねを見て、新太郎は強い衝撃を覚えた。

あまりにおよねが艶っぽかったからだ。

およねの余命は何カ月もないと、庄兵衛からも聞かされた。初めておよねを見たときには、およねさんは先がないと、新太郎も思った。

ところが今朝方、駕籠に乗る前のおよねは、色っぽいと感じたほどに、艶やかだった。そのおよねは、おのれの身体をたすきで縛り、しっかりと駕籠に乗った。

「大した肚の据《す》わり方だぜ」

「並の男には、とってもできね」

長柄に肩を入れる前に、尚平とふたりでおよねの肚のくくり具合に感心した。しかしその一方では、大した器量だと感心しつつも、新太郎は胸の奥底に違和感を覚えた。

あまりにも、およねの肚が据わりすぎていると感じたからだ。

日本堤で駕籠をおりたおよねは、若い新太郎でもそそられるほどに色艶があった。

なんだっておよねさんは、あんなふうに艶っぽいんでえ……。

後棒を押しながら、新太郎はなぜおよねさんはあんなにと、考え続けた。しかし、どれほど考えても、これだという答えには突き当たらなかった。

ゆえに後棒を押す判断が留守になった。

尚平との取り決めで、駕籠の舵取《かじと》りは新太郎が受け持つことになっている。およその道筋は、客から行き先を言われたときに互いに確かめ合った。

しかし走り出したあとで、あれこれと道筋を入れ替える事態も生ずる。そのときは長柄の押し方で、右折れ・左折れ・真っ直ぐのいずれかを、尚平に伝えるのだ。

ところがおよねのことを考え続けていたために、新太郎はうっかり蔵前への道を選んだ。

ほんとうにこれでいいのかと、尚平は長柄を叩いて問いかけた。新太郎はそれにも気づかず、前へ前へと押した。そして、蔵前の大通りに駕籠が入り込んでしまった。

尚平が案じた通り、蔵前の通りは歩くのもままならないほどに込み合っていた。

「なんでえ、おめえっちは」

「こんなところへ、駕籠なんぞでへえり込むんじゃねえ」

「今日が幾日だと思ってやがる。こんな日にへえってくるおめえらは、ど素人《しろうと》か」

仲仕衆は、口をきわめて蔵前に入り込んだ駕籠をののしった。

「込み合ってる蔵前にへえってくるてえのは、死んでもいいと思ってんのか」

両肩に米俵を担いだ仲仕が、真正面から新太郎を怒鳴りつけた。

「あっ……」

新太郎が、いきなり得心顔《とくしんがお》になった。

およねさんは、死んでもいいと思ってる。

もやもやとするだけで、どうしても思い至らなかったのが、このことだった。

燃え尽きる直前のろうそくは、一番明るい。

およねが怖いほどに艶っぽいのは、桜を見たあとは死んでもいいと思っているからだ。燃え尽きる直前ゆえに、およねはきれいに見えるのだ。

「冗談じゃねえ」

新太郎は、思わず口に出してつぶやいた。

「なんでえ、おめえ。なにが冗談じゃねえんでえ」

新太郎のすぐ近くにいた仲仕が、目を剝《む》いて突っかかってきた。

「すまねえ、勘弁してくんねえ。あにいに言ったわけじゃねえんだ」

胸の内のもやもやが晴れた新太郎は、明るい顔で詫びた。仲仕は頰を膨らませたまま、新太郎から離れた。

死なせてなるもんか。おれと尚平とで、かならず無事に坂本村まで送り届けるぜ。

胸の内で、しっかりと思いを定めた。

十六

両国橋《りょうごくばし》を東に渡った駕籠は、回向院《えこういん》前を通り過ぎた。およねは駆けてもいいと言うが、新太郎は早足にとどめた。

尚平と新太郎は長柄の握り方に気を払い、駕籠が揺れないように気遣った。

本所竪川《たてかわ》に架かる二ツ目之橋《ふたつめのはし》を南に渡れば、深川までは一本道である。新太郎は二ツ目之橋の北詰《きたづめ》で駕籠を地べたにおろした。駕籠から出ている紐を、およねが強く引っ張ったからだ。

「用があるときは、遠慮しねえでこの紐を引っ張ってくだせえ」

坂本村を出るとき、およねに端を持たせた紐だった。

垂れをめくると、およねが笑いかけてきた。

「なにかありやしたんで」

「あたしの身体のことなら、なんともありませんよ。日本堤も過ぎたことですし、もうちょっと早めに走りませんか」

およねは背筋を張って座り直した。

「駆けたら、揺れやす」

「望むところですよ」

駕籠のなかのおよねは、右手をこぶしに握ってみせた。

「これでも若い時分は、日本堤の毘沙門天と呼ばれた疾風駕籠乗りだったたってお話ししたでしょう。揺れる駕籠に調子を合わせるのなら、若いひとにも負けません」

およねの顔に、いたずら小僧のような笑いが浮かんだ。心底から、駕籠に乗るのを楽しんでいるようだ。

　笑顔に、新太郎は釣り込まれそうになった。が、およねのこころの内を思い、わざと顔をしかめた。

「年寄りの冷や水は、過ぎると身体には毒ですぜ」

「まあっ」

　およねの顔から笑みが消えた。

「いくら新太郎さんでも、口にしていいことと、わるいことがありますよ」

「分かってやす」

　新太郎は駕籠垂れをおろした。

「あっしも尚平も、およねさんには長生きしてもらいてえんでさ」

「なんで、そんなことを」

「およねさんは、桜を見たあとは死んでもいいと思ってんでしょうが」

　新太郎の言ったことは図星だったらしい。およねは顔つきをあらためて、新太郎をしっかりと見詰めた。

　うなずきこそしなかったが、およねの顔は新太郎の言ったことを受け入れていた。

「この駕籠は、今日一日、庄兵衛さんから貸切だと言われてるんでさ」

貸切駕籠は、出発地まで客を無事に送り届けるのが決まりでやす……新太郎は、やさしい口調で話した。

「ほんの少しは足を速めやすが、それ以上はどんだけ紐を引いても聞きやせんぜ」

言い終わった新太郎は、およねと同じような、いたずら小僧も同然の笑みを浮かべて立ち上がった。

およねは、きっぱりとうなずいた。

二ツ目之橋は、橋板の幅が三間（約五・四メートル）だ。下を流れる竪川は、西端で大川につながっている。

本所各町に物を運ぶはしけや荷物船には、竪川は大事な水路である。大型のはしけをくぐらせるために、一ツ目之橋《ひとめのはし》から四ツ目之橋《よめのはし》までの五橋は、いずれも真ん中が大きく盛り上がっていた。

尚平と新太郎は、およねを気遣いながら、橋をゆっくりと登った。盛り上がった真ん中に差しかかろうとしたとき、橋の北詰から一挺の駕籠が駆け上がってきた。

「邪魔だ、邪魔だ。わきにどきやがれ」

尚平は左に寄って、道をあけた。橋板を踏み鳴らして登ってきた駕籠は、新太郎たちのわきでぴたりと止まった。

止まったのは、千住の寅が担ぐ真っ黒な駕籠だった。

「おめえらは、よっぽど歩く駕籠が好きらしいな」

小柄な寅は、新太郎を見上げて毒づいた。

「走り方を忘れたんなら、おれがおせえてもいいぜ」

いつもの新太郎なら、ここまであけすけに煽られたら、駕籠を放り出してでも寅の相手をしただろう。

しかしいまは、およねが乗っている。ついさきほど、およねを諌《いさ》めたばかりの新太郎は、寅の煽りに乗ることはできなかった。

「おれは歩きが好きだからよ。構ってねえで、先に行ってくんねえ」

新太郎は、懸命に怒りを抑えつけながら応じた。煽りに乗らない新太郎に、寅は拍子抜けしたらしい。

「おめえを相手にぐずぐずしてたら、せっかくの桜が散っちまうからよ」

寅の客は大横川の桜を見るために、千住宿の行き帰りを誂えていた。

「ゆっくりと好きなだけ、亀みてえに地べたを這ってきねえ」

言いたい放題にわめいたあと、寅はブリッと一発屁をかまして走り去った。

「また、おめえらか」

大横川に新太郎たちが着いたのは、四ツ半を四半刻ほど過ぎたころである。

「まあ……見事な桜だこと……」

駕籠を出たおよねは、満開の桜に見とれた。

「あっしらがついていてやすから、好きなだけ、見て回ってくだせえ」

「そうさせてもらいます」

およねは覚束《おぼつか》ない足取りで、桜並木の下を歩き始めた。

およねを見守る新太郎と尚平のうえに、幾ひらもの桜が舞い落ちた。

十七

桜の下を歩いてみたい……。

新太郎は、およねがひとり歩きをしたいという願いを受け入れた。ここは、大横川沿いの道だ。時季外れの桜を見にくる、見物客が群れになっている。たとえ途中でおよねが歩けなくなったとしても、多くのひとの目があるのだ。

ひとり歩きをさせても平気だと判じた。

とはいえ、歩く後ろ姿は決して達者とはいえなかった。

「おれは、およねさんのあとについて歩くからよう」

尚平を駕籠のそばに残して、新太郎はおよねのあとを追って歩き始めた。


長らくおよねは臥せっていた。一日の暮らしのなかで、立ち上がるのはかわやに用足しに立つときぐらいだ。

三度の食事は、庄兵衛が枕元まで運んできた。身体の汚れは、たらいに湯を張り手拭いを浸して身体を拭った。

食べること、着ること、身体を拭うことには、連れ合いの手を借りた。しかし、用足しについては、たとえ手伝うのが庄兵衛といえども、他人の手を借りることは耐えられなかった。

若いころは、疾風駕籠を自在に乗り回して、周りに名を売ったおよねである。下《しも》のことで他人の手を借りなければならないのなら、飲み食いを絶つことを選んだだろう。

庄兵衛の肩を借りることで、ようやく立ち上がることができた。それでもおよねは、自分の足で歩いてかわやに向かった。

「もしもあたしが、自分の足でかわやに行けなくなったときは、もう生きていく気はありませんから」

およねは、常からこう口にしていた。庄兵衛は格別の反論もしないで、毎度、およねの言葉を聞き流してきた。

ところが今年の二月以降、かわやまで歩くのも億劫そうに見えることが何度も生じた。その事態に接してからは、およね以上に庄兵衛が大きく気落ちした。

およねはもう来年の桜は見られないと、庄兵衛はおよねの余命を本気で心配しはじめた。かわやに向かうおよねの足取りが、覚束なくなっていたからだ。

およねは桜が好きだった。

満開の桜は花が重なりあって、陽光をさえぎっている。しかし晴天の春は、光が強い。重なり合った桜花を透《すか》して、陽光が地べたに届く。

桜を見上げれば、花びらが行灯《あんどん》の明かりに照らされているかに見える。その花明かりを見るのが、およねは大好きだった。

今年の桜がすっかり散ったあと、およねはひどく気落ちした。

もう二度と、花明かりは見られない……。

身体のおとろえは隠しようがなく、来年の桜まで生きながらえるとは思えなかった。

庄兵衛を残して先に逝くことも哀しかったが、それ以上に、もはや花明かりは見られないと思い知ったのがつらかった。

ところが、新太郎・尚平のおかげで、思ってもいなかった花見がかなうことになった。

たとえ深川の桜の数が少なくても、たとえ花明かりは見られなくても、もう一度満開の桜の下を歩けると思うと、気持ちが大きくはずんだ。

目一杯に気を張って、駕籠に乗った。桜さえ見られたら、あとのことには覚悟ができた。

うちのひとだって、きっと分かってくれるとおよねは庄兵衛を思った。

あれこれと思いを巡らせながら、およねは桜の下を歩いた。大横川の桜は、思っていた以上に豪勢だった。

枝と枝とが重なりあい、群れになった花びらの向こうに春の陽があった。

見事な花明かりだこと……。

およねは立ち止まり、腰を伸ばして花を見上げた。足を止めた年寄りを気遣い、見物客がおよねを避けて歩き去って行く。

ところが、ひとりだけまともにおよねにぶつかった男がいた。

「なんだい、婆さん」

倒れたおよねを、ぶつかった男が見下ろしているところに、新太郎が駆け寄ってきた。新太郎は男を乱暴に払いのけて、およねを抱え上げた。

「大丈夫か、およねさん」

「ありがとう」

およねの物言いは、しっかりしていた。

「桜に見とれてぼんやりしていたものだから、あの方にご迷惑をかけてしまって」

およねは男を気遣って、下手《したて》に出た。

「その通りだ」

新太郎に払いのけられたのが、よほどに業腹《ごうはら》だったのだろう。男はおよねに向かって口を尖らせた。

「時季外れの桜が見られるというんで、わざわざ千住から高い駕籠賃を払ってやってきたんだ」

いきなり払いのけられて不愉快だと、男は仏頂面《ぶっちょうづら》で新太郎を睨《にら》んだ。

新太郎は男には取り合わず、およねを背負って桜の下を歩き始めた。花びらが、およねの髷《まげ》の上に舞い落ちた。

十八

およねを背負って歩きながら、新太郎は胸内で怒りをたぎらせていた。

坂本村から深川にくる途中で、千住の寅に追い抜かれた。例によって、散々に悪態《あくたい》をついて寅は走り去った。

その寅が運んでいた客が、およねにぶつかったのだ。のみならず、詫びも言わず、手も貸さずにおよねを見下ろしていた。

ここは新太郎の地元、深川である。方々にひとの目があったし、なによりも倒れたおよねが心配だった。

ゆえに、男にはそれ以上取り合わなかった。しかしおよねを背負って歩いているうちに、無性に腹が立ってきた。

もしもおよねがいなかったら、寅ともども、成敗《せいばい》してやりたいところだった。

今度どこかで会ったら、ただじゃあおかねえと、唇をぐっとかみ締めた。その新太郎の腹立ちが、背中を通しておよねに伝わったらしい。

「新太郎さん……」

およねがやさしい声で呼びかけた。

「なんでやしょう」

「せっかく、こんなにきれいな桜が咲いているんですから、つまらないことで腹を立ててはだめですよ」

およねの物言いは、母親というよりも、孫を思う祖母である。新太郎はおよねの腰に回した手に力をこめて「へいっ」と答えた。

「おい、新太郎」

ひときわ大きな桜の根元から、木兵衛が呼びかけてきた。

呼びかけたときの木兵衛は、渋い顔つきだった。しかし新太郎が老婆を背負っているのを見たあとは、顔つきをゆるめた。

「どちらさんだ、いまおまえが背負っているのは」

「坂本村のおよねさんでさ」

「朝早くから迎えに行ったというのは、そのひとか」

長屋の住人から、木兵衛は新太郎と尚平のことを聞き及んでいた。新太郎がうなずくと、背負ったおよねの身体が揺れた。

「なんにもない貧乏長屋の花見だが、よろしかったらご一緒にどうぞ」

いつもは無愛想な物言いしかしない木兵衛が、およねにはめずらしくやさしい話し方をした。唖然《あぜん》となった新太郎の髷に、ひとひらの桜が舞い落ちた。背負われたおよねが、その花びらをつまんでいた。

十九

大横川に桜が植えられたのは、いまから六十年前の享保十三年（一七二八）である。

「江戸の随所に桜を植えよ」

当時の八代将軍吉宗が、植樹を命じた。

六十年が過ぎたいまでは、どこも桜の名所として多くの花見客が押し寄せている。

なかでも飛鳥山の桜は見事で、花見の季節には広い山が花見客で埋まった。

六十年前には山間《やまあい》の農村だった飛鳥山が、いまでは十軒の料亭が商《あきな》いを競い合う町に生まれ変わっていた。

大横川沿いの植樹は、地元の商家や漁師たちがカネを出し合って行なった。

「一両《りょう》の割前を出した者は、桜に名づけをすることができる」

仲町《なかちょう》の肝煎がひねり出した思案は、土地の商家に大受けした。

「おれはここに桜を植えるぜ」

佃町の漁師だった弥助《やすけ》は、五両という桁違《けたちが》いのカネを拠出した。そして蓬萊橋《ほうらいばし》のたもとに、一本の苗木を植えた。

「名めえなんぞはいらねえ。しっかり育って、花が咲けば上々だ」

豪気《ごうき》で知られた弥助は、カネを拠出しただけで名づけは拒んだ。弥助は花が咲くのを見届けることなく、享保十八年（一七三三）の二月に没した。

桜は、恩義を忘れてはいなかった。弥助が没した年の春、まだ細い枝いっぱいに花を咲かせた。その後は年を追うごとに枝が育ち、植えられて二十五年が過ぎた宝暦《ほうれき》三年（一七五三）には、大横川沿いの桜で一番の花を咲かせた。

「さすがは弥助さんの植えた桜だ」

弥助は名づけを拒んだ。

しかし見事な枝ぶりを見た土地の者たちは、いつしか弥助桜と呼び始めた。

木兵衛店の住人が陣取っていたのは、弥助桜の真下だった。

「この場所に陣取るには、相当に難儀をしただろうに」

弥助桜の評判は、大横川の花見にくる者ならだれでも知っている。新太郎が感心したら、木兵衛が痩《や》せた身体を反り返らせた。

「木兵衛さんが、陣取りをしたわけじゃねえでしょうが」

威張ることはないと、新太郎は憎まれ口をきいた。

いつもの木兵衛なら、新太郎が口にしたことにはすぐさま顔色を変えて、きつい物言いで応酬をした。ところがいまは、新太郎を軽く睨んだだけである。

「なんでえ、木兵衛さん」

木兵衛を正面から見られるように、新太郎は身体の向きを変えた。

「やけに今日はおとなしいけど、身体の具合でもわるいんですかい」

言葉で追い討ちをかけたが、それでも木兵衛は取り合わない。さらに口を開こうとした新太郎を、後から加わった庄兵衛が抑えた。

「家主さんに、失礼だ」

小声でたしなめられた新太郎は、きまりわるそうな顔で盃《さかずき》を干した。呑み終えたときには、目を見開いていた。

「こいつあ、うめえ酒だ」

「そりゃあ、そうさ」

花見料理の仕度をした長屋の女房連中が、声を揃えた。

「そりゃあそうって……なにか、わけがあるんですかい」

「木兵衛さんが、灘《なだ》の下《くだ》り酒《ざけ》を張り込んでくれたんだもの。まずいわけがないさ」

「なんだとう……」

新太郎は声を裏返して驚いた。

「木兵衛さん、陽気のせいで気でもふれたんじゃねえか」

「余計なことを言ってないで、呑みたいだけ呑め。これは祝い酒だ」

「へっ……」

新太郎はあとの言葉が出ず、見開いた目で木兵衛を見詰めた。

祝い酒というなら、むしろの端に並んで座っている尚平とおゆきのことしかない。

しかしおゆきが今日の花見に加わることは、長屋のだれにも話してはいなかった。

夜明け早々に坂本村まで駆けようとしたとき、長屋の女房連中に呼び止められた。

「今日は長屋のお花見だよ」

「手伝いもしないで出かけたりしたら、木兵衛さんから店立てを食らうかもしれないよ」

大横川の花見は、木兵衛店では一年のうちで一番大きな行事である。酒も料理も、費えはすべて木兵衛が負った。

その代わりに、花見は通いの職人も居職《いじょく》の者も、全員が加わるというのが決め事なのだ。

今日が花見だと分かっていて出かける新太郎と尚平には、女房の一人がきつい言葉を投げつけた。

「そいつぁ分かってるんだが、よんどころねえ用があってさあ」

坂本村のおよねに遅れ咲きの桜を見せてやるんだと、新太郎はあらましを聞かせた。女房の顔つきが変わった。

「いいことをするじゃないかね。それなら、ぜひとも行っておいで。木兵衛さんが文句を言ったら、あたしがきっちりわけを話しとくから」

人助けに出向くと知った女房は、新太郎と尚平の背中を押して送り出した。

長屋の連中には、坂本村までおよねを迎えに行くと言っただけだ。

尚平とおゆきの仲を、木兵衛は知っている。おゆきが坂本村に暮らしていることも、月に一度の入谷行きの道々で、木兵衛には話していた。

しかし今日の花見におゆきがくると、どうして木兵衛が察したのか。木兵衛はそんなに、勘働きのよい年寄りなのか。

合点のいかない新太郎は、じっと木兵衛を見詰めた。

「なんだ新太郎、その目は。わしになにか、言いたいことでもあるのか」

木兵衛がいつも通りの無愛想な声で、新太郎に問いかけた。

「あんまり木兵衛さんの察しがいいんで、ちょいとびっくりしてるんでさあ」

「察しとは、なんのことだ」

「わざわざ、祝い酒のために灘酒を用意してるじゃねえですか」

「今年もう一度、桜を見たいと言っていたひとが、深川で望みがかなったんだ。これ以上に、めでたいことはないだろう」

「えっ……」

新太郎はもう一度、声をひっくり返した。

「祝い酒は、およねさんのためなんで？」

「ほかにもなにか、おまえには祝いたいことでもあるのか」

新太郎は口のなかでぶつぶつ言いながら、手酌《てじゃく》で灘酒を満たした。

木兵衛さんが妙に上品ぶってるのは、およねさんがいるからかよ……。

そよ風にのったひとひらが、つぶやき続ける新太郎の盃に落ちた。

二十

寅が弥助桜の下にあらわれたのは、およねが庄兵衛に酌をしているときだった。

「こいつが深川で一番てえ評判の、弥助桜でさあ」

客を案内してきた寅は、断わりもなしに花の真下に入ってきた。寅のわらじが、むしろを踏んでいる。女房連中が顔をしかめた。

「一番だ一番だと評判は高いが、大した咲き方じゃないねえ」

千住から駕籠を誂えた客は、嫌みな物言いをする、のっぺり顔の男だ。よほどに酒手をはずまれているのか、寅も相肩も、追従《ついしょう》笑いを浮かべっぱなしである。

「この程度の桜じゃあ、わざわざ駕籠を仕立ててくることもなかったよ」

客もむしろを雪駄《せった》で踏んでいる。女房たちが目を尖《とが》らせても、知らぬ顔だ。

「どこのどなたかは存じやせんが」

我慢の切れた新太郎が、肩をいからせて立ち上がった。

「ここはおれっちがむしろを敷いて、花見を楽しんでる場所でさあ。桜を見てえなら、雪駄を脱いでもらいやしょう」

のっぺり顔の男は、背丈《せたけ》が五尺三寸《すん》(約百六十一センチ)だ。新太郎に見下ろされた男は、むっと頬を膨らませた。

「なんでえ、またおめえか」

あごを突き出した寅が、新太郎の前に進み出た。寅もわらじを履《は》いたままである。むしろには、土の跡《あと》がくっきりとついていた。

「おめえか、じゃねえだろう」

寅も小柄な男だ。新太郎は客と寅とを交互に見下ろした。

「ここはおれっちの座敷だ。断わりもなしに、土足で踏み歩くとは、いってえどういう了見なんでえ」

「これが座敷とは、知らなかったぜ」

寅はわらじで、むしろを強く踏みつけた。

「歩きの駕籠を担ぐ駕籠舁きにゃあ、むしろの座敷が似合いだろうさ」

大声で毒づく寅に、新太郎は摑《つか》みかかろうとした。その動きを、およねが止めた。

ふうっと大きな息を吐き、新太郎は気を落ち着かせた。

歯向かってこない新太郎に拍子抜けした寅は、客に目を移した。

「こいつらふたりは、身体はでけえが駕籠の走りはさっぱりでやしてね。のこのこ歩いていた姿を、旦那も、もうさっき二ツ目之橋で見やしたでしょう」

新太郎の顔を思い出した客は、薄い唇をゆがめた。

「この連中が乗せる客は、まともに駕籠に乗れねえ爺《じじ》いだの、婆《ばば》あだのばかりでね」

新太郎が黙っているのをいいことに、寅は言いたい放題に悪口を重ねた。

「客を乗せて駆け比べをしたくても、こいつらには、旦那のように威勢のいい客はおりやせん」

「そうだろうねえ」

のっぺり顔の客は、皮肉な笑いを浮かべて新太郎を見上げた。

「ここから千住までとはいわない。せめて吾妻橋あたりまで、あたしらの駕籠と勝負ができる客がいるなら、あたしはいつでも受けて立ちますよ。どうだい、寅さんは」

「受けるのはあたぼうだが、そんな度胸のあるやつは、いるわけがねえでしょう」

いつの間にか、弥助桜の周りに人垣ができていた。野次馬を見て、寅も客も、さらに勢いづいた。

「あたしは、千住宿ではそこそこ名の通った旅籠《はたご》を商っています」

男はふところから財布を取り出した。縞柄《しまがら》の真ん中に、『村上屋《むらかみや》』と屋号の縫い取りがしてある別誂えの財布だ。

「もしも……もしもですが、あたしらの駕籠と駆け比べをする気になったら、こちらは受けさせてもらいますよ」

「そんな度胸のある客は、ここにはいねえと思いやすぜ」

寅は鼻のさきで笑った。村上屋も、皮肉笑いを強めた。

「いまから四半刻だけ、黒船橋のたもとで待ちます。もしもその気になったら、声をかけてもらいましょう」

寅たちは、ゆっくりとした足取りで黒船橋のほうに歩き去った。

新太郎は込み上げる怒りで、身体が小刻みに震《ふる》えている。が、歩き去る寅たちを引きとめようとはしなかった。

寅たちが毒づいていたのを、およねは黙って聞いていた。

口惜《くや》しいのは、おれ以上におよねさんだろう。身体さえ丈夫なら、即座に駆け比べに応じただろうに……。

およねの胸の内を察しているがゆえに、新太郎は黙っていた。

「あの大柄な駕籠舁きは、言われっぱなしなのかねえ」

野次馬のひとりが、わざと大声で仲間に話しかけた。新太郎の耳にも、はっきりと届いた。それでも新太郎は、動こうとはしなかった。

大横川のほうから、いきなり強い風が吹いてきた。満開の弥助桜が、一気に花びらを飛び散らせた。

木兵衛は不機嫌きわまりない顔つきで、花びらが舞い落ちた盃を干した。

二十一

満開の弥助桜に、大横川を渡ってきた風がぶつかった。どの花びらも熟《う》れきっており、わずかな枝の揺れでも飛び散ろうとして身構えていた。

そんな花びらが群れている枝に、春風と呼ぶには強すぎる一陣の流れがぶつかった。

一気に舞い散った花びらは、弥助桜の根元に陣取っている、木兵衛店の住人の頭上に重なり合って落ちた。

「こいつあ、大した眺めだ」

新太郎にしてはめずらしく、感嘆のつぶやきを漏らした。

「ほんとうに、きれいだこと……」

枝を見上げたおよねの顔に、幾ひらもの花びらがふわりと落ちた。

「どうでやす、およねさん」

「どうもこうも、ありません」

答えるおよねの声が上《うわ》ずっていた。

「花の盛りの飛鳥山に出かけても、こんな見事な桜吹雪にお目にかかれることは、きっとないでしょうよ」

どれほど花びらが顔に舞い落ちても、およねは両目を見開いたまま、桜の枝を見上げていた。

「そこまで喜んでくれたんなら、灘酒を気張ってくれた木兵衛さんも、本望てえところでしょうよ」

新太郎はゆるんだ目で木兵衛を見た。

「ふんっ」

荒い鼻息をひとつ吐いてから、木兵衛は盃をぐいっと干した。美味な灘酒をあおっても、目はいささかも笑ってはいなかった。

木兵衛がふんっと強く吐いた鼻息は、新太郎に向けられたものだ。

「なんでえ木兵衛さん。おれに向かっての、そのふんってえのは」

新太郎が口を尖らせた。

とはいえ、いつもほどに声が大きくないのは、隣に座っているおよねを気遣ってのことだった。

他町から花見に出向いてきてくれた、客人たちの前である。物言いに遠慮のない新太郎といえども、いつものような乱暴なやりとりは、さすがにはばかられたのだろう。

ところが、木兵衛は違った。

「新太郎、尚平、ここまでこい」

いつも以上のきつい口調で、木兵衛はふたりを呼び寄せた。

店子にとっての大家は、実の親も同然である。たとえ気に染《そ》まない小言《こごと》を食らうと分かっていても、呼ばれればそばに寄るほかはなかった。

しかもいまは、庄兵衛・およねの老夫婦と、おゆきまでも同じ座にいるのだ。年長者の客人の前とあっては、なおさら大家の木兵衛に逆らう姿は見せられなかった。

新太郎と尚平は、大きな身体の背中を丸くして、木兵衛に近寄った。

「なにかご用で?」

神妙な顔つきで、新太郎が問いかけた。

木兵衛は膝の前の小皿や徳利を、わきにどけた。

「おまえたちは、なぜわしに呼ばれたのか、そのわけをしっかりとわきまえているんだろうな」

咲いた花が一気にしおれてしまいそうな、厳しくて冷え冷えとした物言いである。

「どうだ、新太郎。おまえには、わけが分かっているのか」

「そんなことを藪《やぶ》から棒に問われても、答えようがねえやね」

新太郎は仏頂面で応じた。

およねたちの手前もあって、新太郎なりに物言いには気を遣っていた。ところが木兵衛は新太郎の気遣いにはお構いなしに、いつも以上にきつい口調だ。

そんな木兵衛の振る舞いに、新太郎の我慢も切れかかっていた。

「おまえはどうだ、尚平」

木兵衛は、新太郎から尚平へと目を移した。

「どうだって、なんのことだね」

「つくづくおまえは、じれったい男だ」

キセルを手にした木兵衛は、ギュウギュウと音がするほどに刻み煙草《たばこ》を詰めた。

木兵衛が使っているキセルの雁首《がんくび》は、爪《つめ》を立てた龍が細工された銀製である。煙草を強く吸い込むと、龍の目が赤く光る趣向だ。

煙草盆の種火《たねび》で火をつけた木兵衛は、思いっきり強く吸い込んだ。火皿のなかで、煙草が真っ赤になって燃えた。

龍の目が妖《あや》しく光った。

一服を吸い終わった木兵衛は、灰吹《はいふ》きにキセルをぶつけた。銀製の雁首が、ボコンッと音を立てた。

「わしの機嫌がいいのか、わるいのか、おまえたちにはどう見える」

「どう見えるもなにも、あたまっから湯気を立てて怒ってるようですぜ」

「ようじゃない」

木兵衛は、にべもない調子で吐き捨てた。

「見た目の通り、わしは心底から腹を立ててるんだ」

木兵衛は新太郎の胸元に向けて、キセルを突き出した。

「どうしてわしがこんなに怒ってるのか、おまえにはそのわけが分からないのか」

「分かりやせん」

新太郎は、間髪《かんはつ》をいれずに答えた。

「おまえはどうだ」

「分かんねだ」

「そうか」

木兵衛は、勢いをつけて立ち上がった。余りに立ち上がり方が激しくて、膝元の小皿がひっくり返った。

しいたけの煮物が、むしろのうえにこぼれ落ちた。

「おまえたちふたりは、今日限りでわしのところから出てってくれ」

木兵衛は店立てを口にした。

店子は部屋を借りるときには、一通の証文を家主に差しいれる。

「いついかなるときでも、一切文句を言わずに部屋を明け渡します」と家主に約束する、いわゆる『店立て証文』を差しいれるのだ。

家主が店子を気にいらないと思えば、店立ての理由はなんとでも言えた。

他町から客人を迎えた花見の場で。

灘の下り酒と、砂糖をおごって甘味を利《き》かした料理の数々を、すべて身銭をきって調えた家主が。

いきなり、店子に店立てを食らわしたのだ。

木兵衛店の住人のみならず、庄兵衛、およね、おゆきまでもが、息を呑んだような顔つきになった。

またもや吹き渡った風が、枝に残っていたあらかたの花びらを、四方に舞い散らせた。

二十二

用足しに立っていた常吉《つねきち》と城助《じようすけ》が、弥助桜の近くまで戻ってきた、ちょうどそのとき。

「そうか」

木兵衛の短く言い放った声が、ふたりの耳にも聞こえた。言い終わるなり、木兵衛は勢いよく立ち上がった。

小柄な木兵衛なのに、堂々とした偉丈夫《いじようふ》に見えた。

「いよいよ、おっぱじまったぜ」

「そうらしいな」

城助は、ゆっくりとした足取りで弥助桜のほうへと歩き出した。

木兵衛が怒鳴り始めたら、頃合を見計らって、大家の怒りを鎮《しず》めに入る。これが常吉と城助に割り振られた役回りだった。

「芝居だと分かっていても……」

弥助桜の元に戻りながら、城助は常吉のたもとを軽く引っ張った。

「木兵衛さんの剣幕《けんまく》には、なんとも凄《すご》みがあるからよう。つい、足がすくみそうになっちまうぜ」

「まったくだ」

常吉は、あごに手をあてて足をとめた。

「あの歳で、どっから木兵衛さんは、あんな気合を引っ張り出すんでえ」

城助と常吉は、呆れ顔を見交わしてうなずき合った。


千住の寅と、寅が駕籠で運んできた客とが、新太郎に向かって散々にあてこすりを言った。ところが新太郎は、なにを言われても動こうとはしなかった。

いつもの新太郎を知っている木兵衛店の者からみれば、考えられないことだった。

「なんだ、新太郎のあのざまは」

目元を険しくした木兵衛が、尖った声のつぶやきを漏らした。

「言われっぱなしになるような弱みでも、あいつは寅に握られたのか」

千住の寅のことは、充分に木兵衛は知っていた。

月に一度、入谷の木兵衛店まで銭を運ぶ途中で、寅から嫌がらせを受けたことがあった。木兵衛はそのときの顚末《てんまつ》を、しっかりと覚えていた。

あのときは木兵衛を乗せていたがために、新太郎は寅の煽りには応じなかった。が、寅に対する怒りのほどは、駕籠に乗っていても察することができた。

いまの新太郎は、まるで違った。

寅が言いたい放題を口にしても、取り合わずに知らぬ顔を決め込んでいる。そんな新太郎からは、いささかの怒りも木兵衛には感じられなかった。

「新太郎は、花見に連れてきた客人の手前があって、おとなしくしているようですぜ」

木兵衛のわきに座っていた城助が、およねをそっと指し示した。

「あの婆さんに桜を見せたくて、新太郎と尚平は、夜明け前から坂本村まで出向いたんでやしょう」

「ちげえねえや」

相槌《あいづち》を打ったのは、常吉だった。

「ここでうっかり相手の煽りに乗ったら、婆さんに迷惑が及ぶとでも思ってるんでしようよ」

常吉が口にした見当に、城助は大きくうなずいた。

「新太郎はああみえても、年寄りにはやさしい野郎でやすから」

年寄りという言葉が大嫌いな木兵衛は、城助をきつい目で睨みつけた。城助は首をすくめた。

「おまえたちの見当が、当たっているんだろう」

木兵衛が思案顔を拵えている間も、寅たちは新太郎に向かって毒づいていた。

「おい、耳を貸せ」

城助と常吉を呼び寄せると、木兵衛は小声で指図《さしず》を与えた。

「そいつあいいや」

「しっかりやってくだせえ」

木兵衛に応《こた》えたふたりは、そっと弥助桜の元から離れた。

「そろそろ行かねえと、木兵衛さんはほんとうに店立てを食わせちまうぜ」

「まったくだ」

城助は呆れたという顔で、吐息を漏らした。

「なんてえ口の達者な年寄りなんでえ」

またもや年寄りと言った城助は、木兵衛に聞こえたわけでもないのに、首をすくめた。

二十三

「そんなにいきり立ってねえで、ちょいと待ってくだせえ」

木兵衛と示し合わせた段取り通りに、常吉と城助が止めに入った。

「なんだ、おまえたちは」

ふたりを睨みつけた目は、心底からの怒りに燃えていた。あたかも木兵衛は、芝居を忘れているかに見えた。

「余計な口出しをするなら、おまえたちにも店立てを食わせるぞ」

木兵衛の怒りは、どうみても本物である。城助は怯《ひる》んで、棒立ちになった。常吉は強い舌打ちをしてから、木兵衛に詰め寄った。

「藪から棒に店立てだと言われても、わけが分からねえ。なんだっておれっちまでが巻き添えを食わされるのか、はっきりと聞かせてもらおうじゃねえか」

常吉も芝居であるのを忘れたらしい。木兵衛に食ってかかる調子には、怒りがこめられていた。

「望むところだ」

木兵衛は大きな息を吸い込んだ。われを忘れて気を昂ぶらせていたのを、なんとか鎮めようと思い直したらしい。

吸い込んだ息を、ふうっと音をさせて吐き出した。

「わしは座る。おまえたちも座れ」

常吉と城助が腰をおろすのを見定めてから、木兵衛はその場に座った。

「もっとこっちに寄ってこい」

新太郎と尚平を目の前に呼び寄せてから、木兵衛は再びキセルを手にした。

あれほど激昂《げっこう》していた大家が、いまはケロリとした顔でキセルに煙草を詰めている。木兵衛店の住人たちは、新太郎も含めて、全員が木兵衛の振る舞いを見詰めた。

木兵衛はみんなの目が集まっていることを、百も承知をしているようだ。わざとゆっくりした手つきで煙草を詰めてから、煙草盆の種火にキセルを押しつけた。

甘い香りとともに、ひと筋の煙が立ち昇った。さきほど強く吹いた風が、いまはすっかりやんでいる。煙はまっすぐに昇った。

ふうっ。

ことさら大きな音をさせて、木兵衛は一服を吐き出した。吸い終わったキセルを灰吹きにぶつけて、吸殻を落とした。

役者が舞台で、観客の目をしっかりと意識しているような、堂に入った煙草の吸い方だった。

「ひとはゼニがなくても、生きていくことはできる」

新太郎を真正面から見詰めて、木兵衛はようやく話を始めた。

「ところが男には、これを失《な》くしたら生きてはいけないという、大事なものがひとつある。おまえには、それがなんだか分かるか」

「あたぼうじゃねえか」

問われた新太郎は、即座に答えた。

「分かっているなら、言ってみ……」

「面子《めんつ》だ」

木兵衛が言い終わらないうちに、新太郎は言い切った。

いきなり風が戻ってきた。

弥助桜の周りが、またもや桜吹雪となった。

二十四

満開の弥助桜には、数え切れないほどの花びらがついている。

いきなり戻ってきた風が、弥助桜の周りを吹き渡った。

まんまと風に乗った花びらは、一気に枝から離れた。降り注ぐ陽光が、舞い散る花びらにさえぎられた。

あたかも、陽が薄絹《うすぎぬ》をまとったかのように、光がやわらかくなった。

「なんと、きれいだこと……」

思わず漏らしたおよねの言葉に、庄兵衛がやさしくうなずいた。ぴたりとあったふたりの息遣いに、長屋の女房連中が吐息を漏らした。

花吹雪となった無数の花びらが、木兵衛と新太郎のあたまに舞い落ちた。

「おまえの言う通り、なによりも男が捨ててはならないものは、面子だ」

花びらをあたまに浴びたことで、木兵衛の物言いからきつさが薄れていた。

「ところが新太郎……」

ひと睨みしてから、木兵衛は新しい一服を存分に吸い込んだ。火皿の刻み煙草が真っ赤になった。

ふうっと煙を吐き出した木兵衛は、灰吹きにキセルの雁首をぶつけた。が、叩き方はおとなしかった。

「おまえは、男にとってなによりも大事な面子を捨てている」

「そんなこたあねえさ」

「いや、なくはない」

吸殻を灰吹きに落としてから、キセルを新太郎の胸元に突きつけた。

ほかの者から同じことをされたら、新太郎はすぐさまキセルを払いのけただろう。

しかし木兵衛のなすことには、新太郎は文句をつけなかった。

口では乱暴なことを言いながらも、新太郎は木兵衛のことを、親だと思って敬《うやま》っていた。

「おれがいつ、面子を捨てたりしたんでえ」

「おまえはそのことを、わしに訊いているのか」

「あたぼうじゃねえか。おれが話をしているのは、木兵衛さんだぜ」

「訊いているのなら、おせえてやろう」

キセルを引っ込めた木兵衛は、両手を膝に載せて、正面から新太郎を見詰めた。新太郎も同じ形をとった。

「つい今し方、千住の寅は言いたい放題を吐き捨てた。そうだろうが」

「ああ、そうだった」

新太郎は、木兵衛の言い分を認めた。

「そのとき、おまえはなにをした」

「なにをしたって……おれはなにもしちゃあいねえさ」

「たしかにおまえは、なにもしなかった」

新太郎を睨みつけたまま、木兵衛は何度もうなずいた。まるで、聞き分けのわるいこどもに、噛んで含めているかのようだ。

「なんでえ、その言い草は」

木兵衛の物言いに、新太郎は食ってかかった。ばかにされたと思ったのだ。

ところが木兵衛は、新太郎の怒りにはまるで取り合わなかった。

「おれは、千住の寅の煽りに乗らなかった。あそこで野郎の煽りをまともに買ったりしたら、せっかくの花見がぶち壊しになるじゃねえか」

「だからおまえは、なにもしなかったと言いたいのか」

「言いたいんじゃねえ。おれは、はっきりとそう言ってるんでえ」

「そうだったのか……」

木兵衛の口調は、新太郎をからかっているかのようにおどけていた。

「おまえがそんなに聞き分けのいいおとなになっていたとは、わしはちっとも知らなかったよ」

「そんな、ひとを小ばかにしたような物言いはしねえでくれ」

「ほう……わしが小ばかにしているのも、おまえには分かってるのか」

木兵衛は、さらにからかい口調を強めた。新太郎の顔が、怒りで上気していた。

「なんだ新太郎、文句があるのか」

問われた新太郎は、歯軋りをしながら木兵衛を睨みつけた。ギリギリと歯を軋ませながら、手を振り上げないようにと踏ん張っているようだった。

「おいっ、新太郎っ」

裂帛《れっぱく》の気合を込めて、木兵衛は新太郎の名を呼んだ。弥助桜の下から、ざわめきが消えうせた。

新太郎は顔つきをこわばらせた。が、すぐさま表情を元に戻した。

「なんでえ、なんでえ。いきなり、妙な声を出したりして」

「利口《りこう》ぶったことを言うんじゃない」

きつい口調で言い切ってから、木兵衛はまたもやキセルに煙草を詰め始めた。新太郎は口を開かずに、木兵衛が話し始めるのを待っていた。

木兵衛はゆっくりと刻み煙草を詰めている。長屋の住人たちも、およね・庄兵衛の夫婦も、そしておゆきに尚平、新太郎も、だれもが息を詰めたような顔つきで、木兵衛を見詰めている。

またもや大横川から、風が吹き渡ってきた。しかし先刻ほどに強くはなかった。それでも散り残っていた花びらが、ふわっと枝を離れて舞い始めた。

煙草を詰め終わった木兵衛は、強い調子で吸い込んだ。赤くなった火皿に、ひとひらの花が舞い落ちた。

煙草と一緒に、桜が燃えた。

ふうっと煙を吐いた木兵衛は、長屋の女房連中に目を向けた。

「だれかわしに、一杯注《つ》いでくれないか」

一献の酒で、場の張り詰めた気配をゆるめようと思ったのだろう。木兵衛はキセルを盃に持ち替えていた。

「あたしがやります」

木兵衛の頼みを、おゆきが引き受けた。

「気がつきませんで、ごめんなさい」

詫びながら、木兵衛が手にした盃をひさごの酒で満たした。あたりを舞っていた花びらが、二枚重なって盃のうえに落ちた。

木兵衛はいかにも美味いという顔で、桜酒を呑み干した。

二十五

「新太郎さんが、千住のいやらしいお客の煽りに乗らなかったのは、利口ぶりたかったからではありません」

木兵衛が盃を干したのを見届けてから、およねが口を開いた。長屋の面々が、一斉におよねに目を移した。

「旅籠のあるじだという、あのいやったらしい男の煽りに乗ったりしたら、あたしを苦しめると新太郎さんは思ったんです。だから、なにを言われても、じっと黙っていてくれたんです……」

ほんとうにごめんなさいと詫びたおよねは、新太郎の前で両手をついた。

「よしてくだせえ、およねさん」

新太郎はおよねの肩に両手をあてて、身体を起こした。

「おれが黙ってたのは、ふっと魔がさして、意気地をなくしたからでさ。およねさんのせいなんかじゃありやせん」

新太郎はおよねに、照れ笑いのような顔を見せた。

「でも、いまはもうでえじょうぶでさ」

新太郎は木兵衛のほうに向き直った。

「木兵衛さんから、きつい一発を食らったもんで、しっかりと意気地が戻ってきやした」

「だったらなによりだ」

木兵衛はわざと素っ気なく答えると、おゆきに目を移した。新太郎とまともに向き合っているのを、きまりわるく感じたのだろう。

「もう一杯、注いでくれないか」

「喜んで」

おゆきは顔をほころばせて、酒を注いだ。木兵衛はぐいっと勢いよく呑み干すと、新太郎に目を戻した。

「意気地が戻った新太郎さんは、この先なにをする気かね」

「そんなこたあ、言うまでもねえ」

「いや、言ってもらわないと、わしには分からない」

「まったく、歳はとりたくねえもんだ」

「なんだと、新太郎。いまほざいたことを、もういっぺん言ってみろ」

「歳をとって、突き当たりまで言われなきゃあ分からねえようにはなりたくねえと、そう言ったんでさ」

「歳をとったというのは、わしのことか」

「ほかには、だれもおりやせんぜ」

木兵衛と新太郎のやり取りが、いつも通りのものに戻っている。長屋の住人たちの顔にも、笑みが戻っていた。

「これから千住の寅を相手に、尚平とひとっ走りやってきやす」

「それでこそ、深川の男だ」

木兵衛は、手にしていた盃を新太郎に持たせた。おゆきからひさごを受け取ると、あふれんばかりに盃に注いだ。

「いただきやす」

ぐびっと音をさせて呑み干した新太郎は、盃を尚平に持たせた。木兵衛はすかさず酒を注ぎ、尚平も威勢よく呑み干した。

「これで、いざ出陣というところだな」

木兵衛は満足げな笑みを浮かべて、新太郎と尚平を見た。

「木兵衛さんから店立てを食わされねえように、命がけで走ってきやす」

「おまえと尚平なら、あの連中に負ける気遣いはないが……油断はするな」

「へいっ」

ふたりは声を揃えて、しっかりと答えた。

だれもが心底から安堵したのだろう。弥助桜の下の気配が、大きくゆるんだ。

「お願いがあります」

成り行きを見ていたおゆきが、木兵衛の前に進み出た。だれも予想だにしなかった展開となった。住人たちが目を見開いておゆきを見ている。

新太郎も尚平も、おゆきに目を向けた。

尚平が顔つきをこわばらせているのは、滅多にないことだった。

「あたしにも、そのひさごのお酒を一杯注いでください」

おゆきはいつの間にか、盃を手にしていた。

おゆきがなにを考えているかを、木兵衛は呑み込んだようだ。

「あんた、駕籠に乗ったことはあるのか」

「ありません」

「それでも、行くんだな」

「行きます」

おゆきの返事には、いささかの迷いもない。木兵衛の両目は、おゆきの気性を称《たた》える光を帯びていた。

酒が注がれて、おゆきは一気に呑み干した。

「あたしも一献、いただきます」

声の主はおよねだった。弥助桜の下に、どよめきが起きた。

「あたしは、もう駕籠に乗れる身体ではありませんが……おゆきさんに、乗り方を伝授することはできます」

およねが言い切ると、庄兵衛が立ちあがった。

「うちのは若いころ、日本堤の毘沙門天のふたつ名であのあたりを、それこそぶいぶいと言わせていたもんだ」

「いいぞう、およねさん」

城助と常吉が、その場に立ち上がった。つられて、長屋の全員が立った。

「毘沙門天のおよねさんがついてりゃあ、この勝負はいただきだわさ」

石工の女房が言い切った。

大きな拍手が沸きあがった。

その音に驚いたのか、風はないのに花びらが舞い始めた。

二十六

「寅をつかまえて、話をしてきやす」

およねに向かって、新太郎は笑いかけた。相手が釣り込まれそうになる、邪気のない笑顔だ。この笑い顔のできることが、新太郎の育ちのよさをあらわしていた。

「お願いします」

およねもまた、笑顔で応じた。

「行くぜ、尚平」

呼びかけても、めずらしく尚平から返事がなかった。新太郎は長屋の連中や、およねに気づかれないように、軽く尚平の足を蹴った。

その蹴り方で、尚平は新太郎の意図に気づいたようだ。

「がってんだ」

短い返事とともに立ち上がった。

「戻ってきたら、乗り方の稽古《けいこ》をつけてやってくだせえ」

もう一度笑顔をおよねに向けてから、新太郎と尚平は弥助桜の下を離れた。

寅たちが待っているのは、大横川の桜並木の入り口、黒船橋のたもとである。新太郎は黒船橋のひとつ手前、蓬萊橋のあたりで足をとめた。

周りを見回し、知った顔がいないことを確かめてから、石垣の上にしゃがみ込んだ。

駕籠勝負を挑んできた千住の旅籠、村上屋のあるじと寅たちが待っているのは、まだ半町（約五十五メートル）は先である。

「もしも……もしもですが、あたしらの駕籠と駆け比べをする気になったら、こちらは受けさせてもらいますよ」

村上屋がいやらしい口調で煽り立てたとき、寅はそんな度胸のあるやつはいないと、言葉を吐き捨てた。

あのときの村上屋の顔つきを思い出した新太郎は、息遣いが荒くなるほどに怒りが込み上げてきた。

両手を何度も叩き合わせた。

バチンッ、バチンッと大きな音が立った。わきを通りかかった親子連れのこどもが、音に怯えて母親にしがみついた。

「大丈夫よ、なにもされないからね」

母親はこどもの肩を抱くようにして、足早に行き過ぎた。

「やめれ、新太郎」

ひとの目を気にした尚平が、新太郎の振る舞いを諫めた。が、新太郎は怒りが収まらない。足元に転がっていた小石を拾うと、大横川に投げ込んだ。力を加減して投げたつもりだったが、小石は大きな波紋を描き出した。

いきなり飛び込んできた石に、大横川の魚が驚いたらしい。幾重《いくえ》にも重なった同心円の真ん中から、一尾が飛び跳《は》ねた。

「いまの魚を見たか、尚平」

「見たとも」

「あいつあ、イナだぜ」

「あの背中だら、たしかにイナだな」

ふたりは、魚が跳ねたあたりを見詰めたままだった。

ボラは稚魚《ちぎょ》から大きく育つにつれて、呼び名の変わる『出世魚』だ。

体長一寸（約三センチ）ほどの稚魚をハク、少し育った小形魚をオボコ、一尺（約三十センチ）ほどになればイナと呼び、成魚をボラと称した。

新太郎の小石に驚いて飛び上がったのは、まさに一尺大のイナだった。

イナの背は灰青色で、特有のまだら模様である。新太郎はひとから「イナ背」と呼ばれるのを、なによりも好んだ。

イナの背のような勇み肌というのが、言葉の起こりである。

村上屋が置いていった煽り言葉を思い出して苛立《いらだ》っていたら、本物のイナが飛び跳ねた。そして新太郎に、灰青色の背を見せた。

ばかなことで苛立つのは、イナ背な男のすることじゃない……と、イナに教えられたようなものだ。

新太郎は大きく息を吸い込んだ。ふうっと吐き出したときには、顔つきがすっかり穏《おだ》やかになっていた。

「村上屋が言ったことを、おめえは覚えてるだろうがよ」

「ああ、覚えてるだ」

答えた尚平は、花びらを浮かべて流れる大横川の川面《かわも》に目を戻した。いつもは澄んでいる両目が、いまは深く沈んでいた。

「いまから四半刻だけ、黒船橋のたもとで待ちます。もしもその気になったら、声をかけてもらいましょう」

あごを突き出した村上屋は、こう言い置いて弥助桜から離れて行った。

木兵衛にきつい言葉を投げつけられるまで、新太郎は村上屋の言ったことを聞き流す気でいた。

駕籠勝負の決め手となるのは、担ぎ手と乗り手の息遣いである。両者の呼吸がぴたりと合わない限りは、勝負に勝ち目はなかった。

千住の村上屋はおのれの乗り方には、駕籠勝負を挑みかかるだけの自信があるのだろう。寅たちが村上屋の言いなりになっていることからも、それは充分に察せられた。

寅はひと一倍の見栄っ張りである。

新太郎と尚平が本気で走れば、どれだけの脚力があるのかは、充分に知っている。たとえ十両の酒手をはずまれたとしても、村上屋がだめな乗り手だったなら、寅は勝負を挑ませなかったに違いない。

いざとなれば、カネよりもおのれの名前を大事にするのが、寅の生き方だ。その気性を分かっているだけに、新太郎も寅には一目を置くこともあるのだ。

村上屋と寅に煽られても、新太郎は応じなかった。せっかく花見を楽しんでいるおよねに、余計な気持ちの負担をかけたくなかった。が、それは単なる言いわけだと、新太郎はわきまえていた。

勝負を受けたくても、頼りになる乗り手がいない。それこそが、勝負を受けなかったまことのわけである。

およねを乗せてみて、新太郎は心底から驚いた。さほどに飛ばしたわけではないが、見事に駕籠と息遣いを合わせていたからだ。

「昔は疾風駕籠で、ぶいぶいと言わせていたのよ」

この言い分にも、充分に得心がいった。

が、いまのおよねに駕籠勝負は、できるはずもなかった。

ところが思いがけない成り行きで、おゆきを乗せることになった。しかもおよねが、乗り方の稽古をつけるというのだ。

おゆきの勝負勘がよくて、人並み外れて身のこなしが軽かったとしても。

どれほどおよねが、上手に乗り方のコツをおゆきに伝授したとしても。

駕籠の乗り方の極意を、たかが四半刻の稽古で体得できるものではなかった。生まれつき身のこなしが敏捷《びんしょう》だといわれる者でも、一カ月はかかるだろう。

たとえて言うなら、猪牙《ちょき》舟に上手に乗るのと同じことだった。

『猪牙で小便、千両』と言う。

大川を行き来する猪牙舟は、凄《すさ》まじく船足が速いが、揺れも激しい。立ち上がるだけでも、ひと苦労である。

そんな猪牙舟から上手に小便ができるようになったころには、舟遊びに千両のカネを遣っている。『猪牙で小便、千両』は、そのことを言い表していた。

駕籠も同じである。乗り方のコツを体得するには、相応のときとカネが入用だ。ましてて走り勝負をする疾風駕籠であれば、にわか仕込みの乗り手に勝ち目は皆無だ。

それが分かっているがゆえに、尚平は深く考え込んでいた。

おゆきでは勝てない。

だれよりも、前棒を担ぐ尚平はそのことを分かっていたのだ。

勝負に負ければ、新太郎が痛手を負う。その元を作るのが自分とおゆきだと思うと、気は重く沈むばかりだった。

「イナ背も見たことだしよう」

新太郎は右手を伸ばして、尚平の肩をポンと叩いた。

「負けると決まったわけじゃねえんだ」

「ほんとにそう思ってるだか」

「おゆきさんには、並のものにはねえ勝負のツキがある。それは間違いねえ」

新太郎は勢いよく立ち上がった。

「吾妻橋まで、ひとッ走りしようぜ」

新太郎が見せた笑顔に、あれほど沈んでいた尚平が、まんまと釣り込まれていた。

二十七

村上屋六造《ろくぞう》は、黒船橋たもとの石垣に腰をおろしていた。

石垣には、桜材で拵えた臙脂《えんじ》色の煙草盆が置かれていた。小柄な寅が村上屋のわきに立って、なにかと世話を焼いている。

おもねっている様子ではないが、ひとの世話を焼く寅の姿は、さまになっていない。

やめねえな、寅。

胸の内で大きな舌打ちをしてから、新太郎は村上屋に近寄った。

「あたしを見て、なにも顔をしかめることはないでしょう」

村上屋は、べちゃっと粘り気のある物言いをする。新太郎は大きな吐息をついて、その粘り気を押し戻した。

「おれはあんたを見て、いちいち顔をしかめるほどには、おたくさんを気にしているわけじゃねえ」

おめえごときは、まるで気にしてはいねえと、言葉には出さずに続けた。

「これはまた、大したごあいさつだ」

立ち上がった村上屋は、新太郎のほうに向けてキセルを振り回した。吸殻は入っていないが、手入れがよくない。雁首についていたヤニが、四方に飛び散った。

「村上屋さんよう」

立ち止まった新太郎は、腕組みをして村上屋を睨みつけた。

「どうかしましたかね」

「てえしたことじゃあねえんだが」

強い目つきには不似合いな、おとなしい口調で新太郎は言葉を続けた。

「おれはあんたとは、ヤニをぶっかけ合うほどには親しくはねえんだ」

「なんですと？」

「あんたがキセルを振り回すと、周りにヤニが飛び散って汚くてしゃあねえ」

新太郎は村上屋を睨みつけている顔を、わざと大きくしかめた。村上屋は気色《けしき》ばんで、新太郎を睨み返した。

「そうは言っても、仲がよけりゃあ、飛んでくるヤニぐれえは、どうてえこともねえ。ところが相手が嫌な野郎だったら、ちっぽけなシミをつけられても、とっても勘弁できねえてえのが人情だ」

おれはあんたとは、ヤニをぶっかけ合うほどには親しくはねえ……。

新太郎は村上屋を見下ろしながら、もう一度同じ言葉をなぞり返した。

「今度は分かってもらえやしたかい」

落ち着いた口調で話しているだけに、余計に強く皮肉の棘《とげ》が突き刺さったらしい。

「そんなあいさつを聞かせるために、わざわざ桜の下から出向いてきたのかね」

言い終えた村上屋は、口をへの字に曲げた。

「あれえ……おかしいなあ」

いたずら小僧のような物言いをしつつ、新太郎は顔つきをゆがめた村上屋を見た。

「ここにおれが出向いてきたわけを、おたくさんに話しやせんでしたかい」

「そんないやらしい口調を引っ込めて、さっさと用向きを聞かせたらどうだ」

「こいつぁ、申しわけねえ」

顔を大きくほころばせてから、新太郎はあたまをポリポリッと掻《か》いた。

「ついさっき弥助桜の下で申し出があった一件を、受けさせてもらいにきやした」

「ほう……そうだったのか」

村上屋の顔つきが、大きくゆるんだ。

「尻尾《しっぽ》を巻いて逃げ出したんだとばかり思っていたが……それで駕籠に乗るのは、坂本村から出張ってきた、あのひとかね」

「坂本村があのひとの在所《ざいしょ》だと、よく分かりやしたねえ」

「なにを、大層に」

村上屋は、すっかり元の鷹揚《おうよう》ぶった調子に戻っていた。

「大きなことを言うようだが、あたしは千住宿の村上屋六造だ」

ぐいっと胸を反り返らせた村上屋は、相手を小ばかにしたような目で新太郎を見上げた。

「冥土《めいど》行きを目の前にした婆さんの在所ぐらいは、目をつぶっていても言い当ててみせます。もっとも、そんなことをしたところで、幅が利くわけじゃないが」

「そんなこたあねえやね」

新太郎は、村上屋を煽り立てるような口調になっていた。

「もしも坂本村のあのひとを打ち負かしたりしたら、おれも尚平も、村上屋さんの言いなりになりやすぜ」

新太郎は、乗り手がおよねからおゆきに代わったことは、口にはしなかった。

およねだと決めつけているのは、村上屋なのだ。新太郎はひとことも、乗り手がおよねだとは言っていない。村上屋に調子を合わせて『坂本村のあのひと』と言い続けていた。

「ほんとうに、あたしの勝負を受けると言うんですな」

「念押しには及びやせん」

腕組みをほどいた新太郎は、木兵衛店の方角を指差した。

「おれがここにくる前に、尚平はあのひとを長屋に案内してやしてね」

「なんですか、長屋というのは」

村上屋がいぶかしげな顔で問いかけた。

「おれと尚平とが暮らしている、木兵衛店てえ裏店でさ」

「そこでなにをしようと言うんだね」

「駕籠勝負にのぞむには、相応の身なりがいりやすんでね。その身繕いをしようてえわけでさ」

「早桶《はやおけ》に両足を突っ込んでいながら、身繕いもないと思うがねえ」

村上屋の言ったことに、寅は真顔で大きくうなずいた。新太郎はその寅に目を向けた。

「おんなてえ生き物は、どんなときでも身繕いを大事にしやすんでね」

わずかな間だけでも、駕籠乗りの稽古もしてもらいたいから……新太郎は、駕籠乗りの稽古という言葉に力を込めた。

寅とは敵同士とはいえ、同じ駕籠舁きである。これからの真っ向勝負に備えて、乗り方の稽古をするということには得心したらしい。

「稽古には、どんだけひまがかかるんでえ」

初めて寅が口を開いた。

「駕籠勝負の始まりを、八ツ（午後二時）の鐘てえことにしてもらいてえ」

「八ツからとは、また随分とごゆっくりじゃないか」

刻はまだ正午前である。八ツといえば、一刻（二時間）も先の話だ。

「しっかり稽古をつけてえんでさ。それぐらいは待ってくだせえ」

新太郎は、八ツの開始を譲《ゆず》る気配は見せなかった。

「そういうことなら……」

村上屋は薄い唇をぺろりと舐《な》めた。

「一刻待つかわりに、賭けをしよう。それを呑むというなら、八ツまで待ってもいい」

村上屋の目に、妖しい光が宿されていた。

二十八

ふうっと大きなため息をついてから、新太郎は足元に目を落とした。丸い小石が、わらじのすぐわきに転がっていた。

右足を小石に載せた新太郎は、思いっきり足の裏に力を込めた。重なりあった桜の花にさえぎられて、地べたには陽の光が届いていない。土は固く乾いてはおらず、ほどよく柔らかだった。

新太郎に強く踏まれて、小石は土のなかにめり込んだ。

わらじの底で小石を踏んづけるのは、苛立ったときの新太郎のくせである。地べたが柔らかだったこともあり、丸い小石はすっかり土のなかに埋もれている。

新太郎の苛立ち具合がよく分かった。

にわか仕込みは承知のうえで、おゆきに駕籠乗りの稽古をさせていた。師匠はおよねである。

木兵衛店の路地で稽古を続ける刻を稼ぐために、新太郎は出発を八ツにしてほしいと申し出た。

八ツにはまだ、一刻以上の間がある。充分ではなくても、一刻あれば多少の稽古はつけられると判じてのことだった。

新太郎の申し出を聞いて村上屋は、薄い唇を真っ赤な舌でぺろりと舐めた。

新太郎がいきなり小石を深くめり込ませたのは、村上屋の物言いの尊大さゆえだった。

「賭けてえのは、いってえなにを賭けようてえんだ」

新太郎は努めて抑揚《よくよう》のない物言いをした。

これまで何度も新太郎と尚平は、駕籠の走りにかかわる賭けをしてきた。駕籠舁きには、走りを賭けのタネにされることは、格別にめずらしいことではなかった。

だれが一番速く走れるか。

答えがすぐに出て、だれの目にも分かりやすい。走りが自慢の駕籠舁きには、挑まれれば、なにがあっても応ずる賭けなのだ。

いま目の前にいる千住の寅とも、入谷から雑司《ぞうし》が谷《や》の鬼子母神《きしぼじん》に向かう道で、かつてやりあったことがあった。

とはいえあのときは、寅と賭けたわけではなかった。賭けは今日が初めてである。どちらの駕籠が速いか、きっぱりとケリがつけられると思えば、身体の芯から気持ちが昂ぶった。

しかしいまの新太郎は、昂ぶりではなく、苛立ちを抱えていた。

賭けを口にした村上屋の物言いが、新太郎の気持ちを逆撫《さかな》でしたからだ。尋常な勝負を求めているのではなく、賭けを始める前から相手を見下している。

賭けだと言いながら、この男はなにかよからぬことを企《たくら》んでいる……。

それを新太郎の本能が察していた。ゆえに賭けの中身を聞く前から、強い苛立ちを覚えていた。

「賭けの中身がなにかと、あんたはあたしに訊いているのかね」

「なぞり返さなくていい」

新太郎は言葉を吐き捨てた。埋まっている小石を、もう一度強く踏みつけた。

「賭けてえのは、なにを賭ける気なのか、そいつを聞かせてくんねえ」

「訊いてどうするのかね」

村上屋は、相手を小ばかにした物言いをやめなかった。

「どうするとは、どういう意味だ」

「どうもこうもない。言葉の通りだ」

村上屋はあごを突き出したまま、新太郎のほうに一歩を詰めた。

「あたしに賭けの中身を訊いて、あんたはどうする気かね」

「じれってえ野郎だぜ」

ふんっと鼻をならした新太郎は、自分のほうから村上屋に詰め寄った。

「ご大層にもったいをつけてねえで、なにを賭ける気なのか、その中身を言ってみねえ」

「言ったら受けるのか」

村上屋の口調が変わった。小ばかにしたような調子を引っ込めて、相手を煽り立てる口調に変えていた。

「なんだとう」

「分からないなら、何度でも言おう」

村上屋は口を開く前に、わざと大きな深呼吸をした。息を吐き出してから、新太郎を見上げた。

「賭けの中身がなんであるのか、言うのはたやすいことだ。それを明かしたら、あんたはかならず賭けを受けるのか」

村上屋の声が大きくなった。周りにいた花見の客が、なにごとが起きたのかという顔つきで人垣を拵え始めた。

ひとの群れができたのを見て、村上屋はまた深呼吸をした。その息を吐き出したときには、しゃべる声の大きさが倍になっていた。

「賭けの中身を言えと言うなら、明かしてもいいが、その代わり、あんたはかならずその賭けを受けると約束をしろ」

大声で迫られた新太郎は、言葉に詰まったような顔つきだった。

「なんだ、その顔は」

さらに声を大きくして、新太郎を虚仮《こけ》にしはじめた。

「こちらの寅さんを相手に、いつもは大口を叩いているようだが、あたしの賭けひとつすら受けられないのかね」

こんな男のどこが深川一の駕籠だと、村上屋は見物人に向かってあざけり顔を見せた。

尚平がこの場にいれば、村上屋の前から上手に新太郎を引き離しただろう。しかしいまは、おゆきの稽古を見るために、木兵衛店に先回りしていた。

この場にいるのは、村上屋と千住の寅だけだ。ふたりとも、いわば新太郎の仇《かたき》も同然である。

自分の地元の深川で、よそ者の村上屋に散々に小ばかにされたのだ。

我慢の袋を縛った紐が、ブチッと音を立てて切れた。

「ぐだぐだと、いつまでもごたくを並べなくても結構だ」

腕組みをした新太郎は、村上屋の前で仁王立《におうだ》ちの格好を拵えた。

「おめえさんが売りてえという喧嘩《けんか》だ、高いの安いのと言う気はねえ。売値は幾らでもいいから、口にしねえ。おめえさんの言い値で、すっきりと買うぜ」

胸の内にたまっていた苛立ちを、一気に言葉にして吐き出した。

村上屋の顔に、薄笑いが浮かんだ。まんまと新太郎が乗ってきたことを、ほくそえんでいた。

「あたしが賭けるのは、小判で千両だ」

人垣から、どよめきが起きた。

「高いの安いのは言わない、言い値で買うと、あんたはいま、はっきりとそう言った」

腕組みをした新太郎に向かって、村上屋はぐいっとあごを突き出した。

「あんたが言ったことは、ここにいるだれもが聞いている。あんたと勝負して走る、千住の寅さんも聞いている。そうだな、寅さん」

「へい。しっかりと聞きやした」

答えた寅も、薄笑いを浮かべていた。

「そういう次第だ。この場にいる多くのひとが、あんたが言い値で買うと言い切ったことを聞いている」

新太郎は腕組みをほどかず、村上屋を見下ろしている。しかし顔色は蒼白だった。

「あんたに言い値で買ってもらうのは、千両という大金の賭けだが……いいんだろうねえ、ほんとうにそれで」

村上屋は、またもや薄い唇をぺろりと舐めた。目の前で身動きできなくなっている獲物を見て、まむしが舌なめずりをしているかのようだ。

「もしも買えないというのなら……」

村上屋は、人垣を見回した。

花道に立った役者が、客席に向かって見得を切る。村上屋の振る舞いは、まさに大見得を切る役者のものだった。

「この場で大口を叩いたことを、あたしに詫びてもらおう。詫びの印は、あんたの自慢の髷で勘弁しようじゃないか」

新太郎は腕組みをしたまま、ふうっと大きな息を吐いた。

頭上の桜が舞い散った。

二十九

村上屋六造は、桜見物をしている者にも聞こえるように、わざと大声を出した。

賭けのカネが千両。

深川に暮らす者は、物見高いといわれる江戸っ子のなかでも、ひときわ火事・喧嘩などの騒動が好きである。

「聞いたか、いまのを」

「あたぼうじゃねえか」

「千住からきたというとっぽい親爺《おやじ》は、駕籠の駆け比べで千両を賭けると言ったんだ。おれが聞き漏らすわけがねえだろう」

村上屋が聞こえよがしに口にしたことは、しっかりと周りの者に届いていた。聞いた連中は、それを大声で言いふらした。

「すげえことが始まるぜ」

「ここから吾妻橋までの駆けっこに、千両のゼニを賭けるらしい」

まばたきひとつもしないうちに、賭けの話は大横川沿いの道を走りめぐった。

村上屋は、どうだといわんばかりにあごを突き出して新太郎を見詰めていた。

本来ならば目を大きく剝いて、團十郎《だんじゅうろう》ばりに大見得を切り、新太郎を見下ろしたかったに違いない。

しかし背丈《せたけ》では、村上屋よりも新太郎のほうが六寸以上も高いのだ。

村上屋はあごも突き出したし、目も大きく剝いている。が、新太郎を見下ろすことはできずにいた。

千両の賭けを突きつけられた新太郎は、言葉に詰まった。

千住の寅なら、勝負の相手として不足はなかった。絶対に勝てるとは、胸の内でも言い切れない。しかし力が互角であることは、充分に分かっていた。

勝ち負けは、前棒を担ぐ尚平の加減次第だ。おゆきとの仲がうまく運んでいるいまは、尚平は大いに気持ちが乗っている。

そのことは、およねを乗せて深川まで走ってくる道中でも、強く感じていた。

尚平がいまの調子でいる限り、勝負に負ける気遣いはねえ……新太郎は、相肩を心底から信頼していた。

勝負には勝てる。が、賭け金の千両がなかった。

実家に話せば、千両のカネぐらいはなんとでもなるだろう。しかしどんな理由であれ、たとえそれが命を賭《と》した一世一代の勝負だとしても、賭け金の工面で父親にあたまを下げることは、新太郎にはできなかった。

父親もきっと同じだと、新太郎には分かっていた。

千両の使い道が賭けの元手だと分かったときには、新太郎が命をとられるとしても、杉浦屋《すぎうらや》はカネは出さない。

両替商当主の矜持として、父親はそんなカネを用立てることはしないに違いない。

「さっきまでの威勢は、いったいどうしたというのかね。たかが千両のカネで、尻込みをするような駕籠舁きでもないだろうに」

村上屋は、粘り気のある口調で新太郎を煽り立てた。

勝負には、勝てる自信はあった。

しかし、千両勝負を受けて立つ元手はない。悔しくても、新太郎にはまだ、千両を右から左に動かせるだけの器量はなかった。

「おれは、あの駕籠舁きを知ってるぜ」

桜の下に集まった野次馬のひとりが、新太郎を指差した。

「去年の暮れの駆けっこ札で、単勝にへえった男だ」

「ちげえねえや」

わきに立っていた仲間が、大きく何度もうなずいた。

「おれはあいつの札を買って、十三倍も儲けさせてもらったぜ」

「ちょいと待ちねえな」

厚手の半纏《はんてん》を着たもうひとり別の仲間が、小柄な寅を指差した。

「あすこに立ってる駕籠舁きも、駆けっこ札にかかわってたはずだぜ」

半纏姿の男は、新太郎と寅の組み合わせで、連勝札が三十九倍になったと大声で話した。去年の暮れの駆けっこは深川だけにとどまらず、本所の先の向島や浅草、今戸《いまど》の辺りにまで評判が聞こえた行事だった。

「そうだった、そうだった」

三人連れの見物客が、暮れの行事を思い出してうなずきあった。周りにいた者の何人かも、思い当たったらしい。

「暮れの勝負を、もういっぺんやろうというのか」

「おもしろい。大いにやんなさい」

新太郎たちを取り囲んだ見物客が、大騒ぎを始めた。

「千住から出てきたという御仁《ごじん》に、ここで勝手なことをさせては深川者の恥になる」

大店の隠居風の年寄りが、長いあごひげに手をあてて言い切った。

「いいこと言うぜ、とっつあんは」

騒ぎの口火を切った三人組のひとりが、一段と声を張り上げた。

「てえことは、ご隠居が千両の賭けを引き受けるてえのか」

「わしはまだ隠居ではないぞ、お若いの」

年寄りは、強い目で半纏姿の男を睨んだ。長いあごひげが、気迫で揺れた。

「千両のカネは持ち合わせてはおらんが、十両ならこの場で出せる」

年寄りは綿入れのたもとから、財布を取り出した。黄色地の布に紅色の格子柄が染められた、派手な拵えの財布である。

中身が相当に詰まっているのだろう。年寄りが手に提げると、重さゆえにずしっと垂れ下がった。

「そちらの千住の御仁は、いともたやすく千両のカネを口にしたが、千両はなまやさしい額ではない」

財布の紐をゆるめた老人は、わきに従っている手代《てだい》風の男に目で指図をした。うなずいた手代風の男は、手に持っていた風呂敷包みをほどいた。出てきたのは、朱塗りの中型の盆だった。

見るからに上物の盆である。桜の木漏れ日を浴びて、盆の朱色が艶を見せた。

見物人たちは、なにが起きるのかと息を詰めて老人を見詰めた。

ウオッホンと空咳をひとつしてから、老人は目の前に差し出された盆の上で、財布をひっくり返した。

ジャラジャラジャラッ……。

乾いた音とともに、一分《ぶ》金・一朱《しゅ》金の金貨と、一匁の小粒銀が盆の上で重なりあって小さな山を築いた。

満開の桜の枝をすり抜けて、陽が降り注いでいる。盆の上に積み重なった金貨と銀貨が、鈍い輝きを見せた。

見物人の間から、ため息が漏れた。

「わしは用があって、今日はこれだけのカネを持ち歩いているが、これらの金貨と小粒銀を合わせても、十両に届くぐらいだ」

言葉を区切った老人は、静かな目を村上屋に向けた。

「そちらの御仁が言われた千両は、ここにある金貨と銀貨を合わせたものの百倍という、途方もないカネだ」

わしは永代橋《えいたいばし》東詰で鼈甲屋《べっこうや》を商っておるがと、老人は屋号を言わずに素性を語り始めた。

「百年以上も永代橋で商いを続けておる身でも、千両のカネは簡単には用意できない」

野次馬の間から、そうだそうだ、ちげえねえやねと、大声の合いの手が入った。声が静まるのを待って、老人は言葉を続けた。

「もしも千両を賭けるというなら、この場で本当にそのカネが用意できるというあかしを見せてもらいたいものだが、いかがなものかのう、村上屋さんとやら」

老人が口を閉じた。

長いあごひげが陽を浴びて、艶々と光っていた。

三十

老人の向かい側で、村上屋は目を伏せていた。地べたを見つめて、気後れしたかのように足をもじもじと動かしている。

「どうしたよ、千住の大将」

「鼈甲屋の旦那に急所を刺されちまったのか」

「このまま黙ってけえるなら、追い討ちはかけねえから安心してくんねえ」

周りの野次馬が、大声で囃《はや》し立てた。

地べたを見つめていた村上屋は、顔をあげると思いっきり息を吸い込んだ。その息をすっかり吐き出してから、手に提げていた巾着《きんちゃく》の口を開いた。

騒いでいた野次馬が、一気に静まった。

村上屋はもったいをつけた所作で、巾着から小さな革袋を取り出した。鹿皮をなめした、こげ茶色の革袋である。

木漏れ日があたるように、村上屋はこげ茶色の革袋を左手に持ち替えた。陽を浴びた革袋は、艶々と光って見える。色味を見ただけで、遠目にも極上の鹿革だと分かった。

袋は、細身の紐で口を閉じる細工になっていた。紐の真紅《しんく》と、こげ茶色の鹿革とが、色味を引き立てあっている。

紐をゆるめて袋の口を開いた村上屋は、二寸角はありそうな大型の印形《いんぎょう》を取り出した。取り囲んだ野次馬たちにも見えるように、村上屋は印形を高くかざした。

ひとしきり見せつけてから、その印形を革袋に仕舞った。印形の代わりに取り出したのは、小ぶりの帳面だった。

「鼈甲屋さんにはこの帳面がなんであるか、もちろんのこと、お分かりでしょうな」

村上屋は老人の目の前で、帳面をヒラヒラさせた。老人は顔をしかめた。

「いかがでしょう、ご隠居」

村上屋は、ことさらご隠居の部分に力を込めた。あたかも自分は旅籠の当主で、あんたは代を譲った隠居だと言わんばかりである。

「そのように、二度も重ねて問われるまでもない。わしの目の前でヒラヒラして目ざわりな帳面は、両替商の為替《かわせ》切手だ」

老人は吐き捨てるような口調で答えた。

「さすがは鼈甲屋さんのご隠居だ。帳面の表紙を見ただけで図星をさされた」

野次馬たちは、息を詰めて村上屋を見つめている。多くの目が集まっているのを意識したのか、村上屋の物言いは次第に芝居がかっていった。

「こちらの鼈甲屋さんが言われた通り、あたしが手にしているのは為替切手です」

したり顔を拵えた村上屋は、野次馬に向かって為替切手の講釈を始めた。

「両替商といっても、身代《しんだい》の大きさはピンからキリまで、ごまんとあります。なかには夜逃げをかますような不届きな両替商もいるらしいが、あたしが蓄《たくわ》えを預けている奥州屋《おうしゅうや》は、並の両替商とはわけが違います」

村上屋は、もう一度革袋に手を入れて、先刻の印形を取り出した。

「あたしがこの印形を押した為替切手を奥州屋に持ち込めば、その場で千両のカネが払い出されます」

村上屋は、役者が見得を切るように目を剝いて野次馬を見回した。

どよめきが、桜の下に広がった。

為替切手は蓄えを預かった両替商が、得意先に渡す切手帳面である。

両替商に蓄えを預ける者は、年に三分（三パーセント）近い『預かり賃』を支払った。カネを安全に預かってもらうための手数料である。

五年以上の付き合いののち、両替商が得意先を信用したときには『為替切手』帳面を取引先に手渡した。

為替切手に金額を記入し、両替商に届け出ている印形を押せば、現金と同じである。その為替切手を両替商に持参すると、百両までは即座に払い出しを受けられた。

ただし持参人を両替商が不審に思ったときには、為替切手の振出人に確かめることもあった。

また百両を超える金額の為替切手は、払い出しに二日を要した。二日というのは、為替切手の振出人に間違いがないかどうかを確かめる猶予《ゆうよ》期間である。

ところが村上屋が口座を開いている奥州屋は、猶予期間をおかずに千両を払い出すというのだ。両替商との付き合い方が緊密でなければ、ありえないことである。

両替商との付き合いが深くて、信用があるだけでは足りない。預け入れてあるカネが、少なくとも一万両に届いていなければ、千両の為替切手をその場で払い出すことは、両替商は断じてしなかった。

村上屋が豪語したのは、それだけのカネを奥州屋に預けているがゆえだった。

村上屋を取り囲んでいる野次馬は、両替商との付き合いなど、生涯無縁の者がほとんどだった。ゆえに払い出しの仕組みや、両替商の商いの仕来《しきた》りなども、まるで知らなかった。

それなのに、村上屋から「千両でもその場で払い出す」と聞いて、どよめきが起きた。

庶民が百両を超える大金を手にできるのは、富くじに当たったときぐらいだ。

一枚が一分（四分の一両、およそ千二百五十文）という高値だが、一等に当たれば三百両、五百両という大金が手に入る。

深川の住人も盆暮れの二回、富岡八幡宮《とみおかはちまんぐう》で富くじが売られるたびに、夜明け前から列を拵えて買い求めた。

もしも富くじに当たったら。

一等はもちろんだが、五等の十両当選でさえ、払い出しには三日もかかった。

長屋の差配と町の肝煎のふたりから、当選した富くじに印形を押してもらう。それを神社に提出したあと、なお三日も要したのだ。

千両でも、その場で払う。

こう言い放った村上屋に対して、どよめきが起きたのも無理はなかった。

「この駆け比べを受けて立つというなら、あたしはこの場で切手に千両と書き込み、印形を押したものを深川の町役人に預けるつもりだが……」

村上屋は、胸を反り返らせて鼈甲屋を睨《ね》めつけた。そしていきなり、老人の口真似《まね》を始めた。

「もしも千両を賭けるというなら、この場で本当にそのカネが用意できるというあかしを見せてもらいたいものだが、いかがなものかのう、村上屋さんとやら……」

つい今し方、老人が口にしたセリフを、一言一句違《たが》えずに村上屋はなぞり返した。

鼈甲屋も野次馬も、立っているのが億劫なほどに威勢を失っていた。

実家が両替商の新太郎には、村上屋の振る舞いがはったりではないと分かっていた。が、煽られている賭けに応ずる財力はない。

鼈甲屋も、千両の賭けを引き受ける器量はなさそうだ。

「どうされました、ご隠居。ずいぶんと顔色がすぐれないようですが、具合がよろしくないのでは？」

村上屋は、わざとていねいな物言いで隠居に問いかけた。

「いつまでも鼈甲屋さんに、つまらない言いがかりをしてるんじゃやない」

新太郎の背後から、年配者が威厳に満ちた声を村上屋にぶつけた。

いつの間にか、木兵衛が姿を見せていた。気配を感じさせずに、新太郎の真後ろに立っていたのだ。

「なんだって、木兵衛さんが……」

家主が背後に立っていたとは、考えてもいなかったのだろう。新太郎の声が、甲高く上ずっていた。

「わしのことは、どうでもいい」

木兵衛は新太郎を軽くいなすと、しっかりとした足取りで村上屋の前に進み出た。

「ここは深川だ。行儀のわるいよそ者が、好き勝手なことを言える岡場所などではない」

木兵衛は研ぎ澄ました声で、村上屋を上段から斬りつけた。

「深川は、若い者が年長者をしっかりと敬うのが仕来りの町だ。長屋では跳ね返りといわれているこの新太郎でも」

木兵衛はわきに立っている新太郎を一瞥《いちべつ》し、すぐにまた、目を村上屋に戻した。

「目上の者に対する行儀は、きちんとできている。あんたが二ツ目之橋で追い抜いたときも、新太郎は坂本村の年長者をここまで運んでくる途中だった」

高齢のおよねさんをいたわり、新太郎と尚平は足取りをあえて落として運んできた。
ともあろうにその駕籠を、わきから遠慮も見せずに抜き去った手合いがいる。そ
れは、おまいさんだ……。
木兵衛の物言いには、いささかの手加減もなかった。
「黙って千住の田舎《いなか》まで帰って行ったなら、あたしは見逃したが」
木兵衛は村上屋に一歩詰め寄った。
背丈は木兵衛のほうがわずかに低い。しかし威厳に満ちた木兵衛のほうが、村上屋
を見下ろしているかのようだった。
「坂本村のおよねさんのみならず、深川の旦那にまで、あんたは無礼な口をきいた」
口を閉じた木兵衛は、村上屋を見た。見るというよりは、鋭い眼光で相手を射すく
めているように見えた。
野次馬たちも、いまは威勢を取り戻して村上屋を睨みつけていた。
いまの村上屋は、四方八方からきつい視線を浴びせられていた。並の者なら、棒立
ちになって返答もできなかっただろう。
しかし村上屋は、千両の賭けを言い放った男である。形勢はにわかに不利になって

いたが、尻尾を巻いて逃げるわけではなかった。

「あたしが無礼な口をきいたから、なにをどうしようというのですかなあ」

村上屋は丹田《たんでん》に力をこめて問い返した。

「この場で深川のみんなが、あたしを袋叩きにしようというわけでもなさそうですが」

「袋叩きになんぞしたら、みんなの手が汚れるだけだ」

木兵衛は右手の人差し指を、村上屋の胸元に突き出した。

「賭けに応じて、あんたの息の根を止める」

木兵衛は気負いのない声で、きっぱりと伝えた。束《つか》の間、村上屋は息を呑んだような顔つきになった。が、ふうっと息を吐き出したあとは、顔つきを元に戻した。

「せっかくのお言葉を返すようだが、千両が二千両の賭けになって負けたとしても、あたしの息の根は止まりませんぞ」

「だれが千両の賭けだと言ったんだ」

物静かな言い方だけに、木兵衛には凄みがあった。

「賭け金は、あんたの蓄えと、旅籠の身代をそっくりだ」

木兵衛は、こともなげな口調で言い切った。

大横川で魚が跳ねた。

三十一

木兵衛は、深川のどこにでもいるような年配者の身なりである。

太物《ふともの》（綿や麻の織物）の長着《ながぎ》の上に、袖《そで》なしの綿入れを羽織《はお》っていた。長着・綿入れともに、色味も柄《がら》も地味である。

履き物は茶色の鹿革の鼻緒をすげた雪駄で、足袋《たび》は濃紺の木綿だ。五尺二寸（約百五十八センチ）の背丈で十四貫《かん》（約五十三キロ）の目方という身体つきも、格別に人目をひきはしない。

着物・履き物・背丈・目方のどれをとっても、木兵衛の見た目はどこにでもいそうな六十見当の年配者に過ぎなかった。

その木兵衛が千住の旅籠の当主を相手に、一歩も退《ひ》かずにやりあっていた。

「賭けに応じて、あんたの息の根を止める」

木兵衛がこれを口にしたとき、新太郎はおのれの耳を疑った。

木兵衛がただの裏店の家主ではないことを、木兵衛店の店子たちは知らないが、新太郎と尚平は知っていた。

木兵衛は入谷にも深川と同じ名の『木兵衛店』を持っていた。紺がすりの似合うさくらという娘と、凄みのある籐吉という男に入谷の木兵衛店を任《まか》せているのだ。

深川では、木兵衛は因業《いんごう》な家主で通っていた。ところが入谷の木兵衛は情の厚い家主として、店子から深く慕《した》われていた。

深川から歩きの駕籠で運ばされる銭箱は、暮らしに詰まっている入谷のひとに施すためのカネだった。

木兵衛には、底知れない凄みがある。

そのことは、いままで幾つもの出来事を通して新太郎も目《ま》の当たりにしてきた。とはいえ千住の村上屋を相手に、賭けに応じて「息の根を止める」と言い切るだけの力を持っているとまでは、とても思えなかった。

それゆえに、新太郎はわが耳を疑った。

しかし新太郎の驚きは、それだけでは済まなかった。木兵衛はさらに、途方もないことを言い切ったからだ。

出し抜けにあらわれた年寄りの木兵衛に、村上屋は鼻っ柱をへし折られた。言われた直後は息を詰まらせた。しかし、すぐさま切り返しに出た。

千両が二千両の賭けになって負けたとしても、あたしの息の根は止まりませんぞ……どうだと言わんばかりに、村上屋は胸を反り返らせた。

勝負あっただろうと、村上屋は言いたかったのかもしれない。ところが木兵衛が応じた言葉を聞いて、村上屋の反り返っていた胸は一気にしぼんだ。

「賭け金は、あんたの蓄えと、旅籠の身代をそっくりだ」

小声だったが、木兵衛の物言いには周囲の者にもよく聞こえる歯切れのよさがあった。

ううっと、桜の周りにいた野次馬が息を詰まらせた。驚きのあまりに息を呑んだのは、新太郎も同じだった。

木兵衛が蓄えを隠し持っているかもしれないとは、新太郎も薄々は察していた。

新太郎は、両替商の跡取り息子として生まれた。勘当《かんどう》されるまでは番頭から、『カネを持っていそうな人物』の見極めかたを、あれこれと伝授されていた。

金持ちは、カネのありそうな振る舞いには及ばない。

金持ちは、汚ない仕事もいとわない。

金持ちは、人目をひくような身なりはしない。そんな持ち物も持たない。

これが番頭が新太郎に伝授した、真の金持ちの見極め方三か条である。

木兵衛はこの三か条のすべてに、まさにぴたりと当てはまった。

「ほんとうの金持ちの凄いところは、遣わなければならないときには、相手が腰を抜かすほどに思い切りよく遣うことです」

これも番頭の教えのひとつだった。そしてこのこともまた、木兵衛に当てはまった。

深川の木兵衛店では、木兵衛は毎月うるさく店賃の取り立てをした。新太郎たちからは、駕籠舁きの株代《かぶだい》も月ぎめでしっかりと取り立てた。

尚平と新太郎が駕籠舁きを始めるとき、木兵衛が株代を肩代わりしてくれた。その元金はあらかた払い終わっていたのに、木兵衛は一向に取り立てをやめようとはしない。

「木兵衛さんは、おれたちがくたばるまで、株代を取り立てる気だぜ」

「利息だと思って、払うしかねえべ」

尚平は物分かりのいいことを言う。新太郎はその都度、大きな舌打ちをした。

ところが木兵衛は、深川の店子の知らないところで、施しのためには惜しげもなくカネを投じていた。

番頭が言った通り「遣うときには遣う」を、木兵衛は身をもって示していた。

分かってはいたが、遣うといってもゼニと小粒銀がほとんどだ。小判はもとより、一朱金・一分金などの金貨をばら撒《ま》いているわけではなかった。

つまり小金持ちではあるかもしれないが、金蔵に小判が山を築いているような、お大尽ではないということだ。

そんな木兵衛が旅籠の当主に向かって、蓄えと身代をそっくり賭けてみろと強気で迫ったのだ。

野次馬が群れをなしている場で、木兵衛は身代のすべてを投ずる賭けに応じろと求めた。しかも、相手がどれだけの蓄えを持っているかは知りもせずに、だ。

もしも村上屋が、一万両を超えるカネを持っていたら、木兵衛さんはどうする気だ。ひとたび口に出したら、引っ込みがつかねえだろうに……。

それを思うと、新太郎は胃ノ腑《ふ》に強い痛みを覚えた。

どうする気だよ、木兵衛さん。

新太郎は、本気で木兵衛を案じていた。

なのに当の木兵衛は、白髪の混じった眉ひとつ動かさずに、村上屋を見据えていた。

三十二

なにかに思い当たったのだろう。

木兵衛の気迫に押されて蒼白だった村上屋六造の顔に、不意に朱がさした。村上屋の唇は紅色《あかいろ》が濁っていて、しかも薄い。気性の酷薄さが、唇にあらわれているかのようだ。

その唇が、いっときは紫色に変わっていた。木兵衛に気圧《けお》されて、肝を冷やしていたからだろう。

ところがいまは、唇の色が元の濁った小豆色《あずきいろ》に戻っていた。頬にも赤味が浮かんでいる。薄い唇をぺろりと舐めてから、村上屋は木兵衛のほうに一歩詰め寄った。

「あたしの蓄えすべてと、旅籠の身代をそっくり賭けろなどと不意打ちを食わされて、うかつにもあたしは、束の間、それを真に受けてしまったが……」

言葉を区切った村上屋は、花道の役者が見得を切るかのような形で、周囲の野次馬を見回した。

「よくよく考えたら、そんな言い草は大法螺《おおぼら》に決まっていると分かった」

五尺三寸の村上屋は、自分よりもわずかに背丈の低い木兵衛に向かって、あごを突き出した。

「おたくさんがどれほどのお大尽かは知らないが、あたしは蓄えだけでも相当な額がある。そのうえに旅籠の家作と、千住宿の旅籠株までを加えたら、ざっと……」

金額を言う前に、村上屋は薄い唇をぺろりと舐めた。すっかり血の気が戻ったいまは、舌が妖しい紅色になっていた。

いったい幾らだというのか。

村上屋が口にする金額を聞き逃すまいとして、野次馬たちが静まり返った。

充分に周りを焦《じ》らしてから、村上屋はふうっと息を吐いた。

「一万両に届く金高《きんだか》だ」

一万両と聞いて、どよめきが起きた。

この場の村上屋にとって、数少ない味方である千住の寅は、腕組みをして唸り声を漏らした。

新太郎は木兵衛に聞こえぬように、息の漏らし方を工夫していた。

「おたくさんがどれほどの方かは存じあげないが、さきほどの大口を真に受けるとしたら、一万両の賭けということになる」

どうだと言わんばかりに、村上屋は胸を目一杯に反り返らせた。

「そんな桁違いの金高の賭けを、あたしに挑もうということですかなあ」

言い放った村上屋は、帯にさしていた扇子《せんす》を手に取った。日ごろから扇子を扱い慣れているのだろう。

村上屋は扇子を右手ひとつで持つと、慣れた手つきで上下に振った。

バリッと音を立てて、扇子が開かれた。

富士山の背後から真っ赤な天道が昇っている、縁起のいい図柄だ。開いた扇子を、鷹揚そうに見える手つきで左右にあおいだ。

村上屋の胸元で舞っていた花びらを、風が木兵衛のほうに押し流した。

さも勝ち誇ったような村上屋の仕草を、新太郎は怒りに燃え立った目で見詰めた。が、余計な口出しはしなかった。

「一万両の賭けをあんたが受けられるというなら、あたしのほうに異存はない」

木兵衛は小声ながらも、揺るぎのない口調で応じた。

「あんたの蓄えと身代が、いかほどあるかは知らないが……」

つい今し方村上屋が言ったことを、木兵衛はなぞり返していた。

「それらを足せば一万両になると言うなら、あんたの言い分を呑ませてもらう」

向き合った木兵衛のほうが、いまは上背が高そうに見えていた。

「一万両を賭けて、ここから吾妻橋まで、駕籠の駆け比べをやろう」

村上屋に言いおいてから、木兵衛は背後に立っている新太郎のほうに振り返った。

「近江屋《おうみや》さんまでひとっ走りして、頭取番頭をここまで連れてきなさい」

あたしが呼んでいると言えば、利兵衛《りへえ》さんはすぐに応じるはずだ……木兵衛はこともなげに言い切った。

指図をされた新太郎は、一瞬、面食らったような顔つきになった。

「ぐずぐずしてないで、利兵衛さんをここに連れてきなさい」

木兵衛の口調が強くなっていた。

「がってんだ」

威勢よく応じた新太郎は、人込みをかきわけながら仲町の辻へと駆けた。

「あんたから一万両のあかしうんぬんを言われる前に、それを見せておこうと思ったもんでね」

おっつけ仲町の両替商から、そこの頭取番頭がやってくる。それまで待っててもらおうと言ったあとで、木兵衛はその場にゆったりとした所作で座った。

村上屋六造は、文字通りの『棒立ち』になっていた。

近江屋というのは、仲町の辻で二十間間口の店を構えている両替商である。本所・深川のみならず、大川西側の室町《むろまち》や神田駿河台《かんだするがだい》、さらには本郷《ほんごう》界隈の老舗《しにせ》商家が、近江屋に蓄えを預け入れていた。

得意先は大店だけでも、九十軒を超えると言われていた。一軒の商家が七千両の蓄えを預けていたとしても、九十軒なら六十三万両という大金になる。

しかも近江屋には、深川や本所、両国、向島の料亭四十軒も蓄えを預けていた。料亭が預け入れる蓄えは、老舗商家よりもはるかに多額である。

一軒の料亭が一万両を預けていたとして、それだけで四十万両だ。老舗商家の蓄えと合わせれば、近江屋は優に百万両を超えるカネを預かっていた。

公儀《こうぎ》の公金を扱う本両替以外で、預かり金が百万両を超える両替商は五指に満たない。

新太郎の実家杉浦屋は、内証《ないしょう》のいい両替商として知られていた。が、その杉浦屋といえども預かり金は、百万両には及ばなかった。

近江屋にこれだけの預かり金が集まってくるのは、預かり賃が他の両替商よりも一年で一分安かったからだ。

一万両を両替商に預けるには、一年につき三百両の預け賃が入用となる勘定《かんじょう》だ。蓄えを預ける安心料だと考えて、得意先は両替商に支払った。

近江屋は、一年二分で蓄えを預かった。しかも得意先が払い出しを求めてきたときは、一万両までなら即日応じた。

自前の金蔵も頑丈だったが、近江屋は同業者に預かり賃を払って、顧客のカネを分散して預けていた。

もちろん仲間相場で預けるわけだが、それでも一年一分のカネを支払っていた。

「近江屋さんなら、なにがあってもすぐさま払い出しに応じてくれる」

近江屋の評判は、御府内の商家や料亭に知れ渡っていた。

近江屋には丁稚《でっち》小僧が六人、手代五十人に、番頭が一番から三番までいた。

利兵衛は近江屋の奉公人のてっぺんに座っている、頭取番頭である。よほどの得意先でもない限り、利兵衛があいさつに出ることはなかった。

近江屋がどれほどの身代の両替商なのか。深川の住人なら、だれでも知っていた。

「近江屋さんに奉公できれば、生涯食いっぱぐれることはない」

「深川の自慢は一に八幡様で二が料亭江戸屋《えどや》、三に不動尊で四が火の見やぐら。あとは別格で近江屋だ」

土地の者は近江屋を自慢のタネにした。

千住の旅籠当主の六造でも、仲町の近江屋の名は知っていた。裏店家主の身分でしかない木兵衛が、近江屋の頭取番頭利兵衛を呼び出すために、新太郎を差し向けたのだ。

棒立ちになったのも無理はなかった。

新太郎が呼びに出てから、かれこれ四半刻が過ぎようとしていた。最初は息を呑んで成り行きを見守っていた野次馬たちも、次第に飽き始めた。

「ほんとうに近江屋の頭取番頭が、ここに出張ってくるのかよ」

「だってあすこに座ってる爺さんが、そう言ったじゃねえか」

「吹かしじゃねえのか、そんな話は」

「吹かしにしちゃあ、やけに落ち着いて座ってるぜ」

野次馬の口は遠慮がなかった。

当初は突っ立ったままだった村上屋も、いまは顔をゆがめて座っていた。

「いつまで待たせるんでえ」

「ほんとうに近江屋の頭取番頭が、こんなところに来るのかよ」

焦れた野次馬が、聞こえよがしの文句を言い始めた。

「まったく、いつまで待たせる気かね。あたしはそんなに、ひまじゃないんだ」

大きな舌打ちをして、村上屋が立ち上がった。履き物を履き終えたとき、その目が大きく見開かれた。

新太郎が利兵衛を伴って戻ってきた。

三十三

近江屋の頭取番頭利兵衛は、身体つきも身につけているものも、両替商の番頭そのものだった。

今年で五十路《いそじ》を迎えた利兵衛は、十歳から近江屋の丁稚奉公を始めた。以来、すでに四十年の奉公である。

三十五歳で手代頭に取り立てられると同時に、通い奉公が許された。

他人のカネを扱う両替商は、身持ちの堅《かた》いことがなににも増して求められる。

「身持ちの堅さを、おのれひとりで保つのはなかなかにむずかしい。伴侶《はんりょ》とこどもがあってこそ、男はおのれの身持ちをどうするかに、初めて本気で思いを及ばせるものだ」

　これが近江屋初代の考え方だった。

　この信念に基づき、近江屋は手代頭に取り立てた者には通い奉公を許した。通いの奉公人は、所帯を構えることができる。

　伴侶を得て、こどもを授かることで、新しい家族ができる。そうなったあとの奉公人は、一層深く勤めに身が入った。

　三十五歳の正月に所帯を構えた利兵衛は、その年のうちに長男を授かった。二年後には次男を、三年後には次男と年子になる長女を授かった。

　いまの利兵衛は、冬木町《ふゆきちょう》に二階家を構えていた。長男・次男とも、すでに商家への住み込み奉公を始めている。

　長女は地元の大店に、行儀見習いの奉公に上がっていた。

　授かった三人のこどもは、いずれも真っ当に育っている。持ち家もあったし、利兵衛当人も内儀《ないぎ》も、すこぶる息災である。

　暮らし向きにも家族にも、利兵衛はいささかの懸念も抱いてはいなかった。

　近江屋の頭取番頭として、ひたすら商いのことのみを考えていればいいという、まことに恵まれた境遇にあった。

着ているのは近江屋のお仕着せだが、外出には焦《こ》げ茶色羽二重《はぶたえ》の紋付羽織を着用した。自前で拵えた羽織ゆえ、生地《きじ》は羽二重をおごっていた。

五尺四寸（約百六十四センチ）の利兵衛には、縦縞《たてじま》のお仕着せがよく似合った。

深川に暮らす者は、だれもが両替商の近江屋を知っていた。が、滅多に店先に出ることはない頭取番頭は、ほとんど顔を知られてはいなかった。

ところが……。

「ほんとうにきたぜ」

「さすがは近江屋の頭取番頭だ。立っているだけで、格が違う」

両替商の頭取番頭ならではの威厳を、利兵衛は身体から発しているのだろう。顔は知らずとも、新太郎と一緒にあらわれた五十男を見て、野次馬たちは近江屋の頭取番頭だと察した。

「どうしたというんです、木兵衛さん」

利兵衛はなにひとつわけも聞かずに、新太郎と一緒にあらわれたのだ。利兵衛が発した言葉を聞いて、野次馬はどよめいた。

「近江屋の頭取番頭ともあろう者がよう。わけも分からねえまま、駕籠舁きの呼び出しについてきたてえのか？」

「そのことさ」

問われた男は、したり顔を拵えた。

「あの年寄りは、じつは大変なお大尽でねえ。天下の近江屋の頭取番頭でも、あごで使えるという話だ」

「ほんとうかい、それは？」

「いやまあ……そうじゃねえかと、思っただけだがね」

野次馬たちは、勝手なことを言い交わしていた。

「こんなに多くのひとが群がっているのは、木兵衛さんになにかわけがあってのことですかな」

「いや、そうじゃない」

木兵衛は新太郎を招き寄せた。

「あんたを呼びに行ったこの新太郎が、そこの千住宿のひとに勝負を挑まれてね」

新太郎は木兵衛店の店子で、一緒に暮らしている尚平とふたりで、駕籠舁き稼業を営《いとな》んでいると話を続けた。

「挑まれた勝負は、ここから本所吾妻橋までの駆け比べだが、それに間違いはないだろう、村上屋さん」

「ああ……」

まことに両替商の頭取番頭が姿を見せた。あまりの驚きで、口のなかがカラカラに乾いているらしい。

六造の声はかすれ気味である。木兵衛に問われても、ああ……と答えるのが精一杯のようだった。

「駆け比べは、ご法度《はっと》ごとでもなんでもない。そんなことで、あたしを呼び出すこともないと思うが」

利兵衛はいぶかしげな物言いで応じた。が、口調から苛立ちは感じられなかった。

「駆け比べには相当に大きなカネを賭けると、その村上屋さんが言っている。だからこそ、賭け金を負ってもらうあんたに出張ってもらった」

近江屋の頭取番頭を相手にしても、木兵衛は新太郎に対するときと同じ口調だった。

「ことがそういうことなら、つぶさに話を聞くしかありませんなあ」

利兵衛は村上屋に目を移した。

「まことにぶしつけな問い方ですが、村上屋さんはどちらのお方なのですかな」

「あのひとが言ったことを、聞いてなかったのかね」

六造は頰を膨らませた。

「千住宿の旅籠の当主だ」

利兵衛の問い方が癇《かん》に障《さわ》ったらしい。つい先刻までの、横柄《おうへい》な物言いが戻っていた。

「うけたまわりました」

慇懃《いんぎん》に応じてから、利兵衛は一歩詰め寄った。

「その千住宿の村上屋さんが、なにゆえあって深川で勝負を挑まれますので?」

利兵衛の口調は、変わらずていねいである。しかし相手を見る目にも、村上屋に一歩を詰め寄った間合いからも、あやふやな返答は許さないという気配が強く漂っていた。

三十四

「聞いたかよ、あの男の言ったことを」

股引《ももひき》・腹掛け姿の屋根葺き職人良太《りょうた》が、利兵衛の背中を指差していた。

「聞いたかてえのは、近江屋の頭取番頭が言ったことか?」

「そのことさ」

「もちろん、しっかりと聞いたぜ」

「それで良太、番頭が言ったことの、いってえどこがおもしろくなってきたんでえ」

「おめえは、突き当たりまで言わねえと分からねえのかよ」

呑み込みのわるいやろうだと舌打ちしてから、謎解きをしてやらあと言い放った。

ふたりの周りに立っている見物人が、聞き耳を立てていた。

「番頭が言ったてえのを、もういっぺんなぞり返してみねえな」

「お安いご用だ」

連れの健助《けんすけ》は息を吸い込んでから、利兵衛が言ったことを再び繰り返した。

「千住宿の村上屋さんが、なにゆえあって深川で勝負を挑まれますので……番頭は、そう言ったんだ」

「番頭は千住宿のというところに力をこめてたが、おめえは気づいたか？」

「いいや、そいつあ気づかなかったが……それがどうかしたのか」

「どうかしたかもなにも、あの番頭はいってえ、どこのだれなんでえ」

良太はあらためて、利兵衛の素性を問い質《ただ》した。

「近江屋の頭取番頭だと、そう言ってたじゃねえか」

健助の物言いは、いささか歯切れがわるくなっていた。

「てえことは、おめえはあの男が頭取番頭だかどうだかは、知らねえんだな」

「そりゃあ、知らねえさ」

両替商には用がねえからと、健助は語尾を下げた。

「おめえは知らなくても、おれは知ってる。あの男は間違いなしに、近江屋の頭取番頭の利兵衛さんだ」

近江屋の瓦《かわら》葺きをこなしたとき、頭取番頭の顔を良太は見ていた。そして奉公人たちが頭取、頭取と呼びかけるのも、目の当たりにしていた。

近江屋の頭取番頭が、木兵衛に呼び出されてこの場に出てきた。それが凄いことだと、良太は健助に説《と》いた。

「並の商家が相手なら、たとえ当主に呼ばれても軽々しく出向いたりはしねえ。それが近江屋の頭取番頭の格式なんでえ」

強い口調で言い切ると、健助は得心顔でうなずいた。

「ところがいまは、風采《ふうさい》のあがらねえ木兵衛てえとっつあんに呼ばれて、ここまで出張ってきた」

この場で次第を聞かされた利兵衛は、千住宿の村上屋さんがと、千住宿に力をこめた。

「千住くんだりから出てきた旅籠のあるじが、なにゆえあって木兵衛さんてえ近江屋の大事な客に勝負を挑んでいるんだと、了見違いを頭取番頭はたしなめたのよ」

木兵衛は、近江屋の頭取番頭を呼び出せる男だ。大事な極上客という良太の見立てには、健助も深く得心していた。

「この先はきっと、近江屋が賭けを引き受けるという話になるだろうよ」

見立てを話し終わった良太は、胸を張って周囲を見回した。

半信半疑の目が、良太に集まっていた。

三十五

「あいにくあたしは、千住宿の村上屋さんという旅籠を存じあげてはおりませんが」

言葉を区切った利兵衛は、六造を真正面から捉えた。

年季《ねんき》の入った両替商の頭取番頭が、客の値踏みをする目つきだった。

「村上屋さんが取引をされているのは、どちらの両替商さんでしょうかな?」

どちらののところで、利兵衛は微妙に口調を変えた。

「なんで初めて会ったあんたに、そんなことを問われるいわれがあるのかね」

六造は気色ばんだ物言いを、利兵衛にぶつけた。

「あんたが本物の近江屋の頭取番頭かどうか、あたしは知らない。あんたが騙《かた》り者じゃあないと、なぜあたしに分かるんだ」

利兵衛に値踏みをされたことが、よほど業腹だったのだろう。六造は怒りにまかせて、声を荒らげた。

「そのひとは間違いなしに、近江屋さんの頭取番頭さんだよ」

「ここにいる大方の者は、そのひとが近江屋さんの番頭さんだと知ってるぜ」

あちこちから利兵衛を見知っている者が、六造に声を投げつけた。

「おめえさんこそ、どうして千住の旅籠のあるじだと分かるんだよ」

「そうだ、そうだ」

「千住なんてえ地の果てみてえなところには、深川の者は出かけねえからよう」

きつい野次が、六造目がけて飛んできた。

ひと通りの騒ぎが収まったところで、利兵衛がふたたび口を開いた。

「あたしの聞き違いでなければ、村上屋さんは大金の賭けを挑んでおられるそうですが、それはまことでしょうな？」

利兵衛はわざと、相手を見下したような物言いをした。六造の怒りを、さらに煽り立てる気なのだろう。

散々に野次られていた六造は、まんまと利兵衛の煽りに乗った。

「両替商だかなんだか知らないが、あんたと賭けをするわけじゃない」

六造は、怒りで口のなかが乾いているらしい。舌の回り方がぎこちなかった。

「あたしが幾らの賭けをしようが、あんたに教える義理はない」

六造の目は、両端が怒りで吊り上がっていた。

「それはいささか了見が違いますぞ」

利兵衛は六造のほうに一歩を踏み出した。詰め寄られた六造は、つい一歩分の後ずさりをした。

「木兵衛さんが村上屋さんとの賭けを受けると決められたら、賭け金の用立ては、てまえどもで請け合います」

利兵衛は、きっぱりと言い切った。

周囲を埋めた野次馬から、大きなどよめきが起きた。

「どうでえ、言った通りだろうがよ」

良太は周りの野次馬と健助に向かって、ぐいっと胸を張った。

驚きで口が半開きになっている六造に向かって、利兵衛はさらに語気を強めた。

「賭け金は五万両までであれば、幾らでもてまえどもが引き受けます。それをご承知いただいたうえで、いま一度村上屋さんにおたずねするが……」

利兵衛は五万両という金高を、村上屋にではなく、野次馬に向かって言い聞かせた。

うおおうっという、凄まじい喚声が桜の下で渦巻いた。

良太は頬を真っ赤にして、健助の肩をどやしつけた。

六造は顔から血の気が引いている。その六造に向かって、利兵衛はさらなる一歩を詰め寄った。

「てまえどもは仲町の辻で、長らく両替商を営んでおります。五万両のカネであれば、二日のうちには全額を調えます」

利兵衛の物言いは、穏やかなものに戻っていた。

「村上屋さんが付き合っておられる両替商がどちらであるのか、そして幾らの賭けを考えておいでか、そろそろ聞かせていただけますかなあ」

利兵衛は六造に向かって、愛想笑いを見せた。口元はゆるんでいるが、六造を見据えた目には、いささかのゆるみもない。

利兵衛の笑みの凄みに、桜も震え上がったのだろう。真上の枝の花びらが、幾ひらも利兵衛の髷に舞い落ちた。

三十六

夜明けから続いていた上天気が、にわかに様子を変えた。

最初に動いたのは雲である。

どこから湧き出したのか、大横川上空には雲のかたまりが幾つも浮かんでいた。なかのひとつは形も大きく、流れ方もすこぶる速い。たちまち天道におおいかぶさり、降り注ぐ陽差しをさえぎった。

利兵衛と向き合っている六造の顔が、曇って見えた。

「いかがでしょう、村上屋さん」

「いかがでしょうとは、なんのことだ」

六造は精一杯の力を丹田に集めたのだろう。応じた声はくぐもっていたが、気力も感じられた。

「村上屋さんが口座をお持ちの両替商の名を、ぜひにもお聞かせいただきたい」

利兵衛の口調は、相変わらず落ち着いている。が、半端な逃げ口上は許さないという、凄みもはらんでいた。

「そんなに力まなくても、格別に隠すことじゃない」

利兵衛の目を見詰めたまま、六造は奥州屋だと屋号を口にした。

「やはり、奥州屋さんでしたか」

利兵衛は得心顔でうなずいた。両替商ならではの、相手を下に見たうなずき方である。利兵衛はそのうなずきを見せることで、六造を煽り立てようと考えたようだ。

まんまと六造は、利兵衛の術にはまった。

「なんだ、その言い草は」

六造は顔つきを大きくゆがめた。

「千住宿のことを知りもしないで、やはり奥州屋さんでしたかもないだろうが」

両替商の頭取番頭だからといって、知ったかぶりをするなと、強い口調で迫った。

「あたしの申し上げたことが、気に障ったのでしょうかなあ。なにも、知ったかぶりをしているつもりはないのですが」

「その物言いが気にいらないと、あたしはそう言ってるんだ」

六造は利兵衛のほうに一歩詰め寄った。

「あんたが、千住宿のことを知っていると言いたいなら」

六造は、赤い舌で上唇を舐めた。

「千住宿に本陣があるのかないのか、それだけでも、いま、この場で答えてもらおうじゃないか」

詰め寄られても、利兵衛の口から答えはでなかった。

「やはりそうか」

六造は胸を反り返らせた。

「えらそうなことを言っても、うちの宿場のことは、なにひとつ分かってはいないんだろうよ」

六造はさらに胸を前に突き出した。駕籠舁きの寅は後押しをするかのように、六造の背後に立っていた。

「そんなあんたにしたり顔で、やはり奥州屋さんですかなどとは言われたくないね」

利兵衛が答えに詰まったと見た六造は、かさにかかって攻め立てた。

「そんな調子では、あんたが今し方口にした、五万両なら二日のうちに調えるという言い分も、鵜《う》呑《の》みにはできないね」

肩をそびやかせた六造は、言葉のつぶてを利兵衛にぶつけた。

「なにやら村上屋さんは、思い違いをしておられるようだ」

利兵衛の物言いには、いささかもぶれがない。六造は、さらに怒《つの》りを募らせた。

「この期に及んで、まだそんな偉そうなことを言うのかね」

それが深川流のはったりかと、六造が毒づいた。

顔色の変わった新太郎が、六造に詰め寄ろうとした。その動きを、利兵衛が制した。

「あたしが千住宿のことを分かっていないと、決めつけておいでのようだが、それは大きな思い違いですぞ」

あとの言葉を続ける前に、利兵衛は深呼吸をした。あたかもそれは、勧進帳《かんじんちょう》を読み上げる前の、團十郎の息遣いを思わせた。

「千住宿は、奥州街道と日光《にっこう》街道の第一宿にあたります」

六造を見据えたまま、利兵衛は朗々《ろうろう》とした物言いで宿場のあらましを語り始めた。

野次馬のざわめきが消えた。

「日本橋から千住宿までの里程《りてい》は、およそ二里五町（約八・五キロ）とされています。深川の仲町の辻から出立しても、さほどの違いはありません」

六造は口を半開きにして、利兵衛の説明を聞いている。寅はいつの間にか、六造の後ろから身体を離していた。

「さて、村上屋さんのおたずねの本陣のあるなしですが、本陣は一軒ございます。将軍家御成《おな》りの日光街道第一宿ゆえ、本陣のみならず、脇本陣も一軒構えられています」

ここまでのあらましを聞かせてから、利兵衛は胸を張って六造を見た。利兵衛の身体つきが、倍の大きさに膨れたように見える。

気圧された六造は、一歩下がった。

「千住宿に旅籠は五十五軒あります。そのなかに村上屋さんの名があったかどうかは、うかつにも覚えておりません」

利兵衛が真顔でいうと、野次馬たちがどっと沸いた。六造は怒りゆえか、蒼白になっていた。

「千住宿の旅籠の多くは、奥州屋さんと取引をされています。言葉を替えれば、奥州屋さんが取引を請け合った旅籠であれば、千住宿で安心して泊まれるということでしょう」

奥州屋さんはなかなかの両替商ですと付け加えて、利兵衛は話を終えた。

空には、べったりと雲がおおいかぶさっている。もはや、どこにも青空は見えなくなっていた。

「ところで村上屋さん……」

物言いの調子を変えて、利兵衛は六造を見詰めた。

「おたくが考えている賭けというのは、いったい幾らなので？」

六造への呼びかけ方が、ぞんざいなものになっている。利兵衛はわざと、おたくと呼びかけた。

返事の代わりとでも言うかのように、六造は身体を小刻みに震わせている。

「賭けは幾らだ、村上屋さん」

利兵衛が初めて声を荒らげた。

六造の震えがとまった。

三十七

桜の木を取り巻いた野次馬が、すっかり静かになっていた。さりとて、場の成り行きに飽きたわけではなかった。

まるで逆なのだ。野次馬たちは利兵衛の貫禄《かんろく》に押されて、無駄口を叩いたり、野次を飛ばしたりすることができなくなっていた。

「もう一度訊くが」

利兵衛は六造のほうに、さらなる一歩を詰め寄った。

「あんたが考えている賭けは、いったい幾らなんだ、村上屋さん。この場で、はっきりと聞かせてくれ」

利兵衛の物言いが、つい今し方までとはまるで違っていた。

手代に指図をするときの、両替商頭取番頭そのものの口調である。桜を取り囲んだ野次馬の何人もが、音を立てて固唾《かたず》を呑んだ。

「一万両だ」

桁違いの額を口にしたというのに、声は小さくて細い。遠巻きにしている野次馬には、六造の声は聞こえなかった。

「あたしは耳の聞こえはいいほうだが、いまの返事は聞き取れなかった」

両替商の頭取番頭は、声の通りがいい。

さほどに大声ではないが、人垣の後ろにまで、はっきりと伝わっていた。

押されっぱなしで、さすがに六造も業腹な思いを抱いたらしい。

「一万両の賭けだと言ったんだ。今度は、あんたの耳にも聞こえたかね」

「しっかりうかがった」

応じた利兵衛は、顔色も口調も、いささかも変わってはいなかった。

野次馬の間からは、凄まじいどよめきが湧き上がった。いっときは静まり返っていただけに、その反動でどよめきが大きく膨らんでいた。

「一万両の賭けというのは、決して小さな話ではない」

利兵衛は、あごを引き締めて話を続けた。

「花見の座興のホラ話ならともかく、あたしは近江屋の頭取番頭を務める身だ」

近江屋の頭取番頭という語が六造に染み透るように、利兵衛はその部分をひと息入れてからゆっくりと口にした。

「木兵衛さんの賭け金一万両は、あたしの店で間違いなく引き受けさせていただくが」

利兵衛は村上屋六造を正面から見据えた。

「村上屋さんのほうには、失礼な言い方をあえてすれば、確かなものがなにもない」

利兵衛が言葉を区切ると、そうだ、そうだの野次が方々から飛んできた。

「賭けを始める前に、てまえどもにご足労いただき、あれやこれやの手続きをさせていただきましょう」

物言いは、すっかりていねいになっていた。しかし利兵衛のほうが格上で、相手を押しているのは明らかである。

話を聞いているうちに、六造の息遣いが荒くなっていた。

「賭けを始める前に、奥州屋さんまで早馬を飛ばして、一万両を引き受けてもらえるかどうかを確かめなければなりません」

仲町の辻を北に入ったところには、千住宿まで四半刻で駆けつける『早馬飛脚宿』があった。

賭けを始める前には、奥州屋から一筆もらう必要があると、利兵衛は続けた。

六造の一万両を、間違いなく奥州屋が引き受けること。それをしたためた書状を手に入れなければ、賭けは始められない。

「もちろんてまえどもからも、奥州屋さんには確かな証文を差し入れます」

一万両の賭けを行なうには、相応の仕度がいる。その仕度のひとつが「証書の相互差し入れ」だった。

木兵衛と六造の後見に立つ両替商同士が、賭け金の支払いを明記した証書を、事前に交換する。

一万両の賭けともなれば、口約束だけではなにごとも始まらなかった。

「あれやこれやと手続きが入用なのは、お分かりいただけましたかな？」

問われた六造は、こわばった顔で一度だけうなずいた。

「ほかにも走りの立会人をどうするかだの、吾妻橋までの道順はどこにするかなど、幾つも取り決めることがあります」

とりあえず近江屋に出向き、あらましをまとめるということで落ち着いた。

「今年の花見の趣向は、いつまでも江戸で語り継がれることになりますなあ」

利兵衛が目元をゆるめた。一万両の賭けを利兵衛は、わざと軽い口調で「花見の趣向」と言い放った。

六造は、息を吐くのも苦しげに見えた。

三十八

最初に動き出したのは、あとの段取りを差配することになった利兵衛である。

「それでは木兵衛さん、店に行こうか」

「ああ」

ふたりのやり取りは、数十年の知己《ちき》の間柄を思わせた。

片方は裏店家主で、もう一方は大店両替商の頭取番頭だ。身分のことを言えば、ふたりはまるで釣り合ってはいなかった。

ところが利兵衛は偉ぶるでもなく、木兵衛もへりくだるでもない。上手に歳を重ねてきた男ふたりが、茶飲み話でも始めようかというような、肩の凝らないやり取りをした。

「あの木兵衛てえ爺さんは、いってえどんな大物なんでえ」

「確かなところは知らねえが、なんでもさるお大名の縁続きらしいぜ」

野次馬たちは、勝手なことを言い交わした。どの見当も的外《まとはず》れで、ひとつとして同じ話は交わされていなかった。

しかし、ただひとつのことでは、だれもが同じ見当を口にした。

「木兵衛という親爺は、只者《ただもの》ではない。近江屋の頭取番頭を、ひと声で呼び出すことができる力を隠し持っている」

好き勝手な見当は、木兵衛は大物だということで、どの話も落ち着いた。

利兵衛と木兵衛は、肩を並べて歩いていた。ふたりにとっては、大横川河岸《がし》は何十年も歩いている道だ。

同じ歩幅の歩みで、肩の力が抜けている。

「さすがは近江屋の頭取番頭さんだ。一万両の賭けを引き受けたのに、歩みは呆れるほどのんびりしてるぜ」

「それが大店の値打ちてえもんだろうが」

「ちげえねえや」

利兵衛と木兵衛のわきには、野次馬が群れになってついていた。


村上屋六造はふたりから三歩離れて、ひとりぽつんと歩いていた。六造を乗せてきた駕籠舁きの寅は、随分後ろに離れている。

もはや六造には、かかわりたくないらしい。大きく離れて歩く寅の歩みには、六造に近寄ろうとする気配は感じられなかった。

六造は精一杯に胸を張って歩いていた。六造なりに、見栄を保っているのだ。しかし歩みは、前を行くふたりに遅れ気味だった。

六造は場の成り行きで、その気もないのに一万両の賭けを口にした。賭け金の大きさに、相手が怯むとたかをくくってのことだった。

しかし金額で脅《おど》そうとするには、相手がわる過ぎた。

「しっかりうかがった」

近江屋の頭取番頭は、顔色も変えずに賭けを受けて立った。のみならず野次馬の前で、あれこれと注文をつけた。

早馬飛脚を奥州屋に飛ばす。賭け金の一万両を受けるという証文を、近江屋との間で交わすためにだ。

そんなことをされたら、一発で嘘がばれる。六造が奥州屋に口座を持っているのは、まぎれもなくまことだ。しかし預けてある蓄えは、五千両をわずかに超えている程度だ。

五千両の蓄えといえば、千住では大威張りのできる金高だった。が、仲町では幅が利きそうにないのは、利兵衛の話でよく分かっていた。

一万両の賭けを口にするなど、沙汰《さた》の限りだ……六造は胸の内で、おのれに毒づいた。

大柄《おおがら》な駕籠舁きを相手にしていたときは、六造が優位に立っていた。

六造にとっての深川は、見ず知らずの土地も同然だった。そんな土地で、大柄な相手を見下して話すことの心地よさに、六造は我知らず酔っていた。

ついつい口が過ぎたが、相手は所詮は駕籠舁きである。しかも千住の寅とは、深い因縁《いんねん》のある相手だ。

深川の駕籠舁きをへこますと、寅が嬉しそうな顔をした。その喜び顔に後押しされて、六造はいつも以上に強気に出た。

駕籠舁きの家主が出てきたことで、様子がガラリと変わった。

本物の深川者は、底知れぬ凄みを隠し持っている……。

六造はいま、そのことを身体で思い知っていた。知らぬ土地で調子に乗ったばかりに、生き死にの境目をさまよう羽目《はめ》に陥《おちい》った。

このまま近江屋に出向いたら、すべてがばれる。店先に群れをなす野次馬のあざけりを、身体いっぱいに浴びせられる……。

それを思うと、歩みがのろくなった。が、立ち止まることはできない。

足がすくむという無様《ぶざま》を見せるぐらいなら、このまま心ノ臓に発作が起きて、倒れ込むほうがまだましだ。

あれこれ思って歩いているうちに、蓬萊橋に差しかかった。

いつの間にか、空には天道が戻っていた。真ん中が大きく盛り上がっている橋の欄干《らんかん》に、三月下旬の陽が降り注いでいた。

橋が、おれをあざわらっている……。

不意に湧き上がった思いが、六造の足をもつれさせた。よろけた拍子に、小石につまずいた。

たたらを踏んだ六造は、河岸の並木に肩からぶつかった。

高い空で、ひばりがさえずった。

肩をさすりながら、ひばりにまで笑われるのかと、六造は舌打ちをした。

三十九

新太郎は顔を曇らせて歩いていた。

先を行く村上屋六造の後ろ姿が、あまりにもしょげて見えたからだ。

六造には、千住宿の旅籠当主というのが自慢らしい。大店の総領息子に生まれた新太郎には、分からないわけでもなかった。

将軍家が日光東照宮《とうしょうぐう》の御参詣を為《な》されるときには、最初に通過する宿場が千住宿だ。本陣と脇本陣が一軒ずつ構えられており、旅籠は五十五軒もある。

堂々たる規模の千住宿のなかでも、おそらく村上屋は、ほどほどに身代の大きさがあるのだろう。

つい当主の胸が反り返るのも、仕方のないことだと新太郎は思った。

新太郎の実家杉浦屋は、両替商である。しかし図抜けた身代の大きさではない。ましてや公儀公金を扱う本両替には、足元にも及ばない所帯どまりだった。

それでも奉公人たちは、杉浦屋ののれんに胸を張り、往来の真ん中を歩いた。

新太郎が実家を飛び出したわけのひとつは、老舗がかもし出す鼻持ちならない気配が、たまらなく嫌だったからだ。

本陣と脇本陣が構えられた千住宿の旅籠当主なら、のれんを自慢するのも仕方がないと、新太郎は思っていた。

老舗だの大店だのが示す横柄さは、くそっ食らえだと新太郎は考えている。そんなことにあぐらをかいて胸を反り返らせるのは、新太郎の生き方とは正反対だったからだ。

さりとて、そんな振る舞いに及ぶ連中の気持ちを、汲み取ることもできた。大店の総領息子だったがゆえである。

このたびの村上屋六造は、お膳立てがわる過ぎたと新太郎は判じていた。

千住の寅の駕籠に乗ってきたことが、そもそも過《あやま》ちの始まりじゃねえか……肩を落とし気味にして歩く六造を見て、新太郎は胸の内でつぶやいた。

寅はひとにへりくだるということを知らない男だと、新太郎は思っていた。

もちろん新太郎も、ひとのことを言えた義理ではない。鼻っ柱の強さでは、寅に一歩もひけをとりはしなかった。

しかし新太郎は、ひとの器量の大きさを認めることはできた。ともに暮らしている尚平のことは、だれよりも新太郎が尊敬していた。

どこまでも走り通す、脚力の強さ。

つらくても音を上げない、粘り強さ。

相手のしくじりを許せる、度量の大きさ。

相手を心底から案ずる、心根の優しさ。

これらすべてにおいて、尚平は自分よりも大きく勝《まさ》っていると、新太郎は認めていた。

ひとを認めるということが、寅にはできない。それゆえに、寅の駕籠に乗ったことが六造の過ちの始まりだと思ったのだ。

老舗旅籠の当主だという自負が、六造には強すぎた。そのことが過ちのふたつ目だと、新太郎は断じた。

千住界隈では、村上屋といえばだれもが知っているのかもしれない。

「あの村上屋さんなので？」

千住で村上屋を名乗れば、ひとはあの村上屋かと、声を弾ませることだろう。

ところが、ここは深川である。

たとえ日本橋室町大通りの大店が、胸を張って屋号を名乗ったところで、ここではだれも驚きはしない。

「それが、どうかしやしたかい」

鼻先で、軽くいなされるのがオチだ。

江戸で一番大きな富岡八幡宮と、江戸で一番高い火の見やぐらのある深川っ子にしてみれば、千住宿はモノの数でもなかった。

その深川気風に、六造はまったく気づいていなかった。

しかしこれらふたつの過ちでとどめていれば、いまのように肩を落として歩くには至らなかっただろう。

とどめとも言える六造の過ちは、近江屋の利兵衛を相手に大口を叩いたことである。

今日の今日まで、新太郎は木兵衛と近江屋の頭取番頭とが昵懇《じっこん》の間柄などとは、考えたこともなかった。

新太郎がまだ杉浦屋の総領息子だったころ、番頭から近江屋の話を何度も聞かされていた。

「深川門前仲町の近江屋さんは、駿河町《するがちょう》の本両替をのぞけば、江戸でも三本の指に入るでしょう」

「大川の東側では、近江屋さんに勝る両替商は一軒もありません」

杉浦屋の番頭は、正味で近江屋の商いぶりの真っ当さを称えた。

「近江屋さんには、なにしろ利兵衛さんという凄腕の番頭さんがいます。あの利兵衛さんなら、間違いなく三井《みつい》両替店の支配人（頭取番頭）でも務まるでしょう」

近江屋の凄いところは、それほどの才覚ある番頭を差配する頭取が、まだ上にいることです……新太郎に話をした番頭は、いつも同じ言葉で締めくくった。

新太郎が杉浦屋にいたころは、利兵衛はまだ頭取の座に就《つ》いてはいなかった。

いまの利兵衛は、紛れもなき近江屋の頭取番頭である。しかし利兵衛は、ひとに居《い》丈高《たけだか》な物言いをする男ではなかった。

往来ですれ違う者からあいさつをされれば、如才《じょさい》なく応ずる。決して胸を反り返らせて、通りを行き交っているわけではなかった。

利兵衛があたまを高くしなくても、相手のほうが先にお辞儀をした。ついあたまを下げてしまう風格を、利兵衛は備えていたということだ。

そんな利兵衛と、たかが裏店大家の木兵衛が、なにゆえあって昵懇なのか。新太郎にはまったく見当もつかなかった。

しかし木兵衛の言伝《ことづて》を聞くなり、利兵衛が近江屋から出張ってきたのは間違いのないことだった。

近江屋の頭取番頭が、おのれの口ではっきりと賭け金の支払いを請け合った。それも万両規模のカネを、である。

もしも六造が、あのときにうまく話を閉じていたなら。

賭けうんぬんは座興だったと、笑い話にしていたら。

こんな目に遭うこともなかったのだ。

ところが六造は、舞台から降りるきっかけを見失ってしまった。利兵衛の売り言葉を、まんまと買わされてしまった。

遅く咲いた桜の下で、六造は身の丈以上の賭けを約束させられた。その挙句《あげく》に、いまは歩く足取りも覚束なくなっていた。

ばかなことを……。

六造の胸の内を思った新太郎は、言葉に出して相手に毒づいた。なんとか、ことを穏便《おんびん》に収める手立てはないかと、思案しながら歩いていた。

「おいおい、とっつあんよう」

「どうなってるんでえ。顔色が秋のなすびみてえに紺色じゃねえか」

六造のわきを歩いていた野次馬が、荒々しい声を六造にぶつけた。

よろよろっと足をもつれさせた六造は、並木の根元で動けなくなった。

「どうした、とっつあん。また歩けなくなったてえのか」

「吾妻橋まで身代を賭けて走るてえのは、空威張りだったのかよ」

「そんな無様な格好をしてると、千住宿の村上屋さんののれんに障るんじゃねえのかい」

野次馬の罵声《ばせい》には、遠慮がなかった。

深川で大口を叩いたツケが、いまの六造にきつく廻ってきていたのだ。

桜に寄りかかっている六造は、立っているのもきつそうだ。口もとに手をあてているのは、こみ上げるものを懸命にこらえているからだろう。

「ちょいと前をどいてくんねえ」

野次馬をどかせた新太郎は、六造のわきに近寄った。耳元でささやくと、六造はうつろな目で新太郎を見上げた。

新太郎は親指と人差し指で輪を拵えて、勢いをつけて息を吐いた。

ピイーーッ。

高い音で指笛が鳴った。甲高い音の指笛を吹き鳴らすのは、新太郎の得意技である。

野次馬のざわめきが、一瞬途絶えた。

指笛を耳にした寅が、新太郎を見た。

新太郎は手を大きく振って、寅を呼び寄せた。寅は目を尖らせて、新太郎のほうに近寄った。

「駕籠舁きが駕籠舁きを呼んでるぜ」

「ここでとりあえず、番外編をおっぱじめる気じゃねえか」

野次馬たちは、勝手なことを言い募りながら、寅のあとを追い始めた。

「こいつぁ、ほっとけねえぜ」

「おれたちも、ふたりの近くに行ってみようじゃねえか」

野次馬の尻尾についていた半纏姿の男ふたりが、寅のあとを追った。

「なんだてえんだ、ひとを指笛で呼びつけやがって」

小柄な寅は、新太郎の向かい側で目一杯に背伸びをした。桜の根元には、六造がしゃがみ込んでいる。

駕籠に乗せてきた客なのに、寅は六造を見ようともしなかった。

「ちょいと、ツラを貸してくんねえ」

新太郎は寅にあごをしゃくった。新太郎の気迫に押されたのか、めずらしく寅は文句も言わずに従った。

野次馬の群れが、寅を追っている。

「ついてくるんじゃねえ」

振り返った寅が、声を荒らげた。

野次馬の足が止まった。

緑色の木の葉が一枚、舞い落ちた。

四十

黒船橋から蓬莱橋にかけての大横川には、両岸に幾つも船着き場が設《もう》けられていた。

木場《きば》を間近に控えた門前仲町界隈には、大小あわせて三十軒の料亭があった。

なかでも大横川沿いの両岸には、黒板塀《べい》を重ね合わせるようにして、料亭が建ち並んでいた。

河畔には桜、柳、ケヤキなどが植えられている。季節になれば土手の並木は花を咲かせたし、青葉の美しさも見せてくれた。

しかも大川につながる大横川を使えば、料亭の真下まで川船で乗りつけることができる。

眺めのよさと、水運の便の良さが好まれて、大横川河畔の料亭は、どこも大いに繁盛していた。

新太郎が寅を呼び寄せたのは、地元の料亭が拵えた自前の船着き場だった。

桜の枝は、川面に向かって大きく張り出している。新太郎がおりた船着き場は、うまい具合に桜の大枝が土手を行き来する者への目隠しになっていた。

忍び遊びを好む大尽は、人目にさらされるのを嫌う。川に張り出した桜の大枝は、料亭が植木職人に言いつけて、わざと張り出すように仕向けさせていた。

「なんでえ、新太郎」

あごをしゃくられて、船着き場まで引っ張りおろされたのだ。寅はすこぶる機嫌がわるかった。

土手を歩いている分には感じなかったが、川面のそばにおりると、吹き渡る川風を

「こんなところまでおれを呼び出して、いってえどんな魂胆《こんたん》をしてやがるんでえ」

　広い船着き場に、人影はない。

　仏頂面で不機嫌な口調の寅だが、声はさほどに大きくはなかった。

　新太郎は両手をだらりと垂らした格好で、寅のほうに一歩を詰めた。寅は胸とあごを突き出して、新太郎と向き合った。

「ここには他人の目も耳もねえ」

　新太郎は努めて小声で話をした。

　大きな声を出すと、ついつい、思ってもいなかったもめ事を引き起こしかねないからだ。

「だからよう、寅。いまはとことん、おめえとおれとで正味の話をしようじゃねえか」

　新太郎は船着き場の板に座れと、寅に指し示した。立ったまま向き合っていては、どうしても上背のある新太郎のほうが、寅を見下ろす形になる。

　逆に寅は、新太郎を見上げ続けなければならない。こんな格好のままでは、まとまる話もまとまらなくなる。

それを案じた新太郎は、寅に桟橋《さんばし》の上に座れと示したのだ。

新太郎の意図を、寅も汲み取ったようだ。文句も言わず新太郎の示しに従い、板の上であぐらを組んだ。

寅がしゃがむと同時に、強い川風が大横川のほうから渡ってきた。川面に張り出している桜の枝が、上下左右に揺れた。

枝の揺れに合わせて、無数の花びらが小枝から離れた。

吹雪となった幾ひらもの桜が、寅と新太郎の髷に舞い落ちた。

「桜まみれの寅てえのも、なかなかの眺めじゃねえか」

「大きなお世話だ」

ぞんざいな口調で言い返した寅は、髷に落ちた花びらを手で払いのけた。

「花びらなんぞは、どうでもいい」

寅は腕組みをした形で、新太郎を睨みつけた。太い腕に、青い血筋がくっきりと浮かび上がっていた。

「そんなことより、なにが言いたくておれをここまで引っ張り出したんでえ」

「村上屋のことに決まってるだろう」

新太郎は両手を膝に載せて、上体を寅のほうに乗り出した。

「うちの木兵衛さんてえひとは、店子のおれが言うのも妙なもんだが、得体の知れねえところが幾つもある」

月に一度の入谷行きは、いまだに続いていた。銭箱を尻の下に敷き、歩きの駕籠で深川から入谷まで向かうのだ。

「おれと尚平が歩きで木兵衛さんを運んでいるのは、おめえも何度も見ているはずだ」

「ああ、見たとも」

歩きの新太郎と尚平と行き合うたびに、寅はわざと突っかかったりして邪魔をした。

「あの歩きの駕籠にもわけはあるが、村上屋とはかかわりのねえことだからよう。いまはなにも言わねえが、とにかく木兵衛さんてえひとは、分からねえ顔を幾つも持ってる」

ただの裏店の家主じゃあねえと、新太郎は力んだ。

「それがどうしたてえんだ」

寅は新太郎に向かって、さらにあごを突き出した。

「木兵衛さんの得体が知れねえからって、それがおれになんのかかわりがあるんでえ」

「おめえじゃあねえさ」

新太郎は強い口調で言い返した。

「おめえの乗せてきた村上屋に、大きなかかわりがあるんだ」

いま、桁違いのカネの賭けが始まろうとしている。木兵衛というひとは、吹かしは言わないと新太郎は言い切った。

「近江屋の頭取番頭が木兵衛さんと顔なじみだったなんてえのは、いまのいままで、おれも知らなかった」

近江屋ほどの身代の両替商なら、頭取番頭は相当なことができる。一万両の賭けを引き受けるのも、近江屋の頭取番頭ならできない話ではない。

本当に賭けが始まったら、村上屋はあとにひけなくなるが、それでいいのかと、新太郎は寅に迫った。

「おおごとにならねえうちに、おめえから村上屋を諫めてやんねえ」

新太郎は話を寅に呑み込ませようとした。

さらに強い風が吹き渡り、またもやふたりのあたまに花びらが舞い落ちた。

四十一

新太郎は正味で、村上屋六造の身を案じている……寅にも、これは伝わったようだ。

栈橋の板に目を落とした寅は、膝元に舞い落ちた桜の花びらに手を伸ばした。ひとひらを人差し指と親指で摘むと、口元に寄せた。

川風が穏やかに流れている。その風に乗せようとして、寅は軽く花びらに息を送った。

抜き身の匕首《あいくち》のようにギラギラと尖っていた、両目の光が消えていた。

新太郎は深い息を吐き出して、話を続けようとした。ところが。

「駕籠舁きのくせに、女の子みたいに花びらで遊んでるよ」

「あれじゃあ、駆けっこに勝てるわけないよね」

寅の様子を見たこどもが、半纏姿の父親に大声で話していた。

「千住くんだりの田舎駕籠舁きに、深川駕籠が負けるわけはねえさ」

父親は、こどもよりも大声である。その声が、寅の耳に届いた。

いきなり寅の顔つきが変わった。

「おめえは恩着せがましいことを言って、おれに勝負を投げさせようてえのか」

立ち上がった寅は、新太郎に向かってあごを突き出した。

「おれはてめえの命を捨てることになっても、この勝負には勝つぜ」

新太郎にというよりは、土手の上から聞こえてきた親子に向かって吠《ほ》えていた。

「寅よう」

新太郎は立ち上がろうとはせず、もう一度座れと寅に手で示した。

「おきやがれ」

寅は取り合おうとはしない。尖った声で、新太郎の座れという誘いを弾き返した。

それでも新太郎は立ち上がろうとはせず、寅を見詰めた。ここでもしも新太郎が立ち上がったら……。

無駄な勝負を、新太郎が受けて立つことになるからだ。

新太郎は静かな目で寅を見詰めた。

勝負が始まったあとは、寅は自分で口にした通り、命を捨ててでも勝とうとするだろう。

新太郎も負けるわけにはいかない。文字通りの命がけで、勝負に立ち向かうことになる。

寅との勝負で、たとえ自分が命を落とすことになっても、新太郎にはそれを惜しむ気は毛頭《もうとう》なかった。

強がりではない。

火消し人足時代の新太郎は、常に生き死にの境目を生きてきた。

高い場所に上るのが怖くなったことで、新太郎は臥煙《がえん》をやめた。が、それは命が惜しくなったからではなかった。

臥煙時代なら、まとい持ちの矜持が。

いまは駕籠舁きの矜持が、新太郎を支えていた。その矜持を守るためなら、命は惜しまない。

しかし相肩を巻き添えにはできないと、新太郎は思い定めていた。

尚平は新太郎を助けるなら、自分の命との引き替えをいささかもためらわないだろう。

尚平と駕籠の前後を担ぎ始めて、まだ数年でしかない。しかし尚平が新太郎のために命を投げだそうとした場には、何度も行き合っていた。

尚平とおゆきが互いに深く思い合っていることは、新太郎はだれよりも深く呑み込んでいた。そんなふたりなのに、いまだにひとつ屋根の下で暮らしてはいない。

わけはただひとつしかないと、新太郎は察していた。

尚平がおゆきと暮らすには、木兵衛店を出るしかなかった。しかし新太郎にひとり暮らしは無理だと、尚平は思い込んでいる……新太郎は、それも察していた。

村上屋との勝負には、おゆきが駕籠に乗るのだ。もしもこの勝負に負けたりしたら……。

木兵衛は大金を失う。が、それは仕方のないことだと、新太郎は割り切っていた。

桁違いの賭けを言い出したのは、木兵衛当人だからだ。

しかし乗り役のおゆきは、自分の未熟さを深く責めるに違いない。

尚平も同じである。自分が駕籠の片棒を担いでいながら、勝負に勝てなかったとしたら。

木兵衛とおゆきのふたりに申しわけないと、尚平はおのれを責めるに違いない。

そのうえ、さらに新太郎が勝負で命を落としたとあっては、尚平はおゆきへの思いも捨てるだろう。

新太郎亡きあとで、自分ひとりがおゆきと添い遂げるなど、尚平にできるはずもない。

この勝負を成り立たせてはいけないと、新太郎は肚をくっていた。新太郎たちが勝てば、村上屋六造は死んだも同然になる。いや、本当に死ぬ羽目になるかもしれない。

寅も無事ではすまないだろう。

ひと一倍、負けん気の強い男だ。村上屋が死んだのは寅のせいだとののしられるよりは、みずから死を選びかねない。

逆に新太郎たちが負けたら……。

この駆け比べは、勝っても負けても、だれも喜ばない無駄な勝負だ。

そもそもが、場をわきまえない村上屋の不用意なひとことから始まった騒動である。だれよりも、村上屋当人が勝負をやめたがっているに違いないのだ。

まことの男なら、この勝負を流すためにおのれの命をかける……肚の据わっている新太郎は、どれほど寅が息巻いても短気な振る舞いには及ばなかった。

「頼むからよう」

新太郎は寅に向かって両手を合わせ、拝《おが》む仕草を見せた。向こう気の強い新太郎とも思えない振る舞いである。

「なんてえことをしやがるんでえ」

寅は思いっきり顔をしかめながらも、新太郎の前に座り直した。

「この勝負ばかりは、おれたちは受けちゃあならねえ」

業腹だろうが、勝負は流すことを承知してくれ……新太郎は寅の目を見詰めたまま、静かな口調で頼んだ。

寅にも新太郎の思いは、はっきりと伝わったようだ。もはや無駄な意地は捨てていた。

「ありがとよ」

あぐらを組んだまま、寅が礼を言った。

花びらが群れになって、ふたりのうえに舞い落ちた。

四十二

船着き場の石段は寅が先に登った。

「いまから近江屋に出向くが、おめえに異存はねえな?」

「いいぜ」

短く答えた寅が先へ三歩進んだとき。

「新太郎あにい」

呼びかけたのは入谷の源次《げんじ》だった。

思いも寄らない男に呼び止められた新太郎は、先を歩く寅に声をかけた。

「なんでえ」

寅は愛想のない返事をした。この先に待ち受けている厄介ごとを思うと、とても愛想のいい返事はできないのだろう。

「こっちにきねえな。めずらしい顔に出会ったぜ」

新太郎は源次を引き合わせようとした。

が、寅は源次の顔を見ても、仏頂面を変えなかった。

「覚えてるだろう、この男を」

新太郎は取りなそうとして、明るい調子で寅に問いかけた。

「思い出したくもねえツラだ」

にべもない口調で寅は吐き出し、顔を歪めた。菱《ひし》あられを踏んだときの痛みを、源次の顔とともに思い出したらしい（『深川駕籠』〈祥伝社刊〉参照）。

「雑司が谷まで、一緒に駆けてったおあにいさんだろう」

寅は源次をはっきりと覚えていた。

「そこまで無愛想にすることもねえだろう」

「いいんだ、あにい」

源次は顔つきを引き締めて新太郎を見た。

「ええゼニのかかった駆け比べを、これから始めようてえんでやしょう?」

寅の顔が大きく歪んだ。

新太郎も両方の目を曇らせた。

源次はふたりの様子には構わずに続けた。

「遅れ咲きの桜見物だてえんで、うちのかしらも一緒なんでさ」

源次が指さしたのは、すでに通り過ぎてきた桜の古木である。木の根本には、赤筋の入った頭半纏《かしらはんてん》を着た辰蔵《たつぞう》が立っていた。

新太郎はかしらに会釈《えしゃく》をしてから、源次に目を戻した。

「かしらにもおめえにも済まねえが、いまはよんどころねえことで取り込みのさなかだ」

新太郎は早口で源次に答えた。

「あにいに声をかけたのは、そのことがあったからなんでさ」

「なんでえ、そのことてえのは」

「ですから、その……よんどころねえことてえやつでさ」

急ぎの用向きは、寅さんとの駆け比べでしょう……源次はそう思い込んでいた。

「さっきの騒動を、かしらも見ておりやしてね。そんだけでけえカネの賭けをやるなら、しっかりした立会人が入用にちげえねえから、それを引き受けてもいいと……」

辰蔵は、駆け比べの立会人を引き受ける気になっていた。

「余計なことを」

寅が大きな舌打ちをした。

ここまでは寅に逆らう素振りを見せなかった源次だが、いまのひとことでぶち切れた。

「なんでえ、余計なこととは」

若いだけに、ひとたびあたまに血が上ると抑えがきかない。源次の剣幕に驚いて、たちまちひとの群れができた。

「待ちねえ、源次」

息巻く源次を抑えてから、新太郎は寅に近寄った。

「かしらのことは、おれにまかせてくれ」

近江屋に先に行って、賭けを取りやめる下話を村上屋と進めておいてくれと、寅に言い含めた。

このうえは、寅も騒ぎを大きくしたくないのだろう。新太郎の指図に、仏頂面のまうなずいた。

「頼んだぜ、寅」

「がってんだ」

低い声で応じた寅は、近江屋へと向かった。千住をねぐらとする寅だが、御府内各町には通じている。

近江屋の場所がどこかを、寅に教える必要はなかった。寅が新太郎から離れたことで、群れになっていた野次馬が四方に散った。

寅を先に行かせたのを、源次はいぶかしく思ったらしい。

「いいんですかい、ひとりで行かせて?」

寅から目を離したら、悪巧《だく》みを仕掛けようとするに違いない……賭けの取りやめを知らない源次の目は、それを強く訴えていた。

「いいんだ、そんなことは」

源次が言いたがっている文句を目で抑えてから、新太郎は辰蔵に近寄った。

「かしらは、すこぶる元気な様子でなによりでさ」

新太郎が口にしたのは、世辞ではなかった。久しく会っていなかったが、辰蔵の顔色には艶があった。立ち姿の背筋は、しゃきっと張っている。

ふたつ三つ、若返ったかに見えた。

「あんたの言うことだ、真に受けるぜ」

辰蔵は相好《そうごう》を崩した。

ひと通りのあいさつを交わしてから、新太郎は顔つきを引き締めた。

「源次から聞きやしたが、賭けの立会人を引き受けてくださるそうで」

「余計なことでなけりゃあ、おれが身体を張って務めさせてもらうが、それでいいか？」

「ありがてえ話でやすが……」

新太郎は辰蔵の耳元に口を寄せた。上背《うわぜい》では三寸以上の違いがある。

辰蔵の耳元で話す新太郎は、膝を曲げ気味にしていた。

「賭けは取りやめにしてくれと、寅に頼んだところでやす」

ついさきほど桟橋で話したことを、新太郎はもう一度なぞり返した。

村上屋は行きがかりで、強がりを言ったに違いない。が、木兵衛は本気だ。裏店の差配が似合いの年寄りだが、底知れない凄みがある。毎日顔を合わせている新太郎でも、まだ知らない顔を幾つも持っているに違いない。

なにしろ近江屋の頭取番頭が、木兵衛の呼び出しにはふたつ返事で応じたほどだ。

駆け比べでは、寅に勝つという自負はある。しかしこんな大金の賭けは、勝っても負けても、両方に大きな傷を残すことになる。

寅の面子が立つように、新太郎から賭けをよしにしてほしいと頼み込んだ……。

新太郎は寅を立てる形で、話を終えた。

「よく分かった」

辰蔵は底の深い目で、新太郎を見詰めた。

「攻めるよりも退くほうが、百倍むずかしいというが……あんたの器量の大きさを目の当たりにさせてもらった」

辰蔵は近江屋まで一緒に行くという。

「かしらがいてくれれば、鬼に金棒でやす」

新太郎は真顔で答えた。

「そんな世辞も言えるようになってたか」

辰蔵の目元がゆるんだ。

枝に残っていた花びらが、惜しくもないとばかりに舞い散った。

四十三

近江屋の手前半町のあたりから、すでにひとの群れができていた。

深川駕籠と千住駕籠の駆け比べ。それを見るために集まってきた野次馬である。

幾重にも重なりあった群れは、ざっと数えただけで五百人を超えていた。

「なんたって、桁違いのカネを賭けた駆け比べだからよう。どっちの駕籠も、命がけで走るだろうよ」

「生涯の語り草に出くわすことができて、おれたちは果報者だぜ」

なにしろ、一万両の賭けである。一年の稼ぎが五両だ、十両だという職人にしてみれば、千両の賭けと聞いても腰を抜かしただろう。

その十倍の賭けである。

「近江屋が後ろについてなけりゃあ、ただの与太話《よたばなし》だが、こいつは本物だぜ」

店先に集まった野次馬たちは、目の色を変えて気を昂ぶらせていた。

新太郎、辰蔵、源次の三人が近江屋に近づくなり、野次馬の群れが取り囲んだ。

「新太郎あにい……」

大通りを埋めている人数を見て、源次が顔をこわばらせた。

駆け比べは取りやめだと告げたとき、腹を立てた野次馬たちが、いったいどんな騒動を引き起こすのか。

源次はそれを案じているのだろう。顔のこわばり方が、胸の内をあらわしていた。

案じたのは、新太郎も同じだった。が、弱気を見せるわけにはいかない。

胸を張り、正面を見据えて歩みを続けた。

「深川の名をかけて、命がけで走ってくんなせえ」

近江屋へ向かう新太郎の背中に、多くの手が触れた。まるで土俵に向かう力士を称えるかのような振る舞いだった。

「千住の駕籠舁きはチビ太だからよう。にいさんが本気で走りゃあ、あんな駕籠は目じゃねえぜ」

「もう先《せん》のときみてえに、勝ち札を売り出してくれりゃあ、あり金そっくりおめえさんに賭けるとこだぜ」

野次馬のなかには、深川から高輪《たかなわ》までの駆け比べを覚えている者も少なくなかった

（『深川駕籠』参照）。

出し抜けに決まった駕籠の駆け比べだが、賭け金は途方もない大金である。その金高の多さが、ひとの気を昂ぶらせていた。

近江屋が近くなるにつれて、新太郎を取り囲む群れが分厚くなった。先を歩く源次は、両手を突き出して人垣を払おうとした。

「なんでえ、おめえは」

「駕籠舁きでもねえのに、余計な手を出すんじゃねえ」

荒っぽい声が源次にぶつけられた。

「あにさんたちの前をふさぐんじゃねえ」

唐桟《とうざん》の前をはだけた大男が、野太い声を発した。佐賀町《さがちょう》の火消し人足である。背中にも胸元にも、極彩色《ごくさいしき》の彫《ほ》り物がなされている。薄い唐桟越しに、胸元の彫り物が透けて見えていた。

「深川の駕籠舁きあにいが通るんだ。あにさんが怪我《けが》をしねえように、みんなわきにどきねえ」

火事場で炎と向き合う男の声は、よく通る。ひと声で、ひとの群れが左右に割れた。

「しっかりと走ってくだせえ」

火消し人足は、新太郎に深々と辞儀をした。まるで臥煙時代の新太郎を知っているかのようだった。

「ありがとよ」

短く礼を伝えてから、新太郎は近江屋を目指した。

野次馬はきれいに左右に割れていた。源次が露払《つゆはら》いをし、辰蔵が後詰《ごづ》めをする形で近江屋に入った。

大川の東側では、図抜けた所帯の大きさで知られる近江屋である。広い土間には、小僧が五人も立っていた。

新太郎の姿を見るなり、寅が近寄ってきた。

「見たかよ、あの野次馬を」

寅の顔色が青ざめている。話しかけてきた声も上ずっていた。

「おめえがそんな調子じゃあ、しゃあねえだろう」

低い声ながら、新太郎は寅を叱りつけた。

「それで……村上屋の旦那には、うまく言い聞かせたのか？」

「面目《めんぼく》ねえ」

寅の語尾が下がった。

「なんでえ、面目ねえてえのは」

新太郎の口調が、たちまち尖った。

「おめえはまだ、あの話を村上屋さんとやってねえのか」

寅は返事の代わりに小さくうなずいた。

「どこにいるんでえ、木兵衛さんだの村上屋さんだのは」

「頭取の帳場にへえってるらしい」

寅は力のない目で小僧を見た。

寅の目がきっかけとなって、年かさの小僧が新太郎のそばに寄ってきた。

「お待ち申し上げておりました。頭取番頭さんのところにご案内させていただきます」

さすがは近江屋である。しつけの行き届いた小僧は、おとな顔負けの物言いをした。

「案内とは……このおれが、近江屋さんの座敷に上がるてえのか?」

「そのように言付《ことづ》かっています」

「そいつあ、勘弁してくんねえ。おれは駕籠舁きだぜ」

「でも、頭取番頭さんには……」

小僧の口が途中で閉じられた。

息杖《いきづえ》を右手に握った尚平が、広い土間に入ってきた。

四十四

「いいところに来たぜ」

尚平の姿を見た新太郎は、安堵の吐息を漏らした。

「ここの小僧さんが、頭取番頭の帳場に上がれと、そう言うんだ」

新太郎は気弱そうな声で、相肩に事情を訴えた。

新太郎の実家も両替商である。その稼業の番頭の帳場に入るには、駕籠舁き身なりではばかられるとのわきまえがあった。

「なんでまた、そんなことを……」

尚平にも合点がいかないのだろう。めずらしく、口調を尖らせた。

「いまは近江屋さんの座敷に上がってるときなんかではねえだ」

駆け比べの駕籠乗りを上首尾に果たすために、おゆきはおよねに稽古をつけてもらっていた。

にわか稽古ではあったが、元々が身体の動きのいいおゆきだ。なんとか稽古に区切りがついたと、尚平は相肩に告げにきたのだ。

「その話だが……」

尚平のたもとを引いた新太郎は、広い土間の隅に移った。寅は相変わらず力のない目で、ふたりを見ていた。

「模様替えになった」

「なんだと？」

尚平が声を裏返すなどは、滅多にないことだ。それほどに驚いたようだ。

「模様替えって新太郎……あの寅の様子に、なにかかかわりがあるだか？」

尚平は寅のほうに目を泳がせた。ぼんやりした顔つきの寅など、尚平はいまだかつて見たことがなかったからだ。

「まさにそのことだ」

小さくうなずいた新太郎は、ここまでの顚末《てんまつ》をかいつまんで話した。聞き終わるなり、尚平は地べたを見ながら大きなため息をついた。しかし新太郎に目を戻したときは、顔に朱がさしていた。

「ばかな賭けがオシャカになって、なによりでねっか」

「まだ、オシャカになったわけじゃねえ」

木兵衛にこれから顚末を聞かせるところだと、新太郎は相肩に明かした。

「ところが肝腎の木兵衛さんは、土間のどこにもいねえ。様子を尋ねようと思ったら、先に小僧さんのほうから帳場に上がれと言われたんだ」

「なら新太郎、言われた通りにするだ」

尚平は穏やかな目で新太郎を見詰めた。

「およねさんとおゆきさんは、いまも気を張り詰めて長屋で待ってるだ」

模様替えの一件は、すぐにも伝えてふたりを安心させてやりたい。そのためには一刻も早く、木兵衛さんに得心してもらうことが大事だと、尚平は言う。

新太郎も尚平の言い分に得心した。

「おれはいまから木兵衛さんと掛け合ってくる。おめえは長屋にけえって、およねさんとおゆきさんをここに連れてきてくんねえ」

「がってんだ」

尚平がきっぱりと返事をしたとき、寅が寄ってきた。

「おめえの相肩は長屋にけえるんだろう?」

ふたりの話の成り行きに、寅は察しをつけていた。長屋で駕籠乗りの稽古をしていることを、寅は知っていたからだ。

「あの婆さんを、何度も歩かせるのは気の毒だ。気を張ってる間は達者そうにめえても、芯から丈夫なわけじゃねえだろうがよ」

寅の目は誤魔化《ごまか》せない。新太郎は肚をくってうなずいた。

「木兵衛店からここまで、おれが後棒を担いで婆さんを運んでくらあ」

「そいつあ、大助かりだ」

新太郎は素直に喜び、寅の手伝いを受け入れた。

「おれは、木兵衛さんと談判をしてくる」

新太郎は顔つきを引き締めた。

木兵衛は近江屋の頭取番頭を引っ張り出していた。

そうでなくても、頑固者で通っている木兵衛のことだ。生半可《なまはんか》な話の仕方では、木兵衛が賭けを引っ込めるとは思えなかった。

木兵衛と向き合う新太郎には、相応の覚悟がいる。引き締まった顔は、その覚悟のあらわれだった。

「そいじゃあ小僧さん、上がらせてもらうぜ」

肚をくった新太郎は、堂々とした歩みで店の上がり框《かまち》に向かった。腰をおろすと、すかさず小僧がすすぎ水の入ったたらいを運んできた。

「ありがとよ」

足をすすぎ終えた新太郎は、四文銭《しもんせん》二枚の心付けを小僧に渡した。

小僧は深々とあたまを下げた。

どこまでも近江屋のしつけは行き届いている。あたまを上げた小僧に笑いかけてから、新太郎は頭取番頭の帳場へと向かった。

四十五

木兵衛も村上屋六造も、ともに頭取番頭の帳場に座っていた。

「遅かったじゃないか」

新太郎の顔を見た木兵衛は、いつになく物言いに愛想があった。気が昂ぶって、血の巡りもすこぶるいいらしく、顔色は艶やかだ。

大きな賭けの始まりを間近に控えたことで、気持ちが昂ぶっているのだろう。

村上屋は、木兵衛とはまるで逆である。

相変わらず顔からは血の気が引いており、両肩が落ちていた。

「木兵衛さんに話があるんでやすが」

「いいとも」

上機嫌で応えた木兵衛は、新太郎と連れ立って帳場の外に出た。

新太郎の様子を見て、感ずるところがあったらしい。利兵衛は木兵衛のあとについて帳場を出た。

「なんだ、話というのは……駆け比べの首尾でも思いついたのか」

木兵衛は声を弾ませた。

新太郎は深呼吸を二度繰り返してから、丹田に力をこめた。

「賭けは取りやめにしてもらいてえんで」

新太郎はここまでの顚末を、なにも省《はぶ》かずに話した。寅が気落ちしていたことも、尚平が声を弾ませたこともすべて聞かせた。

「おまえの思案か」

仔細を聞き終えたとき、木兵衛の両目には炎が燃え立っていた。

「おれの思案です」

木兵衛の目を受け止めて、新太郎はきっぱりと応じた。

木兵衛の目の炎が、さらに強く燃え立った。

「わしの面子が丸潰れとなるのも、承知のうえのことか」

「はい」

新太郎は、はいとしか答えなかった。口数が多くなればなるほど、言いわけがましくなりそうだったからだ。

「もう一度訊くが」

木兵衛の声には、破裂せんばかりの怒気が満ちていた。

木兵衛の背後に立った頭取番頭の利兵衛は、半端な取りなしをする気はないらしい。口を閉じて成り行きを見守っていた。

「わしの面子が丸潰れになるのを承知で、おまえは賭けを取りやめろと言うんだな」

「はい」

さきほど以上に、新太郎は強い口調で返事をした。

「はいだけでは分からん」

木兵衛は新太郎に詰め寄った。

「木兵衛さんの面子は潰れやすが、それで何人もの死人を出さずに済みやす」

駆け比べには命がけで立ち向かうと、新太郎は言い切った。

「尚平とおれが命がけで走りゃあ、九分九厘《りん》、寅には勝ちやす。おゆきさんだって、おれたち以上に身体を張って乗りこなすでしょう」

村上屋には、賭け金を払えるだけの蓄えはないと新太郎は判じた。

「たとえあったとしても、有り金そっくりを投げ出して負けを清算したら、村上屋は身代を潰すに決まってやす」

潰れるだけでは片づかず、途方もない借金を抱え込むに違いない。旅籠は借金のカタに取られるが、それだけでは済まない。

見た目は順風でも、内証は火の車というのが、多くの商人の実態だ。

村上屋は向こう見ずの見栄っ張りだ。そうでなければ、こんなバカな賭けを口にしたりはしない。

旅籠を失った挙句、借金取りに追い立てられたら……。

一家心中への早駕籠に乗ったも同然だ。

「面子はでえじですが、潰れたところで死にはしやせん」

人助けだと思って、この賭けを思い止まってくだせえ……新太郎はこうべを垂れて頼み込んだ。

「まったく、しょうがない店子だ」

利兵衛のほうに振り返った木兵衛は、苦々しげに言葉を漏らした。が、その底には、店子を自慢するような調子が隠されていた。

「聞いたかよ、賭けが取りやめになったいきさつをよう」

「深川の自慢じゃねえか、知らねえわけがねえだろう」

左官の伝助《でんすけ》は胸を反り返らせた。

千住の村上屋の命を助けるために、深川の木兵衛は自分の面子を投げ捨てた。そして気持ちよく、千住宿へ送り返した。

源次がひとを使って、このうわさを広めていた。うわさとはいえ、偽りは皆無だ。

「てえしたもんだ」

「てめえの面子を捨てて人助けをするてえのは、さすがは深川っ子だぜ」

近江屋の前に集まっていた野次馬の多くは、大股で大横川河畔へと歩き始めた。

風に舞う花びらは多いが、枝にはまだたっぷりと桜が残っていた。

「花明かりがきれいだこと……」

いま一度の花見に戻ったおゆきに、桜越しの陽差しが降り注いでいる。

「花明かりを浴びて、なんだか寿命が延びたような心地だねえ」

背筋の伸びたおよねが庄兵衛を見て微笑んだ。

「寿命延ばしに遠慮は無用だ。これから毎年、ここにくればいい」

木兵衛の声は、すっかり機嫌を取り戻していた。

舞い落ちる花びらがゆらゆらと揺れて、木兵衛の上機嫌に応えていた。

菖《しょう》蒲《ぶ》の湯

一

天明《てんめい》八年（一七八八）の梅雨《つゆ》は、すこぶる気が早かった。

皐月《さつき》の空を泳ぐ鯉《こい》のぼりは、端午《たんご》の節句に向けての大事な飾り付けである。

毎年五月の声を聞くなり、空は青みを増した。そして白い雲をあしらいにして、鯉のぼりが我が物顔で青空を泳ぐというのが、江戸の皐月の始まりだった。

端午の節句を終えたあとは、翌年に備えて鯉のぼりをていねいにホコリを落として陰干しした。そのきれいに畳《たた》まれ、翌年までの長い間、商家の蔵の奥に仕舞《しま》い込まれた。

鉛色をした重たい梅雨空が江戸の空に張りつくのは、五月の下旬近くになってから。

これがいつもの年の空模様だった。

ところが天明八年は、大いに違った。

とはいえ五月一日は気持ちよく晴れた。

「江戸の空は律儀者《りちぎもの》だよねえ」

一日の明け六ツ（午前六時）。あしらいの雲すらない夜明けの空を見て、木兵衛店《だな》のカミさん連中は声を弾《はず》ませた。

今年もまた律儀に、一日からさわやかな皐月晴れが到来したと思ったからだ。

新太郎も尚平も縁起担《かつ》ぎである。五月一日が晴天で明けたことで、梅雨入りまでの二十日ほどは存分に稼《かせ》げると判じた。

江戸の梅雨は、長い年は一カ月以上も続く。その手前の晴天続きの間に存分に稼いでおくのが、ふたりの流儀だった。

一日の晴天は、まさしくふたりに縁起のよさを連れてきた。

永代寺《えいたいじ》が四ツ（午前十時）の捨て鐘を撞《つ》き始めたとき、新太郎と尚平は富岡八幡宮《とみおかはちまんぐう》大鳥居下に立つ。そして口開けの客を待つのが、一日の商《あきな》い始めである。

最初の客は、かならずここ（大鳥居下）から乗せた。唯一《ゆいいつ》、家主《いえぬし》の木兵衛を入谷《いりや》まで乗せていくときに限り、口開けは木兵衛店からとなった。

他の日は大鳥居下から、その日の初乗り客を乗せた。日によっては、四半刻《しはんとき》（三十分）どころか、半刻（一時間）待っても口開けの客がつかないこともあった。

そんな日でも、ふたりは大鳥居下から動こうとはしなかった。

一日の商いは、富岡八幡宮から。

これがふたりの決めごとだった。

新太郎と尚平が初めて出会ったのは、富岡八幡宮の境内《けいだい》である。

ふたりが駕籠《かご》舁《か》きになるきっかけを与えられたのも、この土地深川《ふかがわ》だ。

深川の鎮守《ちんじゅ》様は富岡八幡宮である。

それゆえに一日の商いは、ここの大鳥居下からと決めていた。

五月一日は夜明けの青空がすこぶるつきの縁起のよさを新太郎と尚平にもたらした。

四ツの捨て鐘が鳴り始めるなり、五尺《しゃく》七寸《すん》（約百七十三センチ）の上背《うわぜい》がある客が、新太郎に寄ってきた。

「すまねえがにいさん、九ツ（正午）どきに大門《おおもん》に着けてもらえるかい？」

身なりは堅気《かたぎ》を装《よそお》っているが、明らかにその筋にかかわりのある男の物言いだった。

男は上背だけではなく、目方は二十貫《かん》（約七十五キロ）はありそうだった。

上背のある客は、どの駕籠も嫌った。安普請《やすぶしん》の四つ手駕籠は、五尺五寸（約百六十七センチ）以上の客を乗せるようにはできてはいなかったからだ。

しかもその客は、見るからに重たそうだ。新太郎も尚平も大柄《おおがら》だが、客は軽いにこしたことはなかった。

嬉《うれ》しい客ではなかったが、なんといっても口開けの客だ。しかも四ツの捨て鐘と同時にあらわれた客である。

「大門てえのは、吉原《なか》の大門のことで？」

新太郎はどこの大門なのかを確かめた。

富岡八幡宮からさほどに遠くない洲崎弁天《すざきべんてん》にも、大門はある。あるどころか『大門通り』という名の、広い筋が南北に通っていた。

まだ駕籠舁きを始めて間もないころ、入谷と雑司《ぞうし》が谷《や》の鬼子母神《きしぼじん》を取り違えられた客が、困り果てている場に出くわした。

新太郎たちの過《あやま》ちでは、もちろんなかった。が、それ以来、同じ土地の名が幾つもあるときは、かならず行き先を確かめてきた。

「もちろんなかの大門だが、行ってもらえるかい？」

「行きやしょう」

新太郎は、きっぱりとした口調で請《う》け合《あ》った。五尺七寸で二十貫の大男だが、九ツまでにはまだ一刻（二時間）あった。

目一杯に駆けなくても、大門まで一刻あれば充分に行き着ける。

「そいつはありがたい」

喜んだ客は、まだ酒手《さかて》も決めないうちに小粒銀《こつぶぎん》三粒（約二百文《もん》）もの心付けを、新太郎に先渡しした。

駕籠舁きを信頼してこその、心付けの前払いだ。口開けの客としては、これ以上ない縁起のよさである。

「尚平、いただいたぜ」

心付けを受け取ったことを、相肩《あいかた》に大声で告げた。これもまた、縁起担ぎのひとつだ。

「がってんだ」

尚平が弾んだ声で応《こた》えた。

「念押しするまでもないが、九ツの鐘が鳴っている間に大門前に着けてくれ」

「がってんでさ」

新太郎と尚平の返事が揃《そろ》った。

九ツまでに着けてくれではない。

九ツの鐘が鳴っているさなかに、着けてほしいとの注文である。新太郎と尚平は、短く威勢よく応えた。

ふたりとも、あたまには江戸の切り絵図が刻みつけられていた。出発地から目的地まで、どの道筋を通るかは、瞬時に思い描けた。

しかもただ思い描くだけではなかった。

ふたりは御府内《ごふない》各町の縁日も、諳《そら》んじていた。走る道筋の縁日を思い浮かべ、人込みとなる道は避けるようにした。

これだけのことを、ふたりは同時に、そして一瞬のうちに行なうのだ。

新太郎が描いた道筋と、寸分違《たが》わぬことを尚平も思い描いた。ふたりは口で確かめ合わずとも、同じ道筋を決めていた。

客は駕籠に乗るなり、自分の手で垂《た》れをおろした。履き物《はきもの》は膝元に重ねて置いている。

明らかに駕籠に乗り慣れた客である。

長柄《ながえ》に肩を入れたふたりは、すぐさま息杖《いきづえ》を地べたに突き立てた。駕籠を出すと、客に告げるまでもなかったからだ。

はあん、ほう。はあん、ほう。

走り出して六歩目で、駕籠は速さを得ていた。駕籠舁きと客の息遣《いきづか》いが、ぴたりと合っていたあかしである。

新太郎は大川端《おおかわばた》に出たところで、駆け足をゆるめた。九ツぴたりに吉原大門に着けるためには、よほどに走りを加減しなければならない。いつもの調子で走ったりしたら、半刻少々で行き着いてしまうからだ。

さりとて早く着いたからといって、手前で駕籠を止めて待つのは駕籠舁きの恥である。

走りと歩みを繰り返し使いながら、決まった刻限に横付けすること。

これが駕籠舁きの腕の見せどころだ。

人一倍に見栄《みえ》っ張りの新太郎である。

歩くのが嫌でたまらない新太郎は、何度も駆け足を加減した。ゆっくりではあっても傍目《はため》には駆けているように映《うつ》る技を、新太郎は編《あ》み出していた。

浅草寺《せんそうじ》を過ぎ、大門の通りに差しかかったところで九ツが鳴りだした。捨て鐘を加えれば、十二打を撞くのが九ツである。

大門前に横付けしたとき、鐘はまだ四打も残っていた。

「にらんだ通り、大した走りっぷりだった」

客は新太郎が酒手を言う前に、一分《ぶ》金一枚を握らせた。深川から大門まで四分の一両《りょう》とは、破格の大金である。

「いただきやす」

大門番の若い衆に聞こえるように、大声で礼を告げた。

雪駄《せった》の尻金《しりがね》を鳴らしながら、客は新太郎たちを振り返ることもなく大門をくぐった。

大門の奥で待ち構えていた若い者が、駕籠の客を深い辞儀《じぎ》で迎えていた。

口開けの客が一分金と小粒銀三粒という、大きな実入りをもたらしてくれた。ツキのない日だと、一日走っても届かない稼ぎだ。

「やっぱり皐月晴れはいい」

大門前で空を見上げていたら、次の客が寄ってきた。

「坂本村《さかもとむら》のとば口までやってもらいたいが、よろしいか?」

上品な物言いは、あの辺《あた》りの名主《なぬし》かもしれないと思わせた。

「乗ってくだせ」

尚平が声を弾ませた。

客をおろしたあとは、おゆきの店で昼飯が食えると考えたのだろう。

相肩の想いを察した新太郎は、調子を上げて坂本村のとば口まで走った。

この客も酒手百文に、小粒銀ひと粒の心付けを加えてくれた。

おゆきの店で一刻を過ごしたあと、入谷から日本橋《にほんばし》、京橋《きょうばし》から深川佃町《つくだちょう》という客を拾うことができた。

五月一日は、滅多《めった》にない大稼ぎができた。

「梅雨入りまでの間、この縁起をいただきでたっぷり稼ごうぜ」

やぐら下の縄のれんで、新太郎と尚平は美味《うま》い酒を酌《く》み交《か》わした。

ところが。

一夜明けた五月二日は雨になった。

一向に降り止《や》まず、三日も朝から雨だった。

夜明け直後から、田んぼのカエルが大喜びをしていた。

二

「飯《めし》が炊《た》けただ」

尚平の声に新太郎が応ずる前に、雨漏りのしずくがたらいに落ちた。

ポチャン……ポチャン……。

ときが経《た》つにつれて、雨粒が落ちる間合いが詰まっていた。

「うちがこんな調子じゃあ、この棟《むね》はどこもひでえ雨漏りじゃねえか」

新太郎が口を尖《とが》らせた。

「朝飯が済んだら、屋根を直すべさ」

尚平はいつものことながら、自分たちの手で修繕をする気らしい。

「まったくおめえのお人好《よ》しには、つくづく感心するぜ」

新太郎が呆《あき》れ声を出している間にも、雨粒は落ち続けた。が、雨漏りの場所は幸いにも土間に限られていた。

ポチャン……ポチャン……ポチャン。

さらに間合いを詰めた雨漏りの音を聞きながら、ふたりは朝飯を食べ始めた。

木兵衛店に備え付けのへっついは、とても飯炊きの釜《かま》は使えない小型である。

四ツから新太郎と尚平は駕籠に肩を入れる。ふたりにとっての朝飯は、一日の始まりの大事な食事だ。

木兵衛店で暮らし始めて半年が過ぎたとき、尚平は狭い流し場の普請《ふしん》替えを行なった。もちろん店子《たなこ》が費《つい》えを払ってである。

家主の木兵衛には、ケチと太っ腹が違和感もなしに同居している。長屋の修繕は、店子がやればいいと考えている節《ふし》があった。

その分、店賃を安くしていると言いたいのだろう。

ゆえに普請替えは、店子が自分の費えで行なっていた。

尚平が買い込んだへっついは、小型ながら強い火力の得られる優れモノだ。へっついが据《す》え付けられた翌朝から、尚平は朝飯を炊き始めた。

米は利根川《とねがわ》沿いの米所で穫《と》れる『常陸《ひたち》ひかり』だ。仲町《なかちょう》の米屋野島屋《のじまや》が、尚平の注文に基づいて取り寄せている米である。

尚平がまだ相撲部屋にいたころ、ちゃんこと一緒に食っていたのが常陸ひかりだ。

尚平がおゆきに強く惹《ひ》かれたきっかけのひとつも、この米だった。おゆきも尚平と出会う前から、わざわざ入谷の町まで出向いて常陸ひかりを買い求めていた。

炊き立ての常陸ひかりに、新太郎は生卵をぶっかけて食うのが決まりだ。おかずは味噌《みそ》汁と漬物。ときには棒手振《ぼてふり》が納めて帰った干物が加わった。

すこぶるつきの晴天だった一昨日は、絶好の干物日和《びより》でもあったらしい。木兵衛店に出入りする魚の棒手振金太《きんた》は、陽《ひ》が落ちたあとでアジの干物二枚を届けてきた。

肉厚で、脂《あぶら》がたっぷりとのったアジを、夏の陽に陰干しして拵《こしら》えた干物である。

「飛び切りのアジが手にへえりやしたんで、明日の朝飯に食ってくだせえ。金太」

干物には金釘《かなくぎ》流で懸命に書いたであろう、金太の言伝《ことづて》が添えられていた。

アジの干物は長屋の軒下《のきした》で焼き上げた。

木兵衛店のひさしは、たっぷり二尺（約六十センチ）の幅がある。雨漏りのする屋根は板葺《ぶ》きで粗末だが、幅広いひさしは住民のだれもが重宝《ちょうほう》していた。

金太が自慢するだけあり、アジの干物は見事な仕上がりだった。

相撲部屋では尚平は下っ端で、常に兄弟子たちの料理番を務めてきた。漁村が在所《ざいしょ》の尚平は、魚のさばき方も煮付け・焼き・作りなどの料理にも長《た》けていた。

今朝のアジは、キツネ色の焦《こ》げ目がついていた。干物を拵えた金太は、さすがの包丁使いでアジを開いていた。

「こいつあ、てえした干物だ」

卵ぶっかけの飯を一膳平らげたあと、新太郎は干物に箸《はし》をつけた。

金太の開き方は見事で、背骨には分厚く身がかぶさっていた。骨のない半身を先に平らげてから、新太郎は背骨を身から剝《は》がした。

陰干しが秀逸で、しかもアジが真新しかったのだろう。背骨と身は、きれいに離れた。

しかし背骨には、まだ厚く身が張りついている。箸で背骨を摑《つか》んだ新太郎は、左手で骨にへばりついている身を剝がした。

うっとりするほどに厚い身が、きれいに背骨から剝がされた。

焼き方が極上で、表面はパリンとキツネ色に焦げていた。しかし内側には、まだ脂を含んだ湿り気が残っていた。

「なにがうめえたって、こんがりと焦げた背骨のハガシの美味さに勝てるモンはねえ」

雨漏りの音を聞いたときの不機嫌など、すっかり消えていた。

「金太てえのは、干物作りの名人だぜ」

「今朝のアジは、皮までうめえ」

褒《ほ》め言葉を連発した新太郎は、背骨だけを残して平らげた。

「雨降りの朝飯もいいもんだ」

満足至極の顔で、新太郎は飯のあとの玄米茶《げんまい》を楽しんだ。

「ひと息いれたら、屋根の修繕やるべ」

尚平はすでに洗い物を、小さな流し場に運び終えていた。

「おめえの手際のよさにも、つくづく感心させられるぜ」

お人好しだと褒めたときと同じ口調で、新太郎は尚平の手際のよさを褒めた。

長屋のひと間は、広くはない。駕籠舁きふたりの暮らしには、汚れ物は毎日のように出た。

股引《ももひき》と腹掛けは、駕籠舁きには欠かせない身なりだ。晴れた日に御府内中を走れば、真冬どきでも腹掛けには汗が染《し》みこんだ。

股引も腹掛けも、新太郎たちは何枚も替えを持っていた。が、晴れている限りは、尚平は朝飯のあとで洗濯をした。

木兵衛店の物干し場に陽が差すのは、五ツ半（午前九時）から四ツ半（午前十一時）までの一刻限りだ。

洗濯を終えたあとは、物干し竿に通したままふたりは仕事に出た。取り込みは、長屋の女房連中に頼んでいた。

「ほんとうに尚平さんは、新太郎さんのおカミさんだよねえ」

「尚平さんが所帯を構えたあとは、新太郎さんはどうなっちまうんだろうね」

女房連中は、真顔《まがお》で心配していた。

新太郎とて同じである。

いまも尚平は、狭い流し場で朝飯に使った皿を洗っていた。その後ろ姿を見つつ、新太郎は玄米茶の残りに口をつけていた。

朝飯の仕度《したく》。

汗とほこりがまとわりついた股引・腹掛け・半纏《はんてん》などの洗濯。

仕事着や長着《ながぎ》のほころびの縫い物。

これらはすべて、尚平にまかせていた。たまに掃除を手伝おうとしてホウキを手に持つと、尚平がすぐに取り上げた。

「おめがやることじゃねって」

家事はすべてまかせて、新太郎にはドンと座っていてほしい……尚平はそれを正味《しょうみ》で思っていた。

手伝おうとすると、尚平の機嫌がわるくなる。ゆえに新太郎は手出しをしなかった。

尚平が出ていったあとは、どうすれば……。

常から新太郎は、これを案じていた。が、おくびにも出さぬようにと気遣った。

そうでなくても尚平は、なかなかおゆきと暮らし始めようとはしない。おゆきの元で一夜を過ごすことすら、新太郎に遠慮をしているように映った。

なんとかしねえと、尚平とおゆきさんに申しわけが立たねえ……。

流し場で洗い物を続ける尚平の後ろ姿に、新太郎は軽くあたまを下げた。

玄米茶はすっかり呑《の》み干した。気分を変えようとして、新太郎は立ち上がった。

ウオォォッ。

両手を突き上げて、身体に存分の伸びをくれた。腕をおろしたあとは、修繕の道具箱に近寄った。

屋根の板葺きは新太郎の仕事である。

なんでもこなす尚平だが、板葺き屋根の修繕は苦手《にがて》にしていた。

「いまから屋根に上がるぜ」

「あいよう」

流し場に立ったまま、尚平は弾んだ声で応じた。この棟の雨漏りが直るのが嬉しいのだろう。

土間におりた新太郎は、合羽《かっぱ》を取り出した。日本橋の雨具老舗《しにせ》、吉羽屋《よしばや》特製の合羽だ。

油紙に柿渋《かきしぶ》を重ね塗りし、糸の縫い目にもしっかり柿渋で漏れ止め細工を施《ほどこ》した極上品である。

公儀《こうぎ》の船番所役人も、これと同じモノを羽織っているほどに質のいい合羽だった。

色味は雨のなかでも人目につきやすい、鮮やかな山吹色《やまぶきいろ》だ。

新太郎が両袖《りょうそで》に手を通そうとしたとき、腰高障子《こしだかしょうじ》戸が叩《たた》かれた。

新太郎は合羽を着ている途中で、障子戸を開いた。

番傘をさした若い者が立っていた。

三

朝早くから宿をたずねてきたのは、乗り方が巧《たく》みだった一昨日の客に仕《つか》える若い者だった。

「茅場町《かやばちょう》の岡本《おかもと》で、ぜひ昼飯を一緒にと親方から言付《ことづ》かっておりやすんで」

若い者は昼飯の誘いを告げにきた。

客に好感を抱いていた新太郎は、誘いを受けた。

茅場町の岡本は、御府内でも飛び切り美味いうなぎを食わせると評判の高い店だ。

屋根の修繕をあっさり先延ばしにした新太郎は、とっておきの雨合羽を手にしていた。

「岡本ののろ（うなぎ）を振《ふ》る舞《ま》ってくれるてえのは、なんとも豪勢な話だぜ」

合羽に袖を通した新太郎は、目元を大きくゆるめていた。

ひと一倍のうなぎ好きで、月に三度はやぐら下の野田屋《のだや》で蒲焼《かばや》きを口にしていた。

極上のうなぎが昼飯に食える……蒲焼きの味が、すでに新太郎の口のなかに広がっているらしい。

めずらしく鼻歌まじりの新太郎は、合羽の前を細紐《ほそひも》で縛《しば》った。

尚平はすでに紐を結び終えていた。

「よく似合ってるじゃねえか」

尚平の合羽姿を見た新太郎は、正味で褒めた。ふたりで新調した合羽に袖を通すのは、今朝が初めてだった。

「地の山吹色と、墨で描いた襟元の屋号がいい取り合わせだ」

新太郎が言葉を重ねて褒めるのは、モノでもひとでも滅多にないことだ。心底、合羽を気に入っているのが、新太郎の口調から察せられた。

「おめも背中を見せてみれ」

尚平に促《うなが》された新太郎は、ぐるっと身体を回して背中を向けた。

「あきれるほどの高値だったが、やっぱり拵えに間違いはねえだ」

仕上がりを見た尚平も、しみじみ感心したらしい。

ふうっ。

尚平の吐息が土間にこぼれた。背中に太い筆文字で描かれた『深川駕籠』の四文字が、吐息に調子を合わせて揺れた。

先々月、新太郎の機転で千住宿《せんじゅ》の旅籠《はたご》村上屋は、身代《しんだい》を失わずに済んだ。村上屋のみならず、駕籠舁きの寅も自分の面子《めんつ》を保ったまま深川から千住へ帰ることができた。

木兵衛店の家主木兵衛には、駕籠舁き勝負を取りやめにした細《こま》かな顚末《てんまつ》を、新太郎はあえて話さなかった。

木兵衛はしかし、新太郎と寅がやり取りした細部まで聞き及んでいたようだ。

「おまえも少しはおとなになったようだ」

意味ありげな笑いを浮かべた木兵衛は、なんと一分金四枚（一両相当）を小遣いにくれた。

「なんだ、その顔は」

一分金四枚を見た新太郎は、口が半開きになっていた。

「なにか文句でもあるのか」

「文句なんぞ、あるわけはねえが」

新太郎はまじまじと木兵衛を見詰めた。

「木兵衛さんから一両ももらったりしたら、天気が変わるどころか、野分《のわき》がくるかもしれねえ」

「少し褒めると、もうこれだ」

新太郎に渋い顔を見せた木兵衛は、とっとと金貨を仕舞えと語気を強めた。

「ありがたく、ごちになりやす」

大きな手のひらに一分金四枚を載《の》せたあと、新太郎は木兵衛に目を戻した。

「この一両そっくり使って、雨合羽を新調しやす」

「なにに使おうがおまえたちの勝手だ。合羽でも雪駄でも、好きにしろ」

木兵衛の許しをもらったふたりは、連れだって日本橋室町《むろまち》の吉羽屋に向かった。

江戸で雨具を拵えるなら、どこよりも吉羽屋に頼むほうがいい。商いぶりは頭《ず》が高いが、品物には間違いがない。

これが吉羽屋の評判である。

駕籠舁き稼業の新太郎と尚平は、空模様にかかわりなく江戸の町を突っ走る。たとえずぶ濡《ぬ》れになろうとも、ふたりとも平気で走った。

しかし髷《まげ》から雨粒を滴《したた》り落とすと、縁起がよくないと客が嫌がった。

やむなくふたりは合羽を着て走っていたが、町場の雨具屋の品は何着買い求めても丈《たけ》が短かった。

「お客さんたちにぴたりと合う品が欲しければ、別誂《べつあつら》えしてもらうほかはありません」

出来合《できあい》の合羽は、六尺男の分までは用意がなかった。

もともとふたりは合羽を着たいわけではない。たとえ寸足らずの合羽でも、なんの文句もなかったのだが……。

「せっかくのいい男ぶりなのに、つんつるてんの合羽なんて、とっても変よ」

今年の二月、もうひとつの木兵衛店のさくらに言われて以来、新太郎は雨の日の合羽が気になっていた。

木兵衛から思いがけず一両の小遣いをもらったことで、合羽の新調を思い立った。

「どうせ作るなら、江戸で一番の吉羽屋に頼もうじゃねえか」

尚平もふたつ返事で応じ、ふたりそろって吉羽屋に出向いた。

「てまえどもは相撲取りさんでも臥煙《がえん》さんでも、どんな大柄な方のご注文にも応じられます」

応対に出てきた手代《てだい》は、頭が高いという評判とはまるで違っていた。物言いはていねいだし、客の身なりで値踏みをするような振る舞いにも及ばなかった。

駕籠舁きだと聞いたあとは、見事に稼業に合った誂え方を口にしはじめた。

「着たままで町を走るわけですから、どれほど速く走っても縫い目から雨が染み通らない工夫が入用です」

「長柄が当たる肩のところには、念入りな重ねをしておきませんと」

「せっかくの別誂えです。思い切って目立つ色味に仕立てておけば、走りながらおふたりの広目《ひろめ》（宣伝）になります」

「渋を重ね塗りしたうえに、てまえども秘伝の水弾《はじ》きを三重に重ね塗りいたします。いささかお高くはなりますが、この拵えであれば天の底が抜けたような土砂降りでも、ひとしずくの雨も通しません」

手代はすこぶるていねいな物言いで、新太郎と尚平に極上雨合羽を勧めた。

「高いてえのは、一着幾らになるんでえ」

「二両三分でございます」

手代は顔色も変えずに値を口にした。

町場の雨具屋が商う合羽は、胸元を強く閉じ合わせる仕上げの上物《じようもの》でも、一着二百文で買えた。

二両三分を銭に直せば十一貫文《かんもん》である。吉羽屋の手代がふたりに勧めた極上品は、町場の上物合羽のじつに五十五倍という桁違《けたちが》いの高値だった。

手代は平然と二両三分の値を言い放った。

そのことが、新太郎の負けん気にブオッと火をつけた。

「その極上誂えてえやつで、おれたちの二着をなにしてくんねえ」

「うけたまわりました」

手代は五両を上回る注文を受けても、普通の声で応じた。

頭は高くはなかった。が、吉羽屋の売り場を行き交《か》うカネは、すこぶる高かった。


「合羽の仕立ておろしには、ちょうどの空模様だぜ」

合羽を羽織った新太郎は、腰高障子戸を開いて路地に出た。

雨脚が強くなっている。軒下から新太郎は袖を突き出した。

吉羽屋の手代が請け合った通りである。ぶつかった雨は粒となり、合羽の袖から転がり落ちた。

「駕籠が入用だとは、あの若い衆は言わなかったが」

新太郎はあとの言葉を呑んで空を見上げた。玄人《くろうと》の空見《そらみ》師のようなわけにはいかないが、新太郎も空見はできた。

「この雨は今日一日、止みそうにねえ」

うなぎをおごってもらうだけでは、駕籠舁きの面子が立たないと、新太郎は続けた。

「あれを試すに、ちょうどいい雨でねっか」

尚平は土間に吊《つ》るした棚から、渋紙の包みをおろした。

合羽とは異なる小豆色《あずきいろ》の渋紙で、やはり吉羽屋で拵えた駕籠の合羽である。

「極上合羽ほどの仕上げではありませんが、粒の見えるような強い雨でもまったく文句なしに弾き返します」

駕籠にかぶせれば、雨のなかでも客が濡れずに済むと手代は請け合った。

拵えはほどほどだが、駕籠にかぶせる大型である。駕籠一挺《いっちょう》分で二両。

新太郎はこれも言い値で買った。

「おめえの言う通り、まさにお誂えの雨空だぜ」

降り続く雨空を、新太郎は笑顔で見上げていた。

四

駆け出した駕籠は、仲町の辻でいきなり足止めを喰《く》らった。

雨をついて向かってくる、加賀《かが》藩の行列に出くわしたからだ。

参勤交代の大名行列ではない。富岡八幡宮参詣の、内輪の行列である。

とはいえ加賀百万石ともなれば、半端な数ではない。七十人、隊列の先頭を務める髭奴《ひげやっこ》は、降り続く雨をものともせずに声を張り上げた。

この隊列が辻を行きすぎるまでは、駕籠もひとも身動きができなかった。

雨中の大名行列ゆえ、町人の土下座は無用だった。立ったままこうべを垂れて、行列が行きすぎるのを待つのが作法である。

小豆色の合羽をかぶせた駕籠を地べたにおろし、新太郎と尚平は駕籠を挟んで立った。

吉羽屋が仕上がりのよさを請け合った、極上合羽である。降り続く雨は、いささかも染みることなく弾き返された。

三十間《けん》（約五十四メートル）の幅がある広い参道の両側には、町人の傘の列ができ色物の蛇の目傘あり、屋号と番号が描かれた白地の番傘ありと、列をなした傘はまちまちである。

その傘の列の真ん中を、加賀藩の行列が進んだ。

さすがは抜きん出た大身《たいしん》大名の行列である。髭奴といえども、見るからに上物の雨具を身につけていた。

「ごらんよ、あの色味を」

行列を盗み見した米屋の手代新六郎《しんろくろう》が、わきに立つ佐吉《さきち》のたもとを引っ張った。

「よしなさいよ。顔を上げているのがばれたら、ただではすまないから」

「平気だよ、そっと盗み見するだけなら」

新六郎は小声で話を続けた。

「あの色味の鮮やかなのをごらんって。目の法楽《ほうらく》だから」

強く言われた佐吉は、つかの間顔を上げた。

「ほおお……」

佐吉から吐息が漏れた。

髭奴が羽織っている合羽は、雨を浴びても色変わりをしないという加賀あかねで染められていた。

紅色《べにいろ》よりも薄い色だが、雨に打たれても上品な色味はいささかも沈んではいない。百万石の威信をかけた雨具である。

「まこと、加賀様は大したものだ」

色味の鮮やかさに感心した佐吉は、目を伏せずにそのまま通りの向こうを見た。

小豆色の合羽を着た四つ手駕籠と、山吹色の合羽を着た新太郎と尚平が見えた。

新太郎たちの周《まわ》りは地味な色味でかたまっている。それだけに、山吹色と小豆色の合羽は目を惹《ひ》いた。

佐吉の目は大名行列を離れて、駕籠舁きふたりに釘付けになった。

雨中の行列は、動きが素早い。藩主が早く進めと指図《さしず》を与えているのだろう。

七十人の隊列は、さほどの間をかけずに仲町の辻を行き過ぎた。

行列がいなくなると、参道両側の傘の列が崩れ始めた。

「加賀様よりも、あれをごらんよ」

佐吉は地べたに置かれた駕籠を指さした。

「駕籠舁きの合羽の背中には……」

遠目《とおめ》の利《き》く新六郎は、目を凝《こ》らして合羽の背の文字を読もうとした。

「ふかがわ……かご……そうか、深川駕籠と駕籠宿の屋号を描いているんだ」

「そんな駕籠宿は聞いたことないよ」

米屋の手代は地元の商家には細かく通じている。

「言われてみれば、そうだなあ」

新六郎も深川駕籠という屋号に聞き覚えはなかった。

「新たに商い始めをした駕籠宿じゃないか」

佐吉が口にした見当に、新六郎も得心《とくしん》した。

「駕籠にまで、あれだけの雨具を用意する駕籠宿だ。番頭さんに伝えておこう」

駕籠と駕籠舁きの雨具が上物だっただけに、物事の吟味《ぎんみ》に長けている米屋の手代が思い違いをしてしまった。

雨は一向に降り止む気配はなかった。

五

大名行列に待たされたことで、身体の内には鬱憤《うっぷん》が溜《た》まっていたのだろう。

ひとたび走り出した駕籠は、晴れの日以上に永代橋への道を疾走した。

長さ百二十間（約二百十六メートル）もある永代橋は、真ん中が大きく盛り上がっている。下を無数の船が行き交うため、帆柱がぶつからないように高くしてあるのだ。

とはいえこれだけの大橋をいきなり盛り上げてしまったら、亀戸天神《かめいどてんじん》の太鼓橋《たいこばし》のようになってしまう。

徐々に高くするためには、橋の両端も地べたから持ち上げておく必要がある。永代橋の東西両端は、手前の町の往来から二丈《じょう》（約六メートル）も高くなっていた。

その高みに向かって、御船橋《おふねばし》を越えたあたりからじわっ、じわっと地べたが盛り上がり始めている。

はあん、ほう。はあん、ほう。

晴れた日と同じ掛け声を発して、深川駕籠は軽やかにゆるい上り坂を駆けた。

「すっごくきれいな駕籠だよ」

母親と並んで雨のなかを歩くこどもが、駕籠を見て声を弾ませた。

まだ三尺五寸（約百六センチ）ほどしかないこどもだが、傘はおとなが持つ大型である。柄《え》の長さも傘の差し渡し（直径）も、こどもの手には余っていた。

新太郎たちを見るときは、五十四本の竹骨が肩にぶつかるまで柄を下げていた。

上り坂を一気に走り切った駕籠は、永代橋東詰《ひがしづめ》の橋番小屋前で止まった。

地べたを行き来している分には、風を感じることはなかった。橋番小屋の場所は、川べりから二丈も高くなっている。

風は大川の川面《かわも》から吹き上がっていた。

橋の渡り賃はおとな四文、こどもは半額で、武家・僧侶・座頭に、馬と牛はただだ。

渡り賃を払う者は男女を問わず、下から吹き上がってくる風を気にして裾《すそ》を押さえた。

新太郎は四文銭《しもんせん》二枚を、早手回しに手の内に握っていた。

先に並んだ手代風の男が、紙入れから小銭を出そうとして手間取った。あるじの供《とも》で、ふたり分八文の払いである。

よほどに要領のわるい手代らしい。四文銭の用意がなく、一文銭を数えていた。

「早くしねえかよ」

焦《じ》れた男が、新太郎の後ろから尖った声を投げつけた。その声の主が新太郎だと、手代は思い違いをした。

「なにもこれだけのことで、そんなに急《せ》かせることはないでしょうが」

手代は新太郎に文句をつけた。

「相手が違うだろう」

低い声で応じた新太郎は、手代の肩越しに四文銭二枚をザルに投げ入れた。橋番小屋の軒下に吊るしたザルに投げ込むのが、渡り賃支払いの決まりだ。

小屋の内にいた橋番の親爺《おやじ》は、新太郎とは顔なじみだった。

「しゃれてるねえ、駕籠の合羽とは」

親爺はほころび顔で話しかけてきた。

誂えおろしの合羽を褒められて、新太郎は気をよくした。

「雨の日のお客も、これなら平気だぜ」

威勢よく答えて小屋を離れようとした。

「待ってくだされ」

大店《おおだな》の当主と思わしき年配者が、新太郎の足を止めた。

「この雨で往生《おうじょう》していたところです。室町三丁目まで乗せてくださらんか」

駕籠をほしがる客だった。

「あいにくですが、茅場町で待ってる客がいるんでさ」

新太郎は穏《おだ》やかな口調で断わった。駕籠に乗りたいという客の物言いが、ていねいだったからだ。

「そうですか……」

男は残念そうに語尾を下げた。

「旦那様がお願いしているんです」

わきから口を挟んできたのは、新太郎の前に並んでいた手代だった。

「室町までひとっ走りしたあとで茅場町に向かっても、間に合うでしょうに」

当主に忠臣ぶりを見せたかったのだろう。手代は駕籠に乗せろと強く迫った。

「おめえさんも分からねえひとだなあ」

あるじの前で恥をかかせまいと考えた新太郎は、苛立《いらだ》ちを抑《おさ》えて穏やかに応じた。

「客が待っていると、そう言ってるじゃねえか。あんたのご主人を乗せたくねえわけじゃねえんだ」

「分からないのは、あなたのほうです」

手代は語気を強めた。

派手な色味の合羽を着た駕籠舁きと、大店の手代が雨のなかでやり合っている。

おもしろく思ったらしく、橋番小屋の先に人垣ができた。

下から吹き上がってくる風が、時折り突風となっている。人垣を拵えただれもが、傘の柄を強く握っていた。

やり取りの決着はあるじがつけた。

「手代が余計なことを申しました。この次に折りがありましたら、ぜひ一度乗せていただきたいものです」

「がってんでさ」

新太郎の返事が雨粒を吹き飛ばした。駆けだした新太郎と尚平の背には、深川駕籠の屋号が描かれている。

「どこの駕籠宿だろうねえ」

崩れた人垣から、こんな声が漏れた。

「おまえは明日にでも、深川駕籠の駕籠宿を探しておきなさい」

「かしこまりました」

指図を受けた手代は、顔を伏せて素直な返事をした。が、目の端はきつく吊り上がっていた。

六

茅場町の岡本は元禄《げんろく》八年（一六九五）創業だ。今年で九十四年目を迎えた、江戸一番のうなぎの老舗である。

元禄時代初期に、醬油《しようゆ》が銚子湊《ちようしみなと》から江戸に廻漕《かいそう》された。

「この醬油てえのをうまく使えば、料理の幅が桁違いに広がるぜ」

知らなかった味覚を舌に感じて、料理人たちは大喜びした。そんな職人のひとりに、岡本の初代もいた。

「醬油に味醂《みりん》などを合わせたタレにつけて焼けば、うなぎはいまよりもはるかに美味く食える」

初代が声を弾ませても、弟子の料理人たちには意味が分からなかった。

それまで岡本が客に供していたうなぎ・穴子《あなご》・ドジョウなどの長身の魚は、口から竹串を刺して炙《あぶ》った。

運ばれてきた焼きたての熱々に、客は塩を振りかけてかぶりつく。

これが長身魚の食べ方だったのだ。

料理人はうなぎを開くことはしない。いかに上手《じょうず》に炙るか、その技が問われていた。

包丁の使い方が抜きん出て巧みだった岡本の初代は、うなぎを背開きにすることを思いついた。そして骨とワタを取り除き、開いたうなぎに竹串を打った。

「腹を開くのは切腹みてえで、縁起がよくねえからよ」

初代は一気に包丁を走らせて、長いうなぎを背開きにした。

「おめえたちもやってみろ」

初代の指図に従い、弟子たちも懸命に背開きの稽古《けいこ》をした。

形の大きなうなぎは真ん中で断ち切り、一匹のうなぎを二枚に分けた。

背開きにされて串を打たれたうなぎを、紀州《きしゅう》から廻漕され始めた火力自慢の備長《びんちょう》炭で焼いた。

元禄時代を迎えるなり、諸国の特産品が江戸に大量に廻漕されてくるようになった。

年を追うごとに、江戸に暮らす者は増え続けていた。

ひとが増えれば、暮らしに使うモノの量も種類も増えた。

「江戸に送り出しさえすりゃあ、ここで売る値の倍になるでよう」

炭も醤油もその他の産物も、高値で売れる江戸を目指して廻漕された。荷運びに使う弁財船《べざいせん》建造の技も、元禄時代には急ぎ足で進歩を続けていた。

風味に富んだ醤油。

強い火力が長持ちする備長炭。

このふたつの特産品を得た岡本初代は、タレの味にも、焼き方にも工夫を重ねた。

タレをまとって焼かれるうなぎは、途中で炭火にそのタレを滴り落とした。

落ちたタレは強い火で炙られて煙となる。

煙の一部は、うなぎの身にまとわりつく。

これを繰り返すことで、焼いたうなぎが格段に美味さを増した。

味見をした弟子は、あまりの美味さに目を見開いて驚いた。

「どうだ、味は」

「うめえの、なんの……」

返事も忘れて、弟子は一匹を平らげた。

「なんという名をつけやしょうか？」

問われた初代は、竹串が刺さったままのうなぎを見詰めた。

ふっくらと焼き上がったうなぎは、蒲《がま》の穂の形に見えた。

「蒲焼きてえのはどうだ？」

「そいつあいい」

「語呂も上出来でさあ」

弟子たちは手を叩き、初代の命名を大いに称《たた》えた。

岡本の蒲焼きは、江戸で大評判となった。

「もう食ったか？」

もう食ったかと問うだけで、それは岡本の蒲焼きを指した。

大串一人前が三百文。気軽に食える値ではなかった。安い裏店《うらだな》ひと月の店賃相当である。

が、醬油と味醂、砂糖で拵えたタレの美味さとうなぎの美味さは、高値をあっさりと乗り越えた。

たとえ半月呑まず食わずで過ごす羽目《はめ》になっても、岡本の蒲焼きを食う。

そんな思いを抱いた客が、連日岡本の店先に長い列を拵えた。

創業から九十三年が過ぎたいまでも、岡本の客足は途絶えることがなかった。

七

駕籠が岡本に着いたのは、四ツ半には充分に間がある時分だった。

雨降りの月初で、しかも昼前である。

町内にある数少ない店は、開いていても雨降りで客はほとんどこない。奉公人は、月初めの帳面仕事をはかどらせていた。

夜明け前からの雨降りで、おもて仕事は休みだ。あちこちに見える普請場にも、職人の姿はなかった。

そんなわけで、茅場町を行き交う者はさほどに多くはなかった。元々が武家が多く暮らす町で、たとえ晴れていても買い物客などが他町から寄ってくるわけではない。

とりわけ今日のような雨降りは、野良犬《のら》すら通りから姿を消していた。

ところが岡本が店を構えた一角だけは、まるで様子が違っていた。

なによりも、蒲焼きの煙が雨にも負けずに達者だった。美味さに富んだ香りが通りに溜まっている。

「空《す》きっ腹にこのにおいをかがされちゃあ、とっても我慢できなくなるぜ」

「店にへえる前から、そこまでいきり立つこともねえだろうに」

雨で仕事休みになった職人ふたりが、半纏の前を閉じ合わせて岡本に向かった。

新太郎と尚平は、その職人たちとすれ違うように店に着いた。

岡本のひさしは二尺五寸（約七十五センチ）もある。軒下に駕籠をおろしたふたりは、合羽を脱ぎ始めた。

「まったく、たまらねえにおいだぜ」

ふたり目がけて、蒲焼きの煙がひっきりなしに流れてくる。新太郎は鼻の穴を膨《ふく》らませ、ひくひくと動かした。

「たしかに美味そうだな」

食べ物の美味いまずいを言うことのない尚平も、さすがに岡本の煙には感ずるところがあるらしい。

「見ねえ、尚平」

新太郎は岡本の店先にあごをしゃくった。

「雨降りだてえのに、なんてえ群れだ」

新太郎があきれ声を発した。てんでに色違いの傘をさした客が、二十人近くも列をなしていた。

「誂えを言ってから焼き上がるまでには、四半刻以上はかかるからよう。列の尻尾《しっぽ》に並んでる客がうなぎにありつけるのは、一刻も先だろうぜ」

とっても真似《まね》はできねえと、新太郎は吐息を漏らした。

「幾ら何でも、そんなに長くは待たせないわよ、新太郎さん」

岡本のお仕着せを着た仲居《なかい》が、親しげな口調で話しかけてきた。

岡本に知り合いの仲居などはいない。新太郎はいぶかしげな目で仲居を見た。

「あたしのこと、分からないんでしょう？」

仲居はわざとすねたような顔を拵えた。

「分かるも分からねえも、おれには……」

言っている途中で、新太郎の顔つきが変わった。

「おめえ、ひとみか？」

「大当たりいい」

ひとみが長く引っ張る語尾が、雨を突き抜けて順番待ちの列にまで届いた。

傘が揺れて、何人もの目がひとみに向いた。

今年（天明八年）で二十五になったひとみの父親はかつて、新太郎の実家杉浦屋《すぎうらや》と同じ町内で下駄屋《げたや》を営《いとな》んでいた。

自家に職人を抱えた作り売りの店ではない。浅草橋《あさくさばし》の下駄問屋から仕入れた品を商《あきな》う、一間間口の小体な履き物屋だった。

両親（徳助《とくすけ》とおせい）は女児ばかり年子で三人を授かった。のぞみ・ひとみ・はなをと名付けられた三姉妹は、長女のぞみが十歳になったときには「三人小町」だと評判になっていた。

新太郎はひとみの勝ち気な気性が好きだった。

「隣町の縁日だけど、一緒に行くかい？」

兄弟のいなかった新太郎は、ひとみを妹のように可愛《かわい》がった。その名の通りの大きな瞳を潤ませて、ひとみは新太郎に手を握られた。

父親が商いで大きなしくじりをおかし、一家は夜逃げして町から出て行った。

以来、十六年もの歳月を経《へ》て、新太郎とひとみは岡本で再会した。

こども時分から大柄で色白、眉が濃かった新太郎である。ひとみは一目で分かったが、すぐに声はかけられなかった。

杉浦屋のひとり息子と駕籠舁きとは、どうしても重ならなかったからだ。しかし物言いからも立居振舞いからも、手を握ってくれた当時の新太郎が感じられた。

夜逃げして以来、小網町《こあみちょう》に行ったことはなかった。杉浦屋がどうなったのかも、ひとみは知らなかった。

ただ、駕籠舁きの新太郎を心底、嬉しく思った。岡本の仲居である我が身でも、気後れせずに済みそうな気がしたからだ。

外は雨降りだが、ひとみの気持ちは五月晴れだった。

八

新太郎と尚平を岡本に招いたのは、江戸でも名の通ったてきやの元締め、一ツ橋《ひとつばし》の浩蔵《ひろぞう》だった。

薬だの季節の水菓子だの、小間物や古着などを高町《たかまち》（神社仏閣の祭礼や縁日）で商うのが香具師《やし》（てきや）である。

商う品は数多くあるが、なんと言っても品物の花形は薬である。

「一枚が二枚、二枚が四枚……」

刃《やいば》が研《と》ぎ澄まされた太刀《たち》で半紙を切るのは、香具師の見せ物のひとつだ。が、木戸銭を取って芸を見せるわけではない。

往来を行き来する者を呼び止めて、タダで芸を見せた。

太刀で半紙を切るのは、いかに刃が研ぎ澄まされているかを分からせるためだ。その切れ味鋭い太刀で、腕を切ろうとする。

ところが切れない。腕にがまの油を塗ったからだ。

太刀を使った芸は、『がまの油』を売るための見せ物なのだ。

鞠《まり》を蹴飛ばす軽業《かるわざ》にしろ、太刀を使った武芸にしろ、いずれもあとに控えた薬売りの見せ物にすぎない。

一ツ橋の浩蔵の元には、薬売りの達人が何十人も控えていた。いずれも芸を見せずとも、口上だけで、何重もの人垣を拵えられる練達《れんたつ》の香具師ばかりである。

「香具師を生業《なりわい》とするなら、一度でいいから一ツ橋に仕えたいものだ」

香具師の仲間内では、一ツ橋で通じた。

「新太郎さんをここに招いたのが、その一ツ橋の浩蔵さんなのよ」

軒下で合羽を脱いでいる新太郎のわきで、ひとみは浩蔵がどれほど度量の大きな元締めかを聞かせた。

「浩蔵親分が……」

親分と言いかけたひとみは、慌《あわ》てて親方と言い直した。

「てきやと渡世人とはまったく別の稼業だから、浩蔵親方は親分と呼ばれるのをなによりも嫌うの」

くれぐれも親分とは呼ばないようにと、新太郎にきつく言い聞かせた。

「いいことを聞かせてもらったぜ」

新太郎は礼を言ったあとで、ひとみに笑いかけた。

「すっかり様子がよくなってたからよう」

新太郎は正味の物言いで、ひとみの器量よしを褒めた。

「呼びかけられたときは、おめえさんがひとみだとは気がつかなかったぜ」

「その物言いって、ちっとも昔と変わっていないのね」

様子がいいと褒められたのが嬉しいと、ひとみも素直な口調で喜んだ。

「名の通った親方を、あんまり待たせたんじゃあ申しわけねえからよう」

昔話はまた別の折りに……ひとみに断わってから、新太郎はわらじを脱ぎ始めた。

雨降りで滑《すべ》りやすい道でも平気なように、底に短く切った棕櫚《しゅろ》の葉を貼り付けた、雨降り用の特製わらじである。

合羽をていねいに畳んだ新太郎は、すすぎを使う膝元に置いた。

雨降りの日の岡本は、客が足元を洗えるようにぬるま湯のすすぎを用意していた。

「その合羽をどうするつもりなの？」

ひとみに問われた新太郎は、座敷に持って入るつもりだと答えた。

「しっかり雨粒は落としてあるからよう。他のお客を湿らせたり、畳にわるさをすることはねえぜ」

「そうじゃないのよ」

ひとみは手を振って、新太郎の勘違いを正した。

「お店のなかだって、蒲焼きの煙でいっぱいだもの。持って入ったりしたら、せっかくの合羽が煙まみれになってしまうでしょう」

軒下に吊るしておいたほうが、においのくっつき方が浅くてすむ……これがひとみの言い分だった。

蒲焼きの煙は強いにおいを含んでいた。

とりわけ岡本は、季節を問わずに脂がのったうなぎを選《よ》りすぐって使っていた。

紀州特産の備長炭で炙られたうなぎは、身に蓄えている脂を落とす。

ジュジュジュッ。

音とともに強く立ち昇る煙には、うなぎの脂がたっぷりこもっていた。

「よその店のことは分からないが、岡本《ここ》の馴染《なじ》み客がうなぎを食べにくるときは、まかり間違っても上物は着てこないというのが決まりごとだ」

蒲焼きの煙がまとわりついても気にしなくてすむ、普段着を着てくる。その身なりが、岡本の馴染み客のあかしだった。

「言われてみりゃあ、筋が通ってらあ」

得心した新太郎と尚平は、ひとみに合羽を預けた。

岡本のどこに居ても、蒲焼きの煙はまとわりついてくる。ひとみは軒下端の、もっとも煙が流れてきにくい場所に合羽二着を吊り下げた。

「ありがとよ」

もう一度礼を言った新太郎は尚平の先に立ち、二階座敷への階段に足をかけた。美味さをたっぷり含んだ蒲焼きの煙が、新太郎の背中を後押しした。

九

「急な呼び出しをかけてわるかったが、どうしてもあんたらとのろを一緒にやりたかったもんでね」

岡本で、と付け加えた浩蔵の前には、二人分の膳がすでに用意されていた。が、小部屋ではなしに、広間の入れ込みに構えられた膳である。

ひっきりなしに客が出入りする、大人気の岡本である。そんな店でも一ツ橋の浩蔵だと名をひけらかしたら、店は無理をしてでも小部屋を用意しただろう。

浩蔵はしかし、それは野暮だと思っていた。

新太郎もまったく同じ考えで、なによりもひけらかしを嫌った。

「入れ込みに膳を構えてもらえたのは、なによりでさ」

「あんたらも、きっとそう言うだろうと思っていた」

思いが通じたのを喜んだ浩蔵は、新太郎があぐらを組むのを見届けてから徳利《とっくり》を差し出した。

「いただきやす」

新太郎は両手持ちの盃《さかずき》で受けた。

浩蔵は尚平にも一献を差し出した。尚平も両手で受けた。

「あっしに酌《しゃく》をさせてくだせえ」

浩蔵から受け取った徳利を新太郎が差し出したとき、新しい客が広間に入ってきた。きちんとした身なりの、お店者《たなもの》風のふたり連れである。

「あんな鮮やかな色味の合羽は、いままで見たことがない」

「軒下の合羽もそうですが、あたしは駕籠にかぶせてある合羽に驚きました」

「まさにそのことだ」

年長者らしい男が、座るなり膝を打った。

「世の中に、駕籠にかぶせる合羽があろうなどとは、うかつなことに今日の今日まで知らなかった」

お店者が口を揃えて合羽を褒めているわきに、さらに新たな客ふたりが座った。こちらは薄手の半纏を羽織った、職人のふたり連れである。

「あっしらだって駕籠の合羽なんてえモンは、生まれて初めて見やしたぜ」

「あんな駕籠なら、酒手を幾らとは言わずに乗ってみてえやね」

うなぎも酒も注文をしないまま、客同士が合羽の話に夢中になった。

「あのひとたちが話しているのは、どうやらあんたらの駕籠のことらしいが」

「へい」

静かな口調で答えた新太郎は、盃の酒を呑み干した。

「注文は先にしておいたが、焼き上がるにはまだしばらくかかりそうだ」

浩蔵は広間の客を見回した。浩蔵よりも先に座していた客の多くが、まだお新香をあてに酌み交わしていた。

「下におりて、駕籠の合羽というのを見せてもらおう」

「がってんでさ」

新太郎は盃を膳に戻して、威勢よく立ち上がった。上背があって色白の新太郎は、役者絵にも負けない様子のよさである。

「あのひとが担いできた駕籠だったのか」

年長のお店者が、新太郎を見上げてつぶやきを漏らした。

「お見立て通り、あっしと相肩の駕籠でさ」

愛想よく答えた新太郎は、浩蔵を追って階段に向かった。尚平もあとに続いている。

階段に消えた三人と入れ替わりに、蒲焼きの煙が二階の広間に流れ込んできた。

十

店に着いたときよりも、雨脚は強くなっていた。が、浩蔵は濡れるのも厭《いと》わず、合羽を着せられた駕籠に見入った。

「うちの稼業に水晴れ《すいば》(雨)は禁物だが」

浩蔵は雨を弾き返す合羽から目を離さぬまま、言葉を続けた。

「この仕掛けさえあれば、水晴れもおつなものだという気がする」

浩蔵は心底、駕籠の合羽に見とれていた。

滅多なことでは正味の顔を見せないのが、てきやの元締めの器量だとされている。

雨が降ろうが雪に見舞われようが、配下の者の前では平然と構えているのが元締めだ。

「梅雨が長引いて水晴れが幾日続こうが、元締めがああしてくれてりゃあ、おれたちは安心してられるぜ」

喜怒哀楽のいずれをも隠し通す。

これができてこそ、荒っぽい気性のてきやを束《たば》ねることができた。

一ツ橋の浩蔵は、とりわけ肝《きも》の太い元締めだと評判である。配下の者がひどいしくじりをおかしても、声を荒らげることはない。

その代わり、両目の光が口以上にモノを言った。

そんな浩蔵が雨に濡れながら、新太郎と尚平が目の前にいるにもかかわらず、目をキラキラと輝かせていた。

「こいつを羽織ってくだせ」

尚平は自分の合羽を浩蔵の身体にかぶせた。極上の羽織が濡れるのを案じたからだ。

浩蔵は無言で合羽を羽織った。強くなった雨が、合羽を打った。

「驚いた！」

浩蔵が声を弾ませた。

「この強い雨を、やすやすと弾き返しているじゃないか」

「これをかぶれば、合羽のよさがもっと分かりやすだ」

尚平はふところに畳んで仕舞っていた頭巾《ずきん》を取り出した。合羽と共紙《ともがみ》で仕立てた、雨除《よ》けの頭巾である。

「これをすっぽりとかぶるのか？」

てきやの元締めが、いぶかしげな顔つきになった。あらゆる品物に通じている男だが、頭巾を見たのは初めてらしい。

「そいつをかぶれば、なによりの雨除けになりやすから」

新太郎が口を添えた。

吉羽屋自慢の頭巾だが、駕籠を担いで走るときには邪魔である。向かい風を浴びると、頭巾が大きく膨らんでしまうのだ。

しかし立ち止まっているいまなら、すこぶる役に立つ。あたまからかぶれば、髷が濡れることを案ずるのも無用だ。

「おお、これはまた……」

目を見開いた浩蔵は、驚きが先に立って言葉にならないようだ。頭巾をかぶったまま、雨のなかを歩き回った。

傘を持たなくてもいい浩蔵は、両手を突き出している。まるで降り落ちる雨粒を、
大きな手で摑もうとしているかのようだ。

「見ねえ、あれを」

岡本に向かってくる客のひとりが、合羽と頭巾姿の浩蔵を指さした。

「あれを羽織ってりゃあ、雨のなかでも両手が使えるてえことか」

「ちげえねえ」

男たちは足を止めて、浩蔵に見入った。

岡本の周りを何度も行き来してから、浩蔵は新太郎たちの元に戻った。

「大した合羽だ」

ていねいな手つきで脱いだ合羽と頭巾は、尚平が受け取った。

「出来のいい傘は、雨に打たれたときの音の響きがいいもんだが」

尚平が手に持った合羽と頭巾を、浩蔵は指さした。

「これも同じだ。雨のなかを歩くときの音が、まことに軽やかに響く」

浩蔵は手放しで、合羽と頭巾の出来映《ば》えを褒めちぎった。


世に問屋は数知れずある。

しかし品物の目利きにかけても、品物の仔細《しさい》に通じていることでも、てきやの元締めに勝《まさ》る者はいないだろう。

なにしろ日に何十点もの品物を吟味するのが、てきやの元締めの役目だからだ。

それもただの吟味ではない。

ひとが買いたくなる品物なのか。

値段と品物が釣り合っているのか。

屋台で売るだけの値打ちがあるのか。

これらのことを見極めるために、品物の手触りを確かめ、味を吟味する。

問屋の手代も品物には通じているが、取り扱う品数には限りがあった。

てきやが吟味するのは食べ物から小間物、飾り物やら細工物やらと、文字通りに限りがなかった。

しかも一個の値、ほとんどがかけ蕎麦《そば》一杯分の十六文どまりだ。ときには二十文、三十文の高値の品も扱うが、それはまれだ。

ひとが買いたくなる値で、真っ向勝負のできる品物。これらの吟味に長けているのが、てきやの元締めだ。

「いいだろう」

浩蔵のひとことで、一度に千個、二千個の仕入れがなされた。

「このあめ玉は、一ツ橋の浩蔵親方のめがねにかなった品でやすから」

浩蔵が扱っているというだけで、他の多くのてきやは仕入れを決めた。

浩蔵は滅多なことでは品物を褒めたりはしない。自分のひとことがなにを引き起こすか、充分に分かっているからだ。

そんな浩蔵が、合羽と頭巾を手放しで褒めちぎった。

「のろを平らげたあとは、合羽を着た駕籠で一ツ橋まで突っ走ってもらおう」

「がってんでさ」

新太郎は弾んだ声で応じた。

「この空の様子では……」

浩蔵は雨空を見上げた。分厚くかぶさった雲は、どこにも隙間がなかった。

「水晴れは今日いっぱいは続く」

雨は夕方まで上がらないと、浩蔵は断じた。

てきやの元締めは、空見に長けていた。

「どうせのことなら日本橋大通りを走って、あんたたちの自慢の合羽を見せびらかそうじゃないか」

「がってんでさ」

尚平と新太郎の声が重なりあった。

「そろそろ焼き上がりますから」

言葉の切れ目を見計らって、ひとみが浩蔵たち三人に声をかけた。

新太郎はごくんと喉を鳴らして、いきなりたまった生唾《なまつば》を呑み込んだ。

十一

雨中の日本橋大通りを疾走する深川駕籠を見て、多くのひとが目を見開いた。

「なんですか、いまのは」

「駕籠がなにか、合羽のようなものを羽織っていた気がするが……」

珍品には見慣れているはずの商家の手代たちが、深川駕籠を指さして驚いた。

「屋根付きの宝泉寺《ほうせんじ》駕籠なら、雨のなかを走り過ぎて行っても格別にめずらしくもないが……そう言ってはなんだが、いまのは安物の四つ手駕籠だろう?」

「さようでございます」

通りにいた商家の当主と供の手代は、走り去った辻駕籠のあとを目で追っていた。

「合羽を着た駕籠に乗りたいという客が、きっと押し寄せる」

明日も雨だったとしても、駕籠舁きは休まないほうがいい……新太郎と尚平に、浩蔵は真顔で耳打ちをした。

「親方がそう言われるなら」

新太郎はきっぱりとうなずいた。

浩蔵の宿を出たのは、八ツ（午後二時）下がりの見当だった。浩蔵が見立てた通り、雨は一向に降り止む気配はない。

一ツ橋の通りには、傘の花が咲いていた。

「どうせなら尚平、人通りの多い両国橋《りょうごくばし》を渡って深川までけえろうじゃねえか」

自分たちが着ている合羽と、駕籠にかぶせた合羽を見せびらかしながら走ろうと考えたのだ。

「そうするだ」

尚平も得心し、梶棒《かじぼう》を両国橋の方角に向けて走り出した。

一町《ちょう》（約百九メートル）も走らないうちに、呼び止められるに違いない……そう考えていた新太郎は、ゆっくり走るようにと、梶棒の揺らし方で尚平に伝えた。

「あいよう」

大声で応じた尚平は、駆け足をゆるめた。

しかし駕籠を呼び止める客は皆無だった。

雨の中を行き交うひとが、駕籠を見て目を丸くしているのは新太郎にも伝わってきた。が、駕籠を呼び止める者は、ひとりもいなかった。

両国橋西詰の広小路は、雨模様でもひとで溢《あふ》れ返っていた。

新太郎は梶棒を上下に振った。

橋の西詰で駕籠をとめて、客待ちをしようという合図である。

橋番小屋の一町手前で、尚平は足を止めた。

たちまち、合羽を着た駕籠の周りに人だかりができた。

「あんなの、見たこともねえぜ」

「駕籠舁きが着ている合羽なんてえのも、見るのは初めてだ」

人垣のなかから、小声のつぶやきは聞こえてきた。が、だれひとりとして駕籠に乗ろうとする者はいなかった。

拍子抜《ひょうしぬ》けした新太郎は、ふうっと吐息を漏らした。

強くなった雨が、バラバラと音を立てて駕籠の合羽を叩いた。

十二

一向に弱まらない雨のなか、一匹の野良犬が駕籠に向かって歩いてきた。

あたまから尻尾までずぶ濡れだが、格別に雨を嫌っている様子はない。ひとも怖くないらしく、新太郎に近寄った。

「なんでえ、あの犬は」

「駕籠舁きが飼ってるんじゃねえか」

駕籠を遠巻きにしていた人垣から、声が漏れた。そう言いたくもなるほどに、犬は新太郎の近くにまで寄った。

新太郎はこども時分から犬好きである。足元に寄ってきた犬を、優しい目で見下ろした。

立ち止まった犬は、身体をブルルッと大きく震わせた。茶色の毛にまとわりついていた雨粒が、思いっきり四方に飛び散った。

晴れていれば慌てて身を避けただろうが、いまは雨降りのさなかだ。しかも新太郎は、すっぽりと合羽に身を包んでいる。

飛び散った雨粒を浴びても、新太郎は眉ひとつ動かさずに犬を見ていた。

「犬もやるもんだが、あの駕籠舁きもてえしたもんだぜ」

「でかい図体《ずうたい》は、だてじゃあなさそうだ」

様子を見ていた連中から、新太郎を称える声があがったとき。

「少々うかがいますが、この駕籠はどなたかをお待ちでいらっしゃいますの？」

女は紅色の蛇の目をさしているだけだ。

蛇の目を握っているのは左手。右手には紫色の風呂敷包みを抱え持っていた。

履き物は雨降り用の高下駄《たかげた》ではなく、黒の塗り下駄だ。

紅色の鼻緒《はなお》との取り合わせは、晴れた日ならさぞ鮮やかだろう。しかしいまは鼻緒も雨に濡れており、紅色も渋い色に変わっていた。

出先でこの強い雨にぶつかる羽目に遭《あ》ったのだろうか。傘だけは間に合ったようだが、その他の雨への備えはできていなかった。

「だれを待ってるわけでもありやせん」

ここで客待ちをしている深川の辻駕籠だと、新太郎は答えた。

傘のうちにあっても、女の顔が明るくなったのが見て取れた。

「海賊橋《かいぞくばし》たもとの花椿《はなつばき》まで、乗せていただけますか？」

女の声は細かった。しかもパラパラと強い音を立てて、雨が蛇の目を叩いている。

そんななかでも、はっきりと聞き取れる歯切れのよさがあった。

「花椿てえのは、花問屋の、あの花椿さんでやすかい？」

「その花椿です」

女の答えはきっぱりとしていた。

「がってんでさ」

新太郎も即答した。

しかし答えた新太郎の顔には、客の素性《すじょう》をいぶかしむ色が浮かんでいた。

花椿にかかわりのある者が、四つ手の辻駕籠に乗るとは思えなかったからだ。

花椿は江戸でも名の通った花問屋である。

楓川《もみじがわ》に自前の船着き場を持っており、白金村《しろかねむら》・砂村《すなむら》・千住村などから、毎朝はしけで生花が運ばれてきた。

花椿の得意先は、大きく分ければふたつだ。室町大通りに店を構える老舗大店と、大名小路《だいみょうこうじ》の諸国大名上屋敷や中屋敷である。

このふたつに加えて尾張町《おわりちょう》や浜町《はまちょう》、両国の料亭も得意先だ。

間口五間（約九メートル）の店先いっぱいに、その日に仕入れた花が飾られていた。

しかし花椿は、店売りはしない。

花は一本残らず、定まった得意先に納められるだけである。

「いつかはうちも、花椿から花を届けてもらえる身分になりたいもんだねえ」

長屋暮らしの女房連中は、花椿の屋号を口にするたびに憧れの吐息を漏らした。

女は新太郎に、花椿までと行き先を告げた。きちんとした身なりは、辻駕籠ではなく、駕籠宿から屋根付きの宝泉寺駕籠を呼び寄せる身分に見えた。

が、おりからの雨で、駕籠宿の宝泉寺駕籠はすべて出払っているのかもしれない。

三十挺以上を持つ駕籠宿といえども、宝泉寺駕籠は三挺あるのがせいぜいだった。

「濡れませんよね？」

女は合羽をかぶった駕籠に目を走らせてから、新太郎に確かめた。

「合羽は室町で誂えた上物でやす」

新太郎の短い答えで、女には充分に得心がいったらしい。

「よろしくお願いします」

「まかせてくだせえ」

やり取りを終えると、新太郎は合羽をめくり、駕籠の垂れをまくり上げた。

竹の骨には座布団の備えがしてあった。

蛇の目傘と履き物を膝に載せると、女は仕度はできたと目で告げた。

「傘をかしてくだせえ」

女から蛇の目を受け取った新太郎は近くの軒下に入り、傘を強く振った。

蛇の目に溜まっていた雨粒が、新太郎の振りで弾き飛ばされた。

先刻の犬の振る舞いを、新太郎は思い出したのだ。傘の雨粒を飛ばしておけば、客の膝が湿ることはない。

「ご親切に、ありがとう存じます」

女の物言いには、さすがは花椿に出入りするひとだと思わせる艶があった。

垂れをおろしてから、合羽をかぶせた。

「揺れねえように駆け方を加減しやすが、それでよござんすか」

「加減は無用です」

合羽をかぶせられたことで、女の声はくぐもって聞こえた。

「揺れには慣れていますから、存分に駆けてくださいまし」

「がってんでさ」

新太郎は弾んだ声で応じた。

走りが自慢の駕籠である。存分にと注文がつけば、走りに遠慮はいらない。

「行くぜ」

「がってんだ」

応じた尚平の声も弾んでいた。

ふたりの肩が長柄に入り、駕籠がぐいっと持ち上がった。

音を立てて雨が叩いている地べたに、ふたりの息杖が突き立てられた。

はあん、ほお。

はあん、ほお。

新太郎と尚平が、同じ調子で声を発した。

前棒《まえぼう》と後棒《あとぼう》、そして客。

三つの息がぴたりと合った駕籠である。

止む気配のない雨を蹴散らし、駕籠は海賊橋を目指して駆けだした。

十三

両国広小路を出た駕籠は、浅草橋の辻を南に折れた。

駕籠が疾走できるほどの大路ではない。しかしこの道なら雨降りにはほとんど人通りがないことを、新太郎は知っていた。

べったりと空に張りついた雨雲が、天道《てんとう》の光をさえぎっている。

まだ七ツ（午後四時）をそれほど過ぎてはいない刻限だ。が、町は暮れ六ツ（午後六時）を思わせるほどに暗くなっていた。

新太郎は晴れの日以上の速さで駆けた。

「揺れには慣れていますから、存分に駆けてくださいまし」

客が口にした言葉が、新太郎のあたまのなかを走り回っていた。

うっかり駆け足をゆるめたりしたら、客に嗤《わら》われるんじゃねえか……。

その思いが、新太郎の足を前へ前へと走らせていた。

幸いなことに、走りを邪魔する駕籠は皆無である。雨を嫌って、ひとも歩いてはいない。

新太郎は往来の真ん中を走るように心がけた。

御府内のおもな道は、真ん中が盛り上がるように造られていた。道の両端に掘られた溝に、雨を流れ落とす工夫である。

往来の真ん中なら、ぬかるみになっているのはまれだ。

どの町の往来なら、雨でも足を取られずに走れるか。

どの道なら、真ん中の水はけがいいか。

新太郎のあたまには、道の仔細が刻みつけられている。御府内の道という道を知り尽くしていればこその、自在な走り方だった。

はあん、ほお。

新太郎は掛け声を発しながら、長柄に伝わってくる客の様子に気を払った。

女が口にした通り、まさに揺れに慣れている客の乗り方だった。

道のでこぼこで駕籠は上下に揺れる。

不細工な客は、揺れに逆《さか》らうかのように、竹の骨を摑むのだ。そんな乗り方をされると、たとえ痩《や》せた客でも太った者を乗せているかの如《ごと》く、肩に長柄が食い込んだ。

女は見事に、駕籠の動きに調子を合わせた。

元々が軽い客だが、新太郎は肩にまったく女の重さを感じなかった。

はあん、ほお。はあん、ほお。

雨に煙《けぶ》った人通りのない道に、新太郎の掛け声が響いた。

歌っているかのように調子がよかった。

十四

駕籠を揺らさぬように気遣いつつも、駆け足を落とさぬことを大事にした。

深川駕籠が海賊橋たもとに着いたのは、七ツ半（午後五時）にはまだまだ間のある時分だった。

両国橋西詰で垂れをおろしたのは、七ツをわずかに過ぎた見当である。

駕籠も駕籠舁きも、合羽を着た雨の道だ。両国橋から海賊橋までの一里《り》（約四キロ）近い道のりを、深川駕籠はわずか四半刻少々で走り抜いていた。

晴れの日とさほどに変わらない速さである。

駕籠が店先に近寄ると、花椿の奉公人たちがいぶかしげな顔で寄ってきた。

花椿に駕籠で乗り付ける客は少なくはなかった。が、今日のような雨の日にはまれだ。

もしも雨降りのなかを駕籠でやってくる客なら、四つ手のわけがない。駕籠宿で仕立てた、屋根付きの宝泉寺駕籠である。

花椿は、そういう格式の店だった。

合羽を着た四つ手駕籠は、花椿の店先からわずかに外れた軒下に着けられた。店のひさしは三尺の奥行きがあり、軒下はそれほど地べたが湿ってはいなかった。

息杖を握ったまま、新太郎と尚平は息を合わせて駕籠を地べたにおろした。

「てまえどもに、なにか御用がおありでございましょうか?」

手代はていねいな口調だが、明らかに駕籠の素性を怪しんでいた。

駕籠舁きも駕籠も、界隈《かいわい》では見たことのない合羽を着ている。そうまでして雨除けをしておきながら、肝心《かんじん》の駕籠そのものは安物の四つ手だ。

そのちぐはぐぶりを、手代は怪しんだのだろう。

新太郎は、わざといんぎんな物言いをする者が嫌いである。駕籠の合羽をめくろうとしていた手を止めた。

「なかのお客さんが、花椿までやってくれとそう言ったんでえ」

小柄な手代を新太郎は見下ろした。

「それともおめえさんは、ここの軒下に駕籠を着けたのが気に入らねえのか？」

「ありていに申しますならば、まさにその通りです」

手代は、あごを突き出して応じた。

「ひさしの下は、てまえどもの敷地でございますので」

ひさしの真下のさほどに濡れていない地べたを、手代は両手を広げて示した。

「てまえどもに御用のないお駕籠なら、よそに横付けいただきたいので」

手代は新太郎の言い分を、まるで本気にしてはいないようだった。

「あんたも随分《ずいぶん》なことを言うもんだなあ」

新太郎は手代に息がかかるほどにまで間合いを詰めた。

「この駕籠のお客が花椿に用があるんだと、そう言ったはずだぜ」

「それはうかがいましたが、なにかの勘違いでしょう」

「なんでえ、勘違いてえのは」

新太郎はだらりと垂らした両手を、こぶしに握って問い返した。

「てまえどもの商いは、おおむね七ツまでと決まっておりましてねえ。とりわけ今日のような雨降りの七ツ半も近い時分に、こんな辻駕籠でお見えになるお客さまなど、てまえどもに御用がおありとは思えませんので」

手代が一気に言い終えたとき。

「その声は清蔵《せいぞう》ですね」

駕籠の内から客が呼びかけた。奉公人のしくじりを叱りつけるときの、きつい声の呼びかけである。

「えっ……」

手代が息を呑んだような顔になった。

「ご面倒をおかけしますが」

客は柔らかな物言いで、垂れを上げてほしいと新太郎に頼んだ。

「がってんでさ」

弾んだ声で新太郎は応じた。

駕籠の合羽は、尚平が脱がせた。そのあとで、垂れを新太郎がめくり上げた。

客は地べたに出した履き物に足をいれてから、落ち着いた所作で駕籠から出た。

駕籠に乗り慣れている者ならではの、無駄のない動きだった。

「やはり、おまえでしたか」

客が細い眉を上げて清蔵を見たとき、何人もの奉公人が駕籠に駆け寄ってきた。

「女将《おかみ》様、お帰りなさいませ」

奉公人たちは息を揃えてあたまを下げた。

客は花椿の女将だった。

「てまえどもの者が、まことに無礼なことを申しました」

女将があたまを下げると、一同も揃って新太郎と尚平に辞儀をした。

「どうてえことはありやせん」

新太郎はあたまを上げてくれと頼んだ。

元の姿勢に戻った女将は、新太郎に目を合わせた。

「雨のなかとも思えない乗り心地《ごこち》でしたが、ただひとつだけ、乗っていて難儀《なんぎ》なことがありました」

着物の裾には、跳ねが飛び散っていた。

「加減しながら駆けてくださったのでしょうが、下からの跳ねは避けようがありませんでした」

合羽は見事に雨を避けた。が、下からの跳ねには往生した。

「竹骨の下からの跳ねを避ける工夫があれば、言うことなしですね」

女将の物言いは、どこまでも柔らかだった。

決して安くない着物を、すっかり泥跳ねで汚してしまった。

ところが女将は、汚れのことを、気にする素振りも見せなかった。

それどころか、過分の祝儀を尚平に握らせた。新太郎に渡そうとしても、素直に受け取らないと判じたのだろう。

「おかげさまで、大いに助かりました」

雨の中を早く帰れて助かったと、女将は礼の言葉を重ねた。

「あれをふたつ、ここに」

指図を受けた手代は、菖蒲《しょうぶ》の束をふたつ手に持ってきた。

「あと二日で端午のお節句です。お湯屋さんにいらっしゃるとき、これをおふたりでお持ちくださいまし」

女将は菖蒲を新太郎に手渡した。

受け取るとき、新太郎の手が女将の指先に触れた。

合羽を着たままの新太郎の顔に、ほのかな朱《しゅ》がさした。

十五

五月四日も朝から雨降りとなった。

「梅雨が近づくと、しじみが一段とうまくなるだな」

尚平は大きな音をさせて、貝の身をすすった。房州《ぼうしゅう》の浜育ちである尚平は、味噌汁の具は季節を問わず貝が好みだ。

食べ方はすこぶる上手だ。しじみの身をすする音も、聞いているだけで貝の美味さが伝わってきた。

「なんだ新太郎、ぼんやりしてたら味噌汁がさめるだ」

熱々をよそってからしばらく経《た》つというのに、新太郎は一向に椀《わん》を手に持とうとしない。

「日に三度の飯のなかで、一日の始まりの朝飯が一番にでえじだ」

これが新太郎の流儀で、朝飯に使うカネは惜しまない。ところが今朝は、まったく膳に手を伸ばそうとはしない。そんな新太郎を、尚平はいぶかしんだ。

しかもしじみの味噌汁は、新太郎も大好物だ。いつもの朝なら、尚平がまだ椀の半分も食べないうちから、新太郎は代わりをせっついた。ところが今朝は、湯気の立つ味噌汁の椀を手に持とうともしなかった。

「おめの大好きなお定《さだ》ばあさんのしじみだぞ」

尚平は話しかける声を大きくした。

砂村の川漁師の女房お定は、四日に一度の割合でしじみを届けてきた。大横川《おおよこがわ》の桜並木は、新田橋《にったばし》のあたりで途切れた。そこから先には、野島屋の米蔵が二十蔵も続いているからだ。

お定は小舟を出して、野島屋の米蔵近くでしじみを獲《と》った。米蔵周辺の大横川は、七尋《ひろ》（約十・五メートル）まで深く掘り下げられている。米を運ぶ大型のはしけを横付けさせるために、川底まで大きくゆとりをとっていた。

この深さの川底からしじみを獲る技は、お定しか持ってはいなかった。

「しじみにだって、野島屋に運び込まれる米粒はうめえのさ」

荷揚げでこぼれ落ちた米粒を食って育ったしじみは、身が大きくて格別の美味さである。今朝の味噌汁は、そのお定のしじみを使っていた。

「おめ、ほんとにどうかしたのか？」

なにを話しかけても生返事《なま》すらしない新太郎を、尚平は正味で案じた。

三度、大きな声で呼びかけたら、

「尚平よう……」

話しかけてきた新太郎の瞳は、どこを見ているのか定まってはいなかった。

「なんだ、どうした？」

「菖蒲の湯てえのは、いつたてるんだ」

出し抜けの問いかけに驚いた尚平は、箸を握り直して新太郎を見た。

「端午の節句は午《ご》が重なる日だでよう。五月五日と昔から決まってるだ」

午《うま》はごと読み、ごは五に通ずる。端午の節句というのは尚平が言った通り、五の重なる五月五日と古くから決まっていた。

「菖蒲湯も端午の節句につきものの縁起もんだが」

尚平は両目に力をこめて新太郎を見た。

「おらたちに内湯はねえ」

たてるのではなしに、湯屋に出向いて菖蒲の湯につかるんだと言い聞かせた。

「そんだことは、いまさらおらが言うまでもねえ。おめのほうがよっぽど詳しいべさ」

尚平は味噌汁の残りを音を立ててすすった。

ズズッ。

尚平が立てる音を聞きながら、新太郎は窓の外に目を移した。

六畳ひと間の安普請だが、木兵衛は部屋の明かり取りには気を遣っていた。どの店子の部屋も路地に面した部分の壁板をくりぬき、明かり取りの窓を大きく構えている。

窓には用心のために、杉の格子が普請されている。格子の内側には、行き違いの障子戸がはまっていた。

雨降りだが、今朝も障子窓は一杯に開かれていた。

明け六ツの鐘で起きたあと、六畳間の掃除をするのが新太郎の役目だ。その間に、朝飯の仕度を進めるのが尚平である。

晴れでも雨でも、真冬の雪模様の朝でも、部屋の掃除をするときの新太郎は窓を目一杯に開いた。

「明け六ツの、まだ手垢《てあか》がついてねえ朝の気配を吸い込むと、一日を晴れ晴れとした気分で過ごせるぜ」

夜明けから雨降りだった今朝も、新太郎は障子窓を一杯に開いていた。

が、今朝の掃除のときには、いつものように胸を膨らませて深々と吸い込みはしなかった。ついでのように、ぞんざいに息を吸い込んだだけである。

朝飯どきのいまも、浅い息継ぎを繰り返していた。胸の内に深い屈託を抱えているのが、息遣いからも察せられた。

雨の路地を見ている瞳は、相変わらず焦点が定まってはいない。

椀を膳に戻した尚平は、昨夜からのことを思い返した。

考えてみれば、昨日の夜から新太郎の様子は尋常ではなかった……。

十六

雨のなか、せっかく駕籠を仕立ててくれた花椿の女将の着物の裾を、跳ねで汚した。そのしくじりが、新太郎と尚平に重たくのしかかった。

「今日はこれで仕舞いにしようぜ」

「がってんだ」

五月三日は、海賊橋たもとで仕事仕舞いとなった。

女将からもらった菖蒲の束を、新太郎はていねいな手つきで駕籠に載せた。そして跳ねが上がらぬように気遣いつつ、仲町のやぐら下に戻ってきた。

新太郎たちが晩飯と晩酌を楽しむ行きつけの縄のれんは、仲町界隈に何軒もある。

この夜おとずれたおかざきも、そんな店の一軒だった。

両国の料亭で花板《はないた》を務めたこともある親爺と女房、それに娘の三人で商っている小体《こてい》な縄のれんだ。

江戸の地酒に加えて、おかざきの親爺駿喜《としき》は灘《なだ》の下《くだ》り酒も安値で客に供した。

「灘酒二合に小料理を二鉢とっても、七十文も出せば御《おん》の字だてえんだ」

灘酒一合が二十六文。他の縄のれんより六文も安い。しかも小鉢はなにを食っても味付けがしっかりしているし、娘のみのりの客あしらいも心地がいい。

安くて美味くて扱いがいい。

三拍子のそろったおかざきの土間は、いつも客で埋まっていた。

ところが五月三日はめずらしく先客がいなかった。

雨降りの空模様だったし、新太郎たちがおかざきに着いたときはまだ暮れ六ツ前という早い刻限だった。

おかざきが仕事帰りの職人で込み合うのは、暮れ六ツを四半刻ほど過ぎてからなのだ。

「その合羽、とっても素敵な色味だこと」

新太郎と尚平の合羽への世辞が、この夜のおかざきの口開けとなった。

新太郎は手桶《ておけ》を借りると、菖蒲の束を水につけた。尚平も同じ桶につけた。

「どうしたの、とってもきれいな菖蒲だけど」

みのりが問いかけても、新太郎はぼんやり顔で返事をしなかった。

「花椿の女将にもらっただ」

尚平が答えると、みのりは両目を輝かせた。

「花椿の女将って、とってもきれいなひとだったでしょう」

「そうだったな、新太郎」

尚平が水を向けても、新太郎は気の乗らない生返事を返しただけだ。

尚平は熱燗《あつかん》二合と、小鉢ふたつをあてに頼んだ。ぬる燗が好みのふたりだが、この夜は雨に打たれて身体が冷えていた。

誂えの品を運んできたみのりは、そのまま新太郎たちの卓に混じった。まだ他の客がひとりもいなかったからだ。

「花椿の女将って、日本橋でも評判の美人なのに、旦那さんを四年前に亡くしたんだって」

みのりが花椿の内情を話し始めるなり、新太郎は目の光を強くした。が、ひとことも口を挟まずに、みのりの話に聞き入った。

家業のこともあり、花椿の親戚筋は新たに婿《むこ》を迎えたほうがいいと強く勧めた。

「まだ三回忌も済ませておりませんので」

こう言い続けて三回忌を迎えた。

「七回忌までは、とてもそんな話は」

女将は持ち込まれる縁談には、釣書を見ようともせずに断わっていた。

「亡くなったお婿さんが、よっぽどいい男だったんでしょうね」

ここまでみのりが話したところに客がきた。

花椿の内情は、それ以上は聞けなかった。

新太郎がひときわ無口になったのは、みのりが卓を離れてからのことである。

横になったあとは、三つ知らずと言われるほどに寝付きのいい新太郎である。

ところが三日の夜は、四日と日付が変わったあとも寝付けないのか、寝返りを繰り返していた。

十七

尚平は坂本村を目指して駆けていた。

駕籠を担いではおらず、合羽姿で。

そして、ひとりで。

長柄に肩を入れていなくても、息遣いは駕籠舁きのままだ。

はあん、ほう。はあん、ほう。

この息遣いを繰り返しながら、尚平は坂本村を目指していた。

深川を出たのは四ツ過ぎだ。駕籠を担がずに走り続けている尚平は、雨続きの悪路にもかかわらず半刻少々で入谷に差し掛かっていた。

ここから先は、坂本村までゆるい登り道が続いていた。しかし尚平には、走り慣れた坂道である。

足元が滑りやすくなってはいるが、走りの調子を変える気はなかった。

なのに尚平は、不意に足を止めた。

坂道のとば口には杉の老木が植わっている。木の真下の岩は、おとなが腰をおろすにはお誂えの大きさである。

その岩を見て、尚平は足を止めたのだ。

雨は降り続いているが、枝に茂った濃緑の杉葉が傘の役目を果たしている。

ふうっ。

大きな息を吐き出してから、尚平は岩に腰をおろした。

おゆきの一膳飯屋までは、ゆっくり駆けても四半刻もかからない道のりだ。このまま走ったら、昼の時分どきに坂本村に着いてしまうだろう。

相談事を抱えて、尚平は坂本村に向かっていた。昼飯どきを外して、おゆきの手すきのときに顔を出したいと尚平は願っている。

ここでひと休みしてから向かえば、昼飯どきを外すことができそうだ。

尚平は岩に腰をおろす前に合羽を脱ぎ始めた。吉羽屋の合羽は、まったく雨を通さない上物だ。しかしここまで走り続けてきたことで、身体は蒸《む》れていた。

極上の合羽は外からの雨も通さないが、身体の汗も内に閉じ込めていた。

尚平はていねいな手つきで合羽を脱いだ。雨降りで、空気は湿っていた。しかしそんな空気でも、汗で蒸れた身体には心地よかった。

深呼吸を繰り返しているうちに、ゆるゆると汗が引き始めた。

さらに深く息を吸い込み、ゆっくり吐き出しながら、尚平は朝のやり取りを思い返した。

「尚平よう……」

新太郎が話しかけてきたのは、尚平が三杯目の味噌汁をほぼカラにしたときだった。新太郎が口をつけないために、尚平はひとりで代わりを続けていた。

「なんだ?」

椀に残ったしじみをすすってから、尚平は問い返した。

「すまねえが、今日は休みにさせてくれ」

新太郎は物言いも瞳もうつろだった。

「おめ、ほんとうにどこもわるくねえだか?」

椀を膳に戻した尚平は、新太郎に近寄った。

真冬の氷雨《ひさめ》が降っていても、新太郎は仕事を休もうとはしない男だ。

「凍《こご》えた雨のなかに、てめえで一歩を踏み出すまではよう。こんな日は休もう、搔巻《かいまき》かぶって寝るのが極楽だと、弱気の虫が耳元でささやきやがるんでえ」

真っ白く濁った息を吐きながら、新太郎は身繕《みづくろ》いをした。

氷雨のなかに一歩を踏み出すには根性がいる。しかしひとたび勢いをつけて半里も走ってみれば、身体の内から暖まってきた。

「てめえでてめえの身体をぬくもらせる、あの感じがたまらねえやね」

氷雨降りだろうが雪模様だろうが、野分の暴風が吹き荒れていようが、新太郎は自分から仕事を休むとは言わなかった。

余りにひどい荒天のときは、尚平から休もうと切り出した。

「おめえがそう言うんじゃあ、しゃあねえ」

相肩に言われて渋々休むというのが、新太郎の流儀だった。

ところが今朝は、新太郎が休むと言い出したのだ。

ひっきりなしに降ってはいるが、五月の雨は冷たいわけではない。ほんの二、三町も走れば、身体は汗をかき始めるだろう。

しかも身体も駕籠も、極上の合羽で雨除けができるのだ。

尚平は新太郎のひたいに手をあてた。

「熱はねえだな」

尚平は本気で新太郎の容態を案じた。

新太郎は定まらない瞳で尚平を見た。

「身体はどうてえことはねえが、駕籠を担ぐ気になれねえんだ」

言うなり新太郎は、ごろりと横になった。

「今日一日だけでいいんだ、なんにも言わずに休ませてくんねえ」

「分かった」

尚平は明るい声で応じた。

「ありがとよ」

新太郎は目を閉じた。昨夜は浅い眠りだったがゆえに、よほどに眠たかったのだろう。

尚平が搔巻をかけたときには、新太郎ははや寝息を立てていた。

朝餉《あさげ》の膳を片付けたあと、尚平は書き置きをしたためた。

「坂本村まで行ってくる。帰りには両国橋のもゝんじやで、肉を買ってくる」

合羽を羽織った尚平は、四ツの鐘が鳴り終わったあとで宿から駆け出した。

新太郎は眠ったままだった。

汗をきれいに拭《ぬぐ》ってから、尚平は合羽を羽織り直した。

深川を出たときよりも、雨脚が強くなっていた。合羽を打つ雨の音が強くなっていた。

「てまえどもの合羽は、雨の音が心地よく響きますことも自慢のひとつでございます」

吉羽屋の手代の言い分に偽りはなかった。

降り方を強めた雨が合羽にぶつかり、バラバラと音を立てている。駆け方を速めると、雨音は一段と大きくなった。

しかし心地よい音である。

はあん、ほう。はあん、ほう。

尚平の息遣いの調子を取るかのように、雨音はバラバラ、バラバラと響き続けた。

十八

「そんなことも分からないというのが、いかにもあんただねえ」

おゆきと一緒に話を聞いたおよねは、呆れ顔を尚平に向けた。

おゆきも、きまりわるそうな顔を尚平に向けた。およねにあけすけな言い方をされても、尚平をかばうことが出来なかったからだ。

「どっこも新太郎は、具合がわるいわけではねってか?」

「ないよ」

　およねは呆れ顔のまま、尚平を突き放した。

「どっこもわるくはないけどねえ。この病には、効くお薬もないんだよ」

　そうだろう?……およねはおどけ口調でおゆきに問いかけた。

「たしかに、お薬はありませんね」

　薬はないと言われて、尚平の両目がひどく曇った。

「そんな顔しないで」

　おゆきは尚平の膝に、自分の右手を置いた。

「ごちそうさま」

　立ち上がったおよねは、ゆるい歩みで土間から出ようとした。

　深川まで桜見物に出かけたときよりは、大きく体調も快復しているようだ。

「なんも、慌てて帰ることねえべさ」

　尚平が引き止めにかかると、およねは真顔で睨《にら》み返した。

「せっかく身体の具合がよくなったんだよ。まだまだ、馬に蹴られて死にたくはないからさあ」

言い終えたときには、およねは両目の端をゆるめていた。

おゆきは素早く立ち上がり、およねを店の外に送り出した。戻ってきたあとは、店の戸に心張り棒をくれた。

「嬉しい……」

思いを込めてつぶやいたおゆきは、尚平の胸に寄りかかった。

尚平は分厚い胸でおゆきを受け止めた。が、それ以上の動きには出ず、ただ肩を両手で撫《な》でるばかりである。

おゆきはしかし、そうされるだけで満足らしい。胸板に頬を強く押しつけた。

ドクン、ドクンと、尚平の心ノ臓が打ち方を強めた。

おゆきは右手の人差し指で、尚平の心ノ臓をトントンッと小突いた。

「いまごろは新太郎さんも花椿の女将を想って、こんなふうに胸を高鳴らせているのかなあ……」

十代の娘のような口調で、おゆきは思っていることを口にした。

「そうだったのか」

やっと得心できた尚平は、力をこめておゆきの肩を抱いた。

おゆきは唇を尚平の胸にあてた。

ドクン、ドクン、ドクンッ。

擂半《すりばん》のように、尚平の動悸《どうき》が速くなった。

十九

浅草橋を渡る尚平の足取りは鈍《のろ》かった。

「ちえっ、なんてえ野郎でえ」

尚平の前に回り込んだ男が、いまいましそうに舌打ちをした。

「でけえ図体《ずうたい》した男が、妙な合羽を着込んで橋を渡るんならよう」

男の背丈は五尺少々で、尚平よりは一尺近くも低い。しかし背丈の差になんら臆《おく》することなく、尖った声を尚平にぶつけてきた。

「もうちっと、きびきびと歩きねえ。あとに続く者が、えれえ迷惑してるじゃねえか」

男は尚平の背後に向けてあごをしゃくった。

「ぼんやりしてただ、すまね」

尚平は男の顔を見ようともせずに詫《わ》びた。大柄な自分がのろのろ渡っていたことで、背後に多くのひとがつっかえている気配を感じたからだ。

「この橋は蔵前《くらまえ》につながるでえじな橋だ。でけえのが突っ立ってるんじゃねえぜ」

思いっきりの舌打ちを残して、男は先に橋を渡った。

いかずちの紋が半纏の背中に描かれている。男は並木町《なみきまち》のてきや、稲妻《いなずま》組の若い者だった。

尚平はわきにどいて、欄干《らんかん》に身体を預けた。

欄干には、まだ杉の香りが残っていた。

男が毒づいた通り、浅草橋は蔵前につながる橋だ。重たい米を山積みにした荷車がひっきりなしに行き交う橋は、傷みが激しい。

ゆえに浅草橋は一年に一度は架け替えられた。材木代も、職人や人足の手間賃も、費えのすべては米を扱う札差《ふださし》が負った。

大尽揃《だいじんぞろ》いの札差百九軒には、費えの割り前を負うことに文句を言う者は皆無だった。橋が落ちたりしたら、だれよりも困るのが札差だからだ。

架橋に使ったのは土佐杉《とさすぎ》で、樹齢百年を超える大木だった。

丈夫なことと香《かぐわ》しいことで知られた土佐杉は、架橋から二カ月が過ぎたいまでも香りを漂《ただよ》わせていた。

欄干に寄りかかった尚平は、香りをたっぷり吸い込んでからゆっくりと息を吐き出した。

ふううっ……。

いつになく、尚平はため息をついていた。

「新太郎さん、うまくいくといいわね」

尚平の胸に顔を埋《うず》めたまま、おゆきがつぶやいた。小声でも、しゃべるたびにおゆきの息が胸にかかる。

おゆきの言い分に得心した。が、尚平の動悸は、ひどく高鳴っていた。

おゆきの息を心地よく感じたからだ。

分厚い胸板に唇を押しつけたおゆきは、両腕を尚平の首に回そうとした。が、六尺男の尚平の首には、うまく回らなかった。

尚平はだらりと垂らしていた腕を、おゆきの身体に回した。

おゆきはさらに唇を強く押しつけた。

尚平の両手が下がり、おゆきの尻に触れた。丸くて柔らかな尻の手触りだ。

尚平の血が沸き立った。

おゆきは、あえぎのような息遣いになっている。尚平の大きな手は、おゆきの尻から動こうとはしなかった。

店の小さなひさしに、雨がぶつかっている。尚平とおゆきが戸口で抱き合っていたら……。

「野暮を言う気はないけど」

通りかかったおよねが、きまりわるそうな声で話しかけた。蓑笠《みのかさ》を身につけているのは、雨のなか外出をするつもりらしい。

「通りから丸見えだよ」

「ありがとうございます」

おゆきが礼を言い、尚平は大きな身体を二つに折った。

おゆきに夢中で、戸口に立っていることすら尚平は忘れていた。

それは気配りには抜かりのないおゆきですら、同じだった。

「ひとに惚《ほ》れるのは、いいもんだねえ」

あんたの相肩もそうなんだろう？

問いかけの答えは聞かず、およねは坂道を下って行った。

ひさしを打つ雨音が、ひときわ大きくなっていた。

浩蔵親方に知恵を借りよう……。

不意に浮かんだ思案に動かされて、尚平は欄干から身体を離した。

つい先刻、尚平にきつい言葉を投げて過ぎ去った、小柄な男。男は、てきやの半纏を羽織っていた。

思い出した男の後ろ姿が、尚平に浩蔵をたずねる気にさせた。

尚平が坂本村を出たのは、八ツ過ぎだった。おゆきのそばには、たかだか一刻も居なかった。

本当はもっと長居がしたかった。そんな気持ちを押し潰《つぶ》して、尚平はおゆきの店を出た。

このまま長居をしていたら、おゆきと男女の仲になってしまう……それを危ぶんでのことだ。

祝言を挙げるまでは、おゆきとは一線を越えない。これが尚平の決め事である。

当節は祝言前でも、あいまい宿で互いに肌身を重ねる男女は少なくなかった。しかし尚平は、一線を越えぬことを守り続けることで、おゆきへの思いをより深く募《つの》らせた。

行きがかりで手出しをしたりはしない。

祝言の夜に、想いのたけを解き放つ。

これを尚平は守っていた。尚平の気持ちを奥底まで察しているおゆきも、身体の芯《しん》をしとどに濡らしながらも踏ん張っていた。

花椿の女将への恋煩いで、いまの新太郎は半人前の男と化していた。そんな相肩を放ったまま、自分だけおゆきといい思いをすることも、尚平にはできなかった。

「今戸《いまど》の芳三郎《よしさぶろう》親分に相談ぶってみるだ」

おゆきにそれを告げて、尚平は今戸へと足を急がせたのだが。

「あいにく昨日から、木更津《きさらづ》まで魚釣りに出かけておりやす」

芳三郎は三泊四日の魚釣り旅に出かけていた。帰りは明後日の夕刻だという。

「いきなり顔を出して、とんだ手間をかけやしただ」

若い者に小粒銀三粒の心付けを握らせて、尚平は今戸を出た。

どうすればいいんだ……。

相肩の恋煩いに、自分はどう向き合うか。

確かな思案が浮かばなかっただけに、尚平はのろい足取りで浅草橋を渡り始めた。

思案が定まったいまは、橋の南詰に渡る足取りがすっかり軽くなっていた。

雨の中を歩いてきた野良犬が、尚平に調子を合わせて橋板を踏んでいた。

二十

「そいつはいい」

尚平の話を聞き終えるなり、一ツ橋の浩蔵は目元をゆるめた。

「世にあまたいる女のなかから、よりにもよって花椿の女将とは……」

よほど痛快に感じたのだろう。浩蔵は思いっきり灰吹《はいふ》きにキセルをぶつけた。

ボコッ。

煙草《たばこ》盆の灰吹きは、今朝方若い者が取り替えたばかりである。まだ充分に乾いていない孟宗竹《もうそうちく》の灰吹きが、キセルをぶつけられて湿った音を立てた。

「さすがはあんたの相肩だ。女を見る目に長けている」

花椿の女将のいい女ぶりは、浩蔵も存分に耳にしていた。女ぶりのみならず、旦那を亡くして以来、女将が独り身を通していることにも通じていた。

「花椿の女将の身持ちが堅いのは、うちらの仲間内にも知れ渡っている」

てきやは高町で生花も商う。が、町場の花屋とは異なり、花椿のような生花問屋から仕入れはしない。

花を栽培する農家に出向き、直談判《じかだんぱん》で仕入れるのだ。

「なんべん来ても、うちはあんたに卸《おろ》すことはしねえ」

花椿にしか納めないという約定《やくじょう》を結んだ農家は、ときに若い者が凄《すご》んでも首を縦には振らなかった。

「花椿さんはよう。穫《と》れすぎて花がだぶついたときでも、一本残らず約定通りの値で買い取ってくれるだよ」

花椿を裏切ることはできないと、農家はきっぱりと拒《こば》んだ。

「花椿だけのことはある」

「女将の才覚がビカビカと光ってる限りは、悔《くや》しいが歯が立たねえ」

てきやの元締め衆が、女将の商いぶりには舌を巻いた。

そんな女将に、本気で真正面から恋煩いをしていると知り、浩蔵は大いに気を動かしたようだ。

「恋路を進む手助けはできねえが、女将の事情は分かる限り聞き込もう」

若い者を動かして聞き込みをすると、浩蔵は請け合った。

「よろしくお願いしますだ」

尚平は畳に手をついて頼み込んだ。

相肩への思いが、手のつき方にあらわれていた。

二十一

五月五日も朝から雨となった。

「まったくうっとうしい天気だぜ」

朝飯はきれいに平らげたが、新太郎の口調はたっぷりと苛立ちをはらんでいた。

「こんな空模様じゃあ鳥居下でつけ待ちしていても、客なんぞこねえだろうよ」

いまにも休もうと言わぬばかりの口調だ。

尚平は返事をせずに、膳の片付けを始めた。こんな物言いの新太郎に「休むのはよくない」などと言えば、余計に反発するのは目に見えている。

新太郎との長い付き合いのなかで、尚平は物言いの息遣いを身につけていた。

膳を手にして土間におりたら、新太郎も渋々の様子で立ち上がった。

ううう――ん……。

新太郎は身体に目一杯の伸びをくれようとしたが、伸ばす手を途中でとめた。存分に両腕を突き上げると、梁《はり》にぶつかりそうだったからだ。

木兵衛店には、もちろん天井板など張られてはいない。屋根は素通しで見えており、太い梁が縦横に渡されているのが見える。

木兵衛は長屋の造作に格別にカネをかけているわけではなかった。が、柱と梁には丈夫な太い杉を使っていた。

野分だの地震だので長屋が潰れるのは家主の面子にかかわる……そう言ってはばからない木兵衛である。

いい、いい、ものにはしわい木兵衛だが、柱と梁には費えを惜しまなかった。

大柄な新太郎が畳の上で存分に腕を伸ばすと、指先は梁にぶつかりそうだった。

ううウン……。

伸びを途中でやめた新太郎は、身体を曲げて膳を持った。

毎日の駕籠舁きと走りで鍛えた身体は、見た目からは察しがつかないほどに柔らかだ。しゃがむことなく、身体をふたつに曲げて楽々と膳を手に持った。

土間におりた新太郎は、流しのわきの棚に膳を仕舞った。

尚平は相変わらず無言で、朝餉の生卵をといた小鉢を水洗いしていた。

「昨日一日、のんびりできたからよう」

尚平のわきに立った新太郎は、言いわけするような口調で話しかけた。昨日の仕事休みが、新太郎の負い目になっているらしい。

「うっとうしい天気でも、二日も続けては休めねえ」

つい今し方、今日も仕事を休みたいと言いたげだった口調は、すっかり引っ込んでいた。

「おめえはどうなんでえ」

「休む気はねえだ」

洗い物の手をとめずに、尚平は応じた。

二尺四方しかない小さな流しだが、尚平は器用な手つきで洗い物や煮炊きの仕度に使っている。

新太郎の小鉢と椀、そして箸も、すでに洗い終わっていた。

「だったらなによりだ」

尚平の答えを聞いた新太郎は、ひと息おいてから言葉を続けた。

「おめえ、昨日はおゆきさんとこに出向いたんだろう?」

「ああ」

尚平は短く応じた。できれば昨日の話はしたくなかったからだ。

「よかったな」

「ああ」

これだけのやり取りで終わった。

新太郎は新太郎なりに、ひとの恋路にあれこれと聞き耳を立てるのは野暮だと判じたのだろう。

尚平が昨日の話を深くはしたくなかったのは、おゆきがそのわけではなかった。

新太郎は恋煩いの真っ直中《まただなか》。

およねとおゆきにずばりと言い当てられた尚平は、木兵衛店に帰ったあとも、この日一日の動きは一切《いっさい》話さなかった。

新太郎も相肩に訊《き》こうとはしないまま、雨降りの夜は更けた。

「仕事だと決まりゃあ、ぐずぐずしちゃあいられねえ」

畳のうえに戻った新太郎は、気持ちを切り替えたのだろう。機敏な動きで仕事に出る身仕度を始めた。

洗い終わった尚平は、小鉢を振って水切りをしていた。

雨漏りの修繕はしたものの、新たな隙間ができたらしい。

小さな流しのうえに、ポツンと雨粒が落ちてきた。

二十二

富岡八幡宮大鳥居下に駕籠をつけたのは、いつもの四ツより四半刻以上も早かった。

鳥居に寄りかかり、雨に打たれ続けている新太郎に担ぎ売りが近寄った。

「どうしたよ、今朝は」

天秤棒《てんびんぼう》の前後に水桶を吊るした鴇平《ときへい》が、新太郎の前で立ち止まった。

「四ツにはまだまだ間があるぜ」

鴇平が首をかしげたら、笠から雨のしずくが垂れ落ちた。今日の雨も、夜明けから本気で降っていた。

新太郎は返事をせず、雨が叩く表参道《おもてさんどう》の地べたを見詰めた。

「おめえさんらが四ツ前から鳥居下につけたりするからよう。雨は止みそうもねえやね」

鴇平は尻を大きく左右に振り、調子を取って新太郎の前から離れた。

天秤棒の前後に吊るした水桶ふたつで、一荷《いっか》（約四十八リットル）の水が入っている。晴天でも重たくて担ぐのは難儀だが、今日で四日も続けての雨降りだ。

大路も路地も、すっかりぬかるみになっている。鴇平は桶の綱《つな》を両手で摑み、調子を取りながら歩き去った。

「口開け前だてえのに、縁起でもねえことを言いやがる」

鴇平の言いぐさに、新太郎は舌打ちをした。

四ツ前を承知で鳥居下に出張って行こうと強く言ったのは新太郎である。

朝の雨模様を見て、今朝も新太郎はぐずぐずしていた。が、二日も続けてずる休みをするのは、さすがに後ろめたさを感じたのだ。

「どうせ出張るなら、うっとうしい雨を突き破ってよう。とっとと行こうぜ」

合羽を着込んだのは、新太郎のほうが早かった。駕籠に合羽をかぶせるのも、新太郎がひとりでこなした。

空《から》の駕籠を担いだふたりは、雨粒を顔に浴びながら鳥居下に向かった。

身体の寸法に合わせて誂えた合羽は、すこぶる着心地がいい。が、顔にぶつかってくる雨は防ぎようがなかった。

何人もの通行人が、合羽をかぶった駕籠をいぶかしげな目で見て行きすぎた。なかには、わざわざ駕籠の前で立ち止まる者もいた。

新太郎は知らぬ顔を続けた。駕籠に乗りたい客ではないのが明らかだったからだ。

雨は一向に降り止む気配がない。合羽を叩く雨粒の音にいささかげんなりしていたとき、鴇平が寄ってきた。

四ツ前に横付けしたりするから……いつにないことをするから……雨が降り止まないと、鴇平は言い残して鳥居下を離れた。

先々の土圭《とけい》となれや小商人《こあきんど》、と言う。

「青物屋さんが売りにきたから、そろそろ四ツだねえ」

「魚屋さんの声がするから、八ツどきよ」

物売りが土圭代わりになれば、商いも本物だということだ。

新太郎も尚平も、もちろんそれは承知だ。ゆえに鳥居下に横付けするのは、永代寺が四ツを撞いているさなかだと決めていた。

今朝はぐずる自分の気持ちを吹っ切ろうとして早出をした。そのせっかくの気分切り替えを、鴇平のセリフが台無しにした。

新太郎が舌打ちをしたゆえんである。

鴇平が過ぎ去ったあとも、駕籠の前で立ち止まる者は何人もいた。が、だれひとり、駕籠に乗ろうとはしなかった。


「駕籠もおめえさんも、えらく派手な合羽を着込んでるが」

紅色の蛇の目をさした男が、新太郎と駕籠とを交互に見ながら話しかけてきた。

「駕籠を担ぐ気はあるのかよ」

男はあごを突き出し気味にして問いかけた。いきなり雨脚が強くなった。

バラバラバラッ。

男が手にした蛇の目を叩く音が強くなった。軽やかな音を立てる傘が自慢らしい。

男は傘を新太郎のほうに突き出した。

新太郎は口を閉じたまま、顔をそむけた。男の傘を邪魔に感じたからだ。

「なんでえ、乗せる気はねえってか?」

男は口を尖らせた。

「おれは駕籠舁きだぜ。乗りたいという客は乗せるのが稼業だ」

新太郎は両腕を垂らして返事をした。

「言うじゃねえか」

応じた男は雨降り用の高下駄を履いている。歯の高さは三寸（約九センチ）もありそうだ。

高下駄で底上げされた男は、新太郎と目の高さがほぼ同じになっていた。

「乗せる気があるというなら、楓川たもとの海賊橋までやってくれ」

行き先を聞いて、新太郎の目が光を帯びた。

「なんでえ、そこに行くのはやだてえのか？」

男は新太郎の目の光を取り違えた。

「行くのが嫌と言った覚えはねえ」

新太郎はぶっきらぼうな口調を変えずに答えた。

雨がさらに強くなったようだ。男の蛇の目が調子を上げてバラバラと歌った。

「行く気があるなら、とっとと出しねえ」

男は駕籠にかぶせた合羽をはずせと目で指図をした。

「乗せるのはいいが、この降りだ。安くはねえぜ」

「まったく口の減らねえ駕籠舁きだぜ」

男は大きな舌打ちをして、新太郎のほうに詰め寄った。傘にぶつかった雨粒が、新太郎の足元にこぼれ落ちた。

「こんな降りだからこそ、暇そうにしている駕籠に乗ってやろうと言ってるんだ。安くはねえとは、了見違《りようけん》いの言いぐさだろう」

心付けを込みで、小粒銀ひと粒で乗せろと男は言い放った。銭で六十七文だ。

「お断わりだ」

新太郎は強い口調で言い放つと、尚平に向かってあごをしゃくった。

鳥居下から離れようという合図だ。

「がってんだ」

尚平は威勢のいい声で応ずると、敏捷《びんしよう》な動きで長柄に肩を入れた。

「なんてえ駕籠舁きでえ」

男が次の文句を口にする前に、駕籠は雨の大路を仲町の辻に向かって走っていた。

チェッ。

男の舌打ちに、蛇の目の雨音がのしかかって消した。

二十三

仲町の辻に差しかかる手前で、新太郎は二度上下に長柄を揺すり、右に曲がれの合図を伝えた。

あいよとばかりに、尚平も二度、振り返した。

雨続きの表参道は、地べたがゆるんでいる。道の手入れは、参道両側の商家が怠《おこた》っていなかった。一日に三度はそれぞれの店の小僧が、道を掃《は》き清めていた。

しかし地べた造りは、作事屋の仕事だ。雨続きの地べたはまだ土の手入れがされておらず、足跡がつくほどにゆるんでいた。

そんな道でも、尚平と新太郎は構わずに駆けた。ふたりはぬかるみでも、平気で走ることができた。

ところが尚平は仲町の辻の手前で、走りがのろくなった。辻の東角に建つ乾物《かんぶつ》問屋大木屋《おおきや》の前で尚平は足を止めた。

前棒が止まれば、それに従うのが後棒の務めだ。新太郎も立ち止まった。

ぶずぶずっと足がぬかるみに沈んだ。

四ツどきの仲町の辻は、ひとと荷車が入り乱れていた。

五月五日の今日は、商いがせわしなくなる五《ご》・十日《とおび》だ。商い始めの五ツ（午前八時）から一刻が過ぎた四ツどきは、ただでさえ忙しい刻限だ。

今日は五・十日で、しかも雨降り続きである。雨脚が大したことのないうちに、手早く用を済ませておきたい……こう思うのは、だれもが同じなのだろう。

大路が交わる仲町の辻は、ひとが群れをなして歩いていた。

行き交うみなが傘をさしており、前が見えにくい。なのに気はせくばかりらしく、足の運びは晴れの日以上にせわしなかった。

その人込みに加えて、荷物運びの荷車が行き交っていた。

五・十日が気ぜわしいのは、物の流れも同じである。三台の荷車が、同時に辻に入り込もうとしていた。

西に向かう荷車は、砂村で穫れた野菜を山積みにしていた。

雨続きで急ぎ収穫したのだろう。荷台一杯に葉物野菜が積み上げられていた。

黒船橋《くろふねばし》を渡って仙台堀《せんだいぼり》に向かう荷車は、普請場から出た木っ端《こっぱ》や廃材を山と積み重ねていた。

三台目は、佐賀町《さがちょう》で積み上げた雑穀の俵を洲崎に運ぶ荷車だった。

洲崎弁天の周りには、二軒の料亭と五軒の小料理屋が集まっている。荷車は、それらの店に運ぶ雑穀を十五俵も積んでいた。

雑穀運びの荷車が、他の二台よりも先を急いでいた。俵の中身が濡れないようにと気遣っていたからだ。

雑穀運びと野菜運びは、ともに三人がかりで荷車を操っていた。梶棒の内にひとり、荷台のわきにひとり、後押しにひとりの都合三人である。

廃材を積んだ荷車は、仙台堀に架かる亀久橋《かめひさばし》たもとに建つ八幡湯《はちまんゆ》の釜焚《かまた》き、茂三《しげぞう》ひとりが動かしていた。

黒船橋から続く坂道を下ってきた荷車は、勢いがついている。梶棒を握った茂三は車の動きをゆるめようとして、足を踏ん張った。が、五十三歳の茂三の踏ん張りには限りがある。

人込みのなかに、荷車はずるずると進んで行った。

「どきねえ、どきねえ」

車力《しやりき》が声を張り上げたのは、佐賀町から向かってきた雑穀運びの荷車だ。

車力の声に驚いた通行人たちは、傘を大きく揺らして左右に割れた。

西に向かって進んでいた野菜の荷車は、山積みとはいえ雑穀の俵よりは軽い。

わきを守っていた車力は、素早く梶棒の前に出た。そして引いていた車力に力を貸して荷車を止めた。

廃材を運んでいる茂三も、佐賀町の方角から辻に突っ込んできた荷車には気づいた。しかし踏ん張っても下り坂の勢いが残っていた荷車は、なかなか止まらない。

「あああ……」

言葉にならない声を漏らしながら、茂三の荷車は辻に入った。

「ばかやろう、止めねえかよ」

雑穀の後押しが茂三に怒鳴った。が、茂三は止められず、そのまま突っ込んだ。

前方の車に衝突する寸前、茂三は梶棒から抜け出した。まともにぶつかったら、身体が潰れてしまうからだ。

車力がいなくなった荷車の梶棒が、雑穀運びの荷台にぶつかった。

ガシャンッ。

ひどい音を立てて、荷台に山積みになっていた廃材が地べたに散った。

積み方がしっかりしていた雑穀は、ぶつかられても綱はゆるみもしなかった。

二十四

新太郎の動きは素早かった。

「わきに立てかけといてくれ」

尚平に言い置くのももどかしく、すぐさま茂三に駆け寄った。

「でえじょうぶか、とっつあん」

合羽を着た大柄な男が、腰を抜かしてへたり込んでいる茂三を引き起こした。足を止めた連中の目が、新太郎に釘付けになった。

駕籠を通りの端に立てかけた尚平は、茂三には構わず、散らかった廃材の拾い集めを始めた。

荷車の衝突はただごとではない。それに加えて、見慣れない合羽を着た男ふたりが手助けを始めたのだ。

たちまち仲町の辻は野次馬で埋まった。

「おい、糞《くそ》じじい」

俵運びの車力が、新太郎に抱えられた茂三に詰め寄った。

「てめえ、どこに目をつけてやがんでえ」

両目を吊り上げた車力は、茂三に殴りかかろうとした。新太郎は腰の抜けた茂三を抱きかかえていて、身動きがとれない。

廃材を放り投げた尚平は車力に駆け寄り、殴りかかろうとした腕を押さえた。

「なんでえ、てめえは」

掴まれた腕を振りほどいた車力は、尚平に組みついた。背丈《せたけ》は尚平より三寸ほど小さかった。が、重たい荷車を引く車力は、力自慢なのだろう。

合羽の上から組みつくと、尚平に投げを打った。

並の男なら身体が宙を舞ったに違いない。それほどに強い上手投げだった。

しかし相手が悪かった。

腰を落として投げをこらえた尚平は、上手投げを打ち返した。

元は力士の尚平が打った上手投げである。しかも車力は、まさか相手が技を繰り出すとは思ってもみなかったに違いない。

攻めはしたが、受けの備えはまるでできていなかった。

うわっ。

低い声を残して、車力の身体が宙を舞った。

とはいえ素人相手にかけた技だ。尚平は落とし方を加減していた。

さらに幸いなことに、地べたは雨続きでゆるんでいた。

加減して投げた車力の身体は、柔らかな地べたが受け止めた。

バシャッ。

身体が落ちると、水しぶきが飛び散った。

鮮やかな上手投げを見た野次馬から、うおうっとどよめきが起きた。

「このやろう」

収まらない車力は、もう一度尚平に飛びかかろうとした。

尚平は右手を突き出して、動きを制した。

「こったどとこで、相撲とってる暇はねえべさ。俵が濡れたら、うまくねえべ」

息も乱れていない尚平は、穏やかな口調で車力を諭《さと》した。

車力はそれでもいきり立っていたが、仲間には尚平の言い分が染み込んだようだ。

「元助《げんすけ》、そいつには構ってねえで、先を急ごうぜ」

後押しは車力の腕を摑み、梶棒のなかに押し込んだ。

車力はまだぐずっていたが、後押しふたりが荷車を押した。渋々ながら、俵山積みの荷車が動き出した。

尚平は何事もなかったような顔で、廃材の残りを拾い集めた。

「だれですか、あの合羽を着た面々は？」

上物の雨除けを羽織った年配の男は、感心したという口調で隣の男に問いかけた。

「駕籠舁きですよ」

土地の者は即答した。

「あのひとたちの駕籠なら、ぜひ一度は乗ってみたいが、どこに行けば乗れますかな？」

「毎朝四ツに、八幡宮の大鳥居下で客待ちをしています」

男は新太郎と尚平を自慢するような口調で答えた。

「覚えておきましょう」

年配の男は場を立ち去るとき、駕籠舁きふたりに会釈《えしゃく》をした。が、新太郎も尚平も気づかなかった。

尚平が廃材を積み終わったとき、茂三の腰もしゃきっと直った。

「おかげで助かりました」

茂三は新太郎の手を強く握った。

「今日は菖蒲湯だから、ぜひ湯につかってくだされ」

湯銭《ゆせん》はいらないからと、茂三は強い調子で湯を勧めた。

「尚平よう……」

「これから湯に行こうってか？」

相肩の考えは、お見通しの尚平である。

昨日に引き続き、五月五日も駕籠は休みになった。

二十五

新太郎は亀久橋の南詰で駆け足の調子を落とした。

長柄を上下に一度振るのが、止まろうの合図だ。尚平は「分かった」と、一度上下に振り返した。

駕籠舁きふたりの足が、八幡湯釜焚き場のわきで止まった。廃材置き場の長いひさしが張り出していたからだ。

八幡湯の入り口には、奥行き三尺もあるひさしが張り出していた。が、そこは湯屋に出入りする客が、雨除けや日除けに使う場所だ。

いくら駕籠舁きも湯屋の客だとはいえ、客の雨宿り場所を駕籠でふさぐことはできなかった。

仲町の辻から駆けてきた駕籠は、茂三よりも大分に早く着いたようだ。

新太郎と尚平は、ひさしの下で羽織っていた合羽を脱いだ。

「着るたびに思うが」

腕を抜いた合羽の袖を、新太郎は尚平に振って見せた。合羽は袖に残っていた雨粒を飛び散らした。

「この合羽は、とことん上物だぜ」

吉羽屋の手代が自慢した品である。ひっきりなしに降る雨のなかを駆けても、まったく腕に染みてはいなかった。

尚平も深いうなずきで応えた。合羽を脱いだ尚平の着衣は、少しの湿り気もなくサラサラだった。

ふたりは脱いだ合羽を廃材置き場の板壁に吊るした。うまい具合に、壁から釘が何本も突き出していた。

置き場の廃材は、丸太や細い棒材の切れっ端、焼け残りの柱や梁、川に流れ着いた板きれなどのように、きちんと仕分けして積み重ねてあった。

新太郎は感心したという顔で、山になった廃材を見回した。

「とっつぁんは律儀な気性らしいぜ」

「そうだな」

尚平も同じ思いを抱いたらしい。ふたりが感心顔で見ていたら、置き場の奥から腹掛け・股引姿の娘が出てきた。

湯屋の釜は焚き口が大きい。威勢よく燃えている火の赤い明かりが、娘を後ろから照らしていた。

はっきりと姿は見て取れた。しかし顔は陰になっており、定かには分からなかった。

それでも年の頃は十六、七で、顔の色は日焼けして黒いことは察しがついた。

「あんたら、いったいだれなのよ」

娘の物言いには愛想がなかった。

「駕籠舁きだ」

新太郎もぶっきらぼうな口調で応えた。

娘はひさしの下にとめてある駕籠と、板壁に吊るした合羽に目を走らせた。

「あすこはじいちゃんが荷車をとめる場所だから、駕籠は邪魔だよ」

どけて……と言いかけたとき、釜のわきの潜《くぐ》り戸が乱暴に開かれた。

「茂三、いるならとっとと返事をしろい」

怒鳴り声は八幡湯の三助《さんすけ》だった。

「じいちゃんは、焚きつけ運びに出て行ってていないよ」

娘は三助に負けない大声で返事をした。

「だったら湯がこんなにぬるいのは、おめえのドジか」

客がぬるいと文句を言っている。目一杯に釜を焚けと言い放って、潜り戸を閉じた。

「ばか言ってんじゃないよ、クソったれ三助のくせに」

娘は閉じられた戸に向かって毒づいた。

「今日は菖蒲湯で、こどもがいっぱいきているんだ」

娘は両手をだらりと垂らして、荒々しい物言いを続けた。

「今日ばかりは熱さににぶくなったじじいのために、湯を熱くはできないんだよ」

娘が怒鳴り終わると、潜り戸がドスンと鳴った。

三助には娘の言い分が聞こえたらしい。腹いせに、潜り戸を叩き返したのだろう。

「言うもんだな」

新太郎は娘に笑いかけた。

「おめえさんの言う通りだ。端午の節句の菖蒲湯は、ほどほどぬるくていい」

新太郎は娘に答えながら、遠い昔を思い出した。

五月五日の端午の節句は、新太郎は父親に連れられて近所の湯屋に出向いた。

実家の杉浦屋は、中堅どころの両替商である。奥にはもちろん内湯の備えはあった。

しかし五月五日の菖蒲湯は、父親と一緒に湯屋に出向くのが決まりだった。

九歳の端午の節句も、新太郎はいつも通りに近所の湯屋に出向いた。が、この年はいつもとは様子が違っていた。

明かり取りから陽が差し込んでいる四ツ半どき。こどもたちは湯船の周りに群れていたが、ひとりも湯につかろうとはしなかった。

「どうしたんだ、せっかくの菖蒲が茹《ゆ》だってしまうじゃないか」

こどもたちに湯につかれと促した。

新太郎の父親は元気な男児が好きだった。一年に一度しか出向かない湯屋では、商家の子にも職人の子にも分け隔てなく接した。

「お湯が熱すぎて、つかれないもん」

まだ舌がうまく回らない小さな子が、湯が熱すぎると訴えた。

手をつけた父親は、顔をしかめた。たしかに湯は熱すぎた。

洗い場にいた三助を手招きした父親は、水で湯をぬるくしてほしいと頼んだ。

「ばかなことを言うんじゃない」

湯船の端から、尖った声が発せられた。

「湯屋は熱いからこそ湯屋だ。ぬるいのがほしければ、内湯を使えばいいだろう」

声の主は町内一の身代の大きさを誇る乾物問屋堀田屋《ほったや》のあるじ、長五郎《ちょうごろう》だった。

大きな湯船が好みの長五郎は、内湯は使わず湯屋に毎日出向いていた。

「そんなやわなことを頼むような男があるじでは、危なくてうちの蓄えを預けてはおけない」

長五郎はわざと大声を出した。

当時の堀田屋は、一万二千両ものカネを杉浦屋に預けていた。預かり賃は一年に三分（三パーセント）だ。

杉浦屋は三百六十両もの預かり賃を、堀田屋から受け取っていた。

中規模所帯の両替商にとっては、一万二千両を預け入れる商家は最上の顧客である。

その当時の杉浦屋には、堀田屋を超えるカネを預け入れている商家は皆無だった。商いを思えば、少々の無理でも聞き入れざるを得ない得意先と言えた。が、さすがは新太郎の父親である。

「うけたまわりました」

新太郎の手を放した父親は、長五郎の真正面で仁王立《におうだ》ちになった。

「お預かりしているおカネは、全額お返しいたします」

思いもしなかった答え方をされて、堀田屋は言葉に詰まった顔を見せた。

全額といえば一万二千両である。そんなカネは、杉浦屋の金蔵《かねぐら》には納まってはいない。

顧客から預かったカネの大半は、日本橋駿河町《するがちょう》の本両替に一年一分の仲間相場で預け直していた。

堀田屋に全額を返すためには、本両替と掛け合わなければならない。しかも駿河町から杉浦屋まで、自分たちの手で運ぶという手間も入用となる。

それらをすべて承知で、父親は堀田屋の売り言葉を買い取った。

「明日の七ツに、堀田屋さんのおひとを差し向けていただきましょう」

言い放った父親のきんたまが、威勢をつけてぶらぶらと揺れた。

新太郎は強い憧れの想いを抱いて、父親の股間を見詰めていた。

「すっかり忘れていたが、菖蒲湯は熱すぎちゃあいけねえ」

新太郎は言葉を重ねて、娘の啖呵《たんか》を支えた。

「ありがとう、おにいさん」

娘の物言いが、がらりと変わっていた。

「あたし、くるみです」

名乗ったくるみは、ぺこりとあたまを下げた。後ろで束ねた黒髪が、前に垂れた。

「固くて中身があめえのがくるみだ。おめえさんにぴったりの名だぜ」

新太郎に褒められたくるみは、日焼けした顔を朱色に染めた。

新太郎とくるみが、笑顔をからめ合わせたとき。

「ばかやろう」

いきなり開いた潜り戸から、三助が身を乗り出した。

「ぬるい、ぬるいとご隠居の機嫌がわるくてしゃあねえんだ。ぐずぐず言ってねえで、どんどん燃やさねえか」

三助は顔を歪《ゆが》めてくるみに詰め寄った。

くるみの前に新太郎が立ち、三助と向き合った。

屋根を叩く雨音が強くなった。

二十六

八幡湯の釜は深川一の大きさが自慢だ。焚き口が三つもあり、たとえ三寸の雪が積もった真冬でも釜焚き場に立てば汗が浮いた。

燃やすのは普請場から出る廃材がほとんどで、木の種類は雑多である。ネズミが牙を研ぐのに好む堅い木も、幾らでも釜焚き場には転がっていた。

八幡湯の隣は一膳飯屋である。

木場《きば》の職人や仲仕《なかし》衆、川並《かわなみ》連中に大人気のおといが二間間口の店を構えていた。

一膳飯屋おとみは二十八と二十三の姉妹が店を切り盛りしている。料理すべては姉の役目で、妹が酒の仕度と客あしらい一切を受け持っていた。

酒は江戸の地酒『白髭《しらひげ》』と『隅田川《すみだがわ》』のふたつだけだ。

「上方《かみがた》や越後《えちご》からの高い廻漕代を払わなくても、江戸には美味い酒があります」

仕入れ代を抑えて、一文でも安く呑んでもらいたいというのが、酒の吟味を受け持つ妹の言い分だ。

姉は妹が選んだ白髭・隅田川のどちらとも相性のいい料理を拵えた。

白髭も隅田川も、江戸の酒としてはめずらしい辛口である。このふたつの造り酒屋は、いずれも辛口酒の本場、芸州《げいしゅう》から杜氏《とうじ》を招いていた。

酒のきりりっと引き締まった味を引き立てるように、供する魚は煮魚と塩焼きに限った。おとみでは刺身は出さない。

「白身の上品なお作りがお好みなら、仲町のやぐら下に行ってもらえばいいんです」

姉の言い分も妹と同じである。姉妹ともに、安くて美味いことにこだわった。

そんな気性のふたりが営むおとみである。

「ここの塩焼きを食わねえことには、うまく寝付けねえ」

暮れ六ツの口開けから店仕舞いの四ツ（午後十時）まで、おとみは毎晩客足が絶えることがなかった。

湯屋と飯屋が隣り合って建っているのだ。

亀久橋の南詰周辺は、ネズミにはぬくい寝場所と、牙の研ぎ場と、うまい残飯という三拍子が揃っていた。

「端午の節句の菖蒲湯はこどもが相手だ。ぬるいぐらいが丁度じゃねえか」

くるみの前に立っていた新太郎は、詰め寄ってくる三助を言葉で押しとどめた。

「なんでえ、おめえは？」

三助は大柄な新太郎を、目を尖らせて見上げた。

三助と新太郎とは五寸の上背の差がある。その違いが三助には腹立たしいのだろう。

しかも密《ひそ》かに懸想《けそう》している釜焚きの孫娘の前で、見ず知らずの男に口を挟まれたのだ。

三助は面子を潰されたと思ったらしい。

目は尋常ならざる怒りを宿していた。

「ひとの釜焚き場に断わりもなしにへえり込んできて、勝手なことを言うんじゃねえ」

どこのどいつだと、三助は新太郎と尚平を交互に見ながら息巻いた。

「おれの名は新太郎で、後ろにいるのが相肩の尚平だ」

「相肩だとう？」

三助は語尾を跳ね上げた。

「てことは、おめえら駕籠舁きか」

明らかに相手を見下した物言いをした。

「駕籠舁きでわるいか」

新太郎は腕組みをして三助を見下ろした。まさに仁王立ちとなった新太郎は、丹田《たんでん》に力をこめた。

腕組みをした新太郎の二の腕には、太い血筋が浮かんだ。

息巻いていた三助が、わずかに後ずさりをした。それほどに新太郎の睨みは強かった。

そんなときに。

凄《すさ》まじい走りで、新太郎の前をネズミが駆け抜けた。

「うおっ」

新太郎は突拍子もない高い声を上げて飛び下がった。その声が消えないうちに、ネコがネズミを追って走り抜けた。

「うへっ」

新太郎はもう一度、妙な声を漏らした。

新太郎の睨みに怯《ひる》み気味になっていた三助が、呆れ顔を拵えた。

「なんでえ、おめえはよう」

威勢の戻った三助は、新太郎との間合いを詰めた。

「ネズミとネコがおっかねえってか？」

三助はあごを突き出して新太郎を見上げた。両目には嘲《あざけ》りの色も宿していた。

「育ちのいいネズミにたまげたまでだ」

新太郎はネズミに驚いたことをごまかさなかった。

「それより菖蒲湯だ」

新太郎は口調の尖りを引っ込めた。

「こどものために、あんまり熱くしねえでやってくれ」

「大きなお世話だ」

三助は新太郎の頼みを撥《は》ね付けた。

「ネズミとネコに飛び上がる駕籠舁きの言い分を、ごもっともですと聞くほどおれは間抜けじゃねえ」

三助は腕まくりをして、仁王立ちに戻った新太郎を睨みつけた。

「おめえがどう言おうが、湯がぬるいとおれのケツをつっついてるのは、うちの湯には飛び切りでえじなご隠居だ」

隠居を差し置いてぬるい湯を続けろというなら、相応の肚《はら》をくってからにしろと三助は言い放った。

「おれはネズミにはたまげるし、呑み込みはよくねえんだ」

腕組みをほどいた新太郎は、両目をゆるめて三助を見た。

「相応の肚をくるてえのがなんのことか、分かるように聞かせてくれ」

からかいでも皮肉でもなく、新太郎は正味の口調で問うた。

「まったく呑み込みのわるい野郎だぜ」

三助は新太郎ではなく、くるみに言葉をぶつけた。くるみは新太郎に身体を寄せて、三助の言い分をやり過ごした。

「ちぇっ」

あからさまに舌打ちをした三助は、新太郎に目を戻した。

「湯がぬるいと言ってるご隠居は、うちが商いをやってる限りは毎日つかりにくる客だ」

大事な常連客の言い分を聞き流すには、今日の湯が貸し切りだと言うほかはない。

「貸し切りの客がぬるい湯にしろと言ってるなら、ご隠居も文句は言えねえ」

今日の八幡湯を貸し切りにするだけの肚をくれるのか……三助は、さらに強くあごを突き出した。

「貸し切り代は幾らかかるんでえ」

新太郎は腕組みをほどいたまま訊いた。

「訊いてどうする」

三助はにべもない口調で応えた。

「余計なことは言わずに、八幡湯の貸し切りは幾らかを聞かせろ」

新太郎は真顔である。

三助は答えを言わず、下唇を舐《な》めた。まるで新太郎を値踏みするような仕草である。

新太郎の目の光が強くなった。

「うちは上がり湯には、水売りから買う真水を使ってるからよう。安くはねえなあ」

三助はくるみに目を向けた。余計な口出しはするなと、くるみを目で抑えつけていた。

「あれこれひっくるめて、二両だ」

「そんなこと……」

文句を言いかけたくるみの肩に、新太郎の大きな手のひらが載った。

くるみは口を閉じた。

「二両で貸し切りになるんだな？」

新太郎は念押しをした。

「なるもならねえも、まずはゼニを見せてから言うことだろうがよ」

三助は相手を小馬鹿にしたような口をきいた。

八幡湯の湯銭はおとなひとり十二文である。百人の客があっても、実入りは一貫二百文でしかない。

一両稼ぐには、ざっと三百五十人のおとなの客が入用である。

木場と隣り合わせの八幡湯は、深川でも図抜けて繁盛している湯屋だ。それでも一日二百人の客があれば大商いだった。

貸し切り二両とは、途方もない吹っかけである。くるみが口を尖らせたのも無理はなかった。

新太郎はしかし、そのくるみを抑えた。

「おめえさんの言い値を呑むぜ」

新太郎は掛け合いもせずに、三助の言い値を呑んだ。

「本気で言ってるのか？」

三助のほうが驚き声を発した。

「念押しはいらねえ。二両は呑んだぜ」

言ってから、次の言葉を発するまでに新太郎はひと息の間をあけた。

「二両に文句はねえが、いま手持ちはねえ」

宿に帰って今日中にかならず届ける。いまは口約束で引き受けろと三助に告げた。

「寝ぼけたことを言うんじゃねえ」

三助は右手を突き出し、人差し指を新太郎の胸元に突きつけた。

「ご大層《たいそう》なことを言いながら、ゼニの持ち合わせがねえだとう?」

三助はまたくるみに目を移した。

「おめえはこんなほら吹きの駕籠舁きとつるんでやがるのか」

三助が声を荒らげたとき、荷車を引いた茂三が戻ってきた。

息巻く三助には目もくれず、茂三は新太郎に近寄った。

「なにかわしの孫が、おたくさんたちにしくじりでも?」

茂三はくるみがなにかをしでかしたのかと案じていた。

「そんなことじゃねえ」

茂三の心配を吹き払ってから、新太郎はことの次第を話した。

聞き終えた茂三は、三助に詰め寄った。

「こともあろうにおめえてえやつは、わしの恩人になんてえ無礼なことを言いやがる」

茂三の剣幕には、新太郎が目を見開いた。

「言うにことかいて、貸し切りの湯銭が二両とは、おめえ、正気か？」

茂三の怒鳴り声が、屋根を打つ雨音を弾き飛ばしていた。

二十七

貸し切りの湯銭が二両とは、おめえ、正気か……茂三が声を荒らげたとき、八幡湯あるじの吉五郎《きちごろう》は釜焚き場につながる木戸を開いていた。

湯殿の隠居が声を荒らげ続けているのを、四ツ半（午前十一時）までこの日の番台当番だった吉五郎が聞きつけた。

湯殿の騒動は三助が収めるのが決まりだ。吉五郎は、三助の客あしらいの力量を買っていた。口はわるいし短気で始終茂三とぶつかり合っている。

それを承知のうえで、吉五郎は三助の力量を買っていた。

その三助がいながら、隠居はなにゆえ声を荒らげているのか?

いぶかしがりながら湯殿に入り、真っ直ぐに隠居がつかっている湯船の角に進んだ。隠居のお決まり場所である。

「なにか不都合でも?」

雨は降っていても、明かり取りから差し込む光で湯殿は充分に明るかった。

「いまさら、そんなことを訊きなさんな」

隠居のしわの寄った顔には、長湯ゆえの汗が粒を結んでいた。

「そんなふうに切り口上で言われても、様子が分かりません」

次第を聞かせてほしいと、吉五郎は穏やかな口調で話しかけた。

「湯がぬるいっ」

隠居は言葉で吉五郎に噛《か》みついた。

「あんたにいま言ったのを含めて、わしは同じことを六度も言った」

三助は潜り戸から出て行ったきり、戻ってくる気配がない。

一向に湯は熱くならない。

こどもたちは菖蒲の束をつかみ合って、大声で騒ぎまくる。

こんなぬるい湯では、風邪をひきそうで出るに出られない。

隠居は箇条書きで文句を連ねた。なにごとによらず、ひとに文句を言い慣れている者ならではの口調だった。

吉五郎は隠居の顔を見詰めた。

文句を言い連ねているうちに、粒の汗がひたいから滑り落ちた。

隠居から湯船の反対側へと目を移した。こどもたちがひとかたまりになっているが、隠居が口を尖らせたように騒いでいる様子はなかった。

むしろ逆で、隠居の剣幕に恐れをなしてだれもが口を固くつぐんでいた。

吉五郎は湯船に手をつけた。

確かに隠居好みの熱い湯ではなかった。が、ゆったりと身体がほぐせる好い湯加減である。

茂三は、菖蒲湯を楽しみにしているこどもたちのために、釜の焚き方をうまく加減しているらしい。

吉五郎が察しをつけ終えたとき。

「あんた、いつまでこのぬるい湯に手を突っ込んでる気かね」

隠居はかんしゃく玉を破裂させた。

三助がいないのは、隠居に尻を叩かれて釜焚き場に出て行ったのだろう……様子が呑み込めた吉五郎は、隠居に目を戻した。

「釜焚き場を見てきましょう」

吉五郎が立ち上がろうとしたら、隠居は手を摑んだ。

「三助はそこの潜り戸から出て行った」

隠居は湯殿の隅の潜り戸を指差した。

「あんたもあそこから出て行ったら、三助同様に戻ってこなくなるに決まっている」

脱衣場わきの木戸から釜焚き場に行ってくれと、隠居は指図をした。

脱衣場わきの木戸は、かわやにつながっている。釜焚き場はかわやの奥である。

「そうしましょう」

逆らうのも面倒に感じた吉五郎は、隠居の言う通りに木戸から出た。

茂三の怒鳴り声を耳にした吉五郎は、かわやの陰で足を止めた。

「正気かとは、おれに言ったのか？」

三助は茂三に尖った目を向けた。

「おめえしかいねえ」

茂三は三助以上に光る目で睨み返した。

「貸し切りの湯銭が二両だなどとは、気でも違ってなけりゃあ言えることじゃねえ」

いまにも摑みかからんばかりに、茂三は三助めがけて足を踏み出した。

新太郎は茂三を押し止めた。

「いいんだ、とっつあん」

新太郎は落ち着いた物言いで、茂三に話しかけた。

「おれはこのにいさんの言い分を、言い値で呑んだんだ。いまさら、たけえの安いのは言い争うことじゃねえ」

茂三に告げたあと、新太郎は身体ごと三助のほうに振り向いた。

「二両の貸し切りは呑み込んだが、見ての通り今日は仕事休みを決めたんだ。この場に二両の手持ちはねえ」

ひとっ風呂浴びたあと、宿に帰って二両を持ってくる。宿はその先の木兵衛店で、おれの名は新太郎だ。

毎朝、四ツには八幡宮大鳥居下で客待ちを始める深川駕籠だ。土地の者ならだれでもおれたちを知っている。

ちょっとの間だけあと払いを呑んでもらうことになるが、いまから二両で貸し切り湯にしてもらおう……新太郎は三助が呑み込めるように、言葉を区切りながら話した。

「ふざけんじゃねえ、くそったれ駕籠舁き野郎！」

三助は自分の足元に唾を吐いた。

「ご大層な啖呵を切ってくれたがよう。ゼニを見せてから言いてえことを言いねえ」

三助の両目が、いやらしい光を帯びてゆるんでいる。新太郎を思いきりさげすんでいる目つきだった。

「この場に持ち合わせがねえから、あと払いの貸し切り湯なんざ、きんたま二両ぶら下げた男が言うことじゃねえ」

土下座して詫びるなら、この場のやり取りはチャラにしてもいい。

それが嫌なら、木兵衛店まで飛んで帰って、先に二両を持ってこい。

新太郎が口を閉じているのをいいことに、三助は言いたい放題吠えまくった。

「この場の成り行きで、ついつい出任《でまか》せを言っちまったと詫びるなら、おれも四の五の言わずに……」

三助は屋根を見上げた。強い雨が屋根を叩いて降り続いていた。

「この雨に免じて水に流すぜ」

三助は自分で口にした「雨に免じて水に流す」の言い回しに酔っていた。

「おめえさんの言い分も、もっともだ」

新太郎は静かな目で三助を見た。

「ひとっ走り、宿までけえってゼニを持ってくる」

四半刻もかからない。その間はこどもたちのために湯を熱くするなと、三助に五寸釘をさした。

まさか新太郎がゼニを取りに帰ると言い出すとは、考えてもいなかったらしい。

不意打ちを食らった顔で、三助はつかの間黙った。が、すぐに気を取り直した。

「四半刻なんぞ、長すぎて待てねえ」

三助の目が、また嫌な光り方をした。

「隠居は気が短《みじけ》えんだ。いまからおれが三百を数え終わるまでにけえってきねえ」

それを過ぎたら、茂三とくるみがなにを言おうが、おれが釜に廃材を投げ込むと言い放った。

「ひとおつ……ふたあつ……」

新太郎の返答も聞かずに、三助は数を数え始めた。

新太郎は合羽も羽織らず、走り出そうとした。

「待て、新太郎」

尚平が新太郎を引き留めた。

三助も数えるのをやめて、尚平に目を移した。

「相肩を引き留めるてえのは、なにかおめえさんに思案があるのか？」

「ある」

短く答えた尚平は、着ている木綿《もめん》の襟元をほぐし始めた。

いったいなにが起き始めたのか？

かわやの陰から出た吉五郎は、足音を忍ばせて近寄った。

三助・茂三・くるみ。

さらには新太郎まで、尚平がなにを始めようとしているのかが分からず、手元に見入っていた。

近寄る吉五郎に気づいた者は、尚平を含めてひとりもいなかった。

襟元の縫い目をほどいた尚平は、雨空の下でも黄金色に光っている八枚の金貨を取り出した。

一枚が四分の一両相当の一分金である。八枚合わせて、都合二両だ。

「おめさにこれを預けるだ」

尚平は八枚の一分金を、くるみの手のひらに握らせた。

「文句ば垂れてる隠居だけ追い出したら、あとの客はそのままでいいだ」

いますぐ貸し切り湯にしねえ。

尚平が江戸弁で歯切れよく言い切った。

雨粒が尚平の啖呵に音を添えた。

二十八

「すごいなあ、あにさんって」

くるみの両目が輝いている。雨降りの釜焚き場でも、くるみが尚平に向けた目の輝き方ははっきりと分かった。

くるみの小さな手のひらには、まだ一分金八枚が載ったままだ。

「そんな目はよしてくれ」

尚平はきまりわるそうな顔を、くるみに向けた。

「おら、娘っこからそんな目で見られることには慣れてねっから」

無理に笑顔を拵えた尚平は、くるみにぺこりとあたまを下げるとわきから離れた。

一分金八枚を、くるみの返事も聞かずに預けたのだ。下げたあたまは、そのことへの詫びだったのだろう。

くるみから離れた尚平は、新太郎のわきに移った。

大柄な男ふたりが並んで立っていた。ともに六尺近い背丈で、肩の高さが揃っている。

しかし表情はまるっきり違っていた。

尚平は晴れ晴れとした顔で、三助を見詰めていた。

いまだ三助は動こうとしてはいなかったが、尚平にはもう催促《さいそく》をする気はなさそうだった。

新太郎は言葉をなくしたような顔つきである。両目はともに大きく見開かれてはいるが、相肩を見るわけでもなかった。

尚平とふたりで、新太郎は幾つも修羅場をくぐってきた。

「おめえがなにを考えているかは、おめえの息遣いだけでおれには分かるぜ」

尚平がいま、どんなことを考えているのか。気性のすべてを、新太郎は知り尽くしている気でいた。

ところが尚平にはまだ、底知れない部分が残っていた。それを目《ま》の当たりにした新太郎は、相肩になにを言えばいいのか、言葉を失ったような顔つきだった。

ふううう……。

大きな音とともに、新太郎がため息をついた。尚平のふところの深さに、とことん感心したらしい。

襟元に縫い付けていた一分金八枚の大金を、尚平は惜しげもなく新太郎のために取り出した。相肩を思う深い気持ちを感じ取った新太郎は、ため息をつくほかなかったのだろう。

大きなため息を感じた尚平は、三助を見詰めていた目を新太郎に戻した。

「どうした新太郎、そっただ顔して」

問いかけた尚平の物言いは、いつもの浜言葉に戻っていた。

「ありがとよ」

小声で尚平に礼を告げた新太郎は、三助に近寄った。

「おれのでえじな相肩が、貸し切り賃の都合をつけた」

新太郎はくるみに目を向けた。

大きくうなずいたくるみは、一分金八枚を握り締めて新太郎のわきに移ってきた。

三助は新太郎を見上げた。が、口を開こうとはしない。

はあ、はあ。

返事の代わりに、荒い息遣いを続けた。

新太郎は素早い動きで三助の右腕を摑んだ。

いやいやをするかのように、三助は新太郎の手を振り払おうとした。

しかし三助と新太郎では、力の差があり過ぎた。新太郎は右腕を摑んだ自分の手に力をこめた。

ぐわっ。

痛さに顔を歪めて声を漏らした三助は、手のひらを一杯に開いた。

新太郎はくるみに目で合図をした。

「がってんだあ」

声を弾ませたくるみは、大きく開かれた三助の手のひらに八枚の一分金を載せた。

「でえじな貸し切り賃だ。一枚も落とさねえように、しっかりと握りねえ」

腕を摑んだまま、三助に言い聞かせた。

逆らうとさらに痛い目に遭うと分かっているのだろう。三助は素直に金貨を手のひらに包み込んだ。

「聞き分けがいいじゃねえか」

三助の腕から新太郎は手を離した。

やり取りが終わるのを待っていたかのように、物陰から吉五郎が姿をあらわした。

三助・茂三・くるみの三人には、もちろん吉五郎がだれだか分かっている。

不意にあらわれたあるじを見て、奉公人三人とも息を詰まらせて驚いた。

三助たちには目を向けず、吉五郎は尚平と新太郎を順に見た。

「うちの者が、とんだ不作法をしでかしたようで」

勘弁してくださいと、吉五郎が駕籠舁きふたりにあたまを下げた。

バラバラバラッ。

屋根を打つ雨音も、吉五郎と一緒に詫びているかのような音を立てていた。

二十九

「今日は端午の節句だ。こちらのにいさんがたが言われた通りで、こどものための菖蒲湯をたてている」

吉五郎は強い目を三助に向けた。

「もしもご隠居がこのうえまだぬるいと騒ぐようなら、湯銭を返して引き取ってもらいなさい」

　それでもおさまりがつかなければ、わたしが出向いてもいい……きつい物言いで、吉五郎は三助に言い渡した。

　湯殿のやっかいごとを収めるのは、三助の役目だ。たかが隠居ひとりに振り回されて三助がつとまるのかと、吉五郎の強い目がたしなめていた。

「分かりやした」

　不承不承の顔で、三助は湯殿につながる潜り戸を開いた。

「あれを引っ張り出してもらおうか」

　三助が戻って行ったのを見極めてから、吉五郎はくるみに言いつけた。

「はあい」

　明るい声で返事をしたくるみは、釜焚き場の隅へと駆けた。

　廃材が焼け落ちて、釜からゴトンと大きな音がした。

「わしは釜番に戻りやす」

　吉五郎に断わりを言った茂三は、釜に向かう前に尚平と新太郎にあたまを下げた。

　今日の茂三は駕籠舁きふたりから、立て続けに大きな男気を示された。

　下げたあたまの深さに、茂三の思いがあらわれていた。

尚平と新太郎も会釈を返した。

屋根を打つ雨音がひときわ大きくなった。

吉五郎・新太郎・尚平の三人が同時に釜焚き場の屋根を見上げたとき。

「仕度ができましたあ」

くるみが手招きをした。

釜焚き場の一角に、くるみの手で杉板の卓と腰掛けがしつらえられていた。

八幡湯は夜明けの明け六ツから、陽が落ちたあとの五ツ（午後八時）までが商いである。その間、七刻（十四時間）も釜は焚きっぱなしとなる。

朝昼晩三度の飯も、四ツと八ツの休みも、茂三とくるみは釜焚き場から動けない。

釜の火は燃え続けているからだ。

飯どきも休みも、ふたりは釜焚き場の隅で過ごした。しつらえた杉板の卓と腰掛けは、茂三とくるみが飯や茶呑みに使っていた。

卓は充分に広いが、腰掛けは二脚しかない。吉五郎は尚平と新太郎に腰掛けを強く勧め、自分は杉の切り株に腰をおろした。

勢いよく釜が焚かれているだけに、茶を呑むための湯は使い放題である。

くるみは慣れた動きで、三人に茶を運んできた。

所詮《しょせん》は釜焚き場でいれる茶である。落としても割れないような分厚い湯呑みに、安物の番茶が注がれていた。

しかしくるみは気持ちをこめていれたのだ。立ち昇る湯気までが美味そうだった。

「とってもうめえ茶だ、あんたがいれてくれたのか？」

「はい」

新太郎を見るくるみが顔を崩した。

「確かにうまい。二階のばあさんに、おせえてやってほしいぐらいだ」

吉五郎も正味で番茶のうまさを褒めた。

八幡湯の二階には休み処が設《もう》けられている。茶菓に酒、おでんを商っており、六十のおきちが店をひとりで切り盛りしていた。

ばあさんにおせえてほしい。

吉五郎が口にしたのは、最上の褒め言葉だ。

くるみは吉五郎に深くあたまを下げて、その場を離れた。

湯呑みを卓に戻した吉五郎は、等分に駕籠舁きふたりを見た。

「おたくさんらに言われた通り、菖蒲湯はこどものためにたてた湯だ」

三助まかせにして、湯殿のやり取りに気づかなかった……吉五郎はまっすぐな言葉で不明を詫びた。

「せっかく花椿さんに納めてもらった菖蒲を、うっかり無駄にするところだった」

吉五郎の言葉に、新太郎の表情が動いた。

釜がゴトンッと鳴いた。

屋根がバラバラと大きな音を立てた。

三十

もうひと口すった吉五郎は、湯呑みを卓に置いて新太郎を見た。

「あんたがたの気《き》っ風《ぷ》のよさには、心底、あたまが下がる思いだ」

吉五郎は上体を新太郎のほうに乗り出した。手のひらには、くるみから受け取った一分金八枚が握られていた。

「いまごろうちの三助は湯殿に戻って、隠居にわけを話している」

今日の湯はぬるめに保つことに決めたから、もはや貸し切り湯にする必要はなくなったと、吉五郎は新太郎に告げた。

「ついては新太郎さん、この二両も使わなくて済むという次第だ。ぜひともこれは、あんたに受け取ってもらいたい」

吉五郎は八枚の一分金を、新太郎に向けて差し出した。

「そいつあ勘弁してくんなせえ」

新太郎は身体を後ろに退《ひ》いて拒んだ。

「一度出したゼニだ、その八枚はもうあっしらのもんじゃねえ」

そんなことをしたら、口のわるい連中になにを言われるか分かったもんじゃねえ
……新太郎は強い口調で受け取りを拒んだ。

吉五郎は尚平に目を移した。

「新太郎の言う通りだ。それはもう、おらたちのカネではねえだ」

尚平にも一分金八枚を受け取る気など、毛頭《もうとう》なさそうだった。

ふうっ。

大きなため息をついた吉五郎は、あらためて新太郎に目を合わせた。

「いや、その言い分はもっともだ」

もしも自分が同じことをされたら、きっと受け取りを拒むだろう……言いおいてから、穏やかな目を新太郎に向けた。

「ひとつ、この場で思いついたことだが」

手のひらの一分金八枚を卓に置いたあと、湯呑みの茶をひと口すすって吉五郎は話を続けた。

「この一分金を一枚だけ、ありがたく頂戴させてもらう」

吉五郎は湯呑みを卓に戻すと、並べてあった八枚のうち、一枚を摘《つま》んだ。

「今日の相場なら、一分でゼニは一貫文になる。この一分金を頂戴すれば、菖蒲湯を楽しみにこのあとこどもが何人こようが、湯銭はただにできる」

こどもの湯銭をただにするだけではないと、吉五郎は思いつきの先を続けた。

「すぐに柏餅《かしわもち》を用意させて、こどもたち全員に柏餅を二個ずつ振る舞わせてもらおう」

くるみを呼び寄せた吉五郎は、大和町《やまとちょう》の菓子屋からありったけの柏餅を買ってくるようにと言いつけた。

「がってんだあ」

声を弾ませたくるみは、雨具もつけずに駆けだした。

そのくるみを吉五郎は呼び止めた。

「あちらが入用の数は決まっているはずだ。その分は残しておいてくれて結構だと、しっかり伝えなさい」

吉五郎の言いつけにうなずいてから、くるみは雨のなかに飛び出した。

大和町の菓子屋までなら、八幡湯からおよそ二町（約二百十八メートル）だ。くるみの駆け足なら、わけなく行き着けるだろう。

「つい昨日、菓子屋の職人が言ってたことだが、今年は節句の前夜から当日の朝まで、夜通しで柏餅を拵えるそうだ」

大和町は深川の色里である。遊郭の女郎たちは、端午の節句の柏餅を楽しみにしていた。

いつもは滅多なことでは口にしない甘い物だが、柏餅に限っては在所のこども時分を思い出して味わうらしい。

端午の節句は男児の祝いだが、柏餅は女児も楽しみにしていた。

吉五郎が言った入用の分とは、女郎を思い浮かべてのことである。

それを取り除いても、二百個は買い入れることができると吉五郎は胸算用していた。

柏餅一個は、裏店のこどもでも買えるように四文が相場だ。二百個買い入れても、八百文で足りる勘定《かんじょう》だ。

「湯銭と柏餅代に使わせてもらうが、もしも足を出したら、それはうちの奢《おご》りにさせてもらいたい」

少しは八幡湯にもいい顔をさせてくれと、吉五郎は笑いかけた。

「よろしく頼みます」

新太郎は逆らわず、吉五郎の言い分を受けいれた。

「ありがたい」

吉五郎が礼を言うと、尚平が割って入った。

「旦那に礼を言ってもらうのは筋違いだ」

新太郎は大きくうなずき、急ぎ立ち上がるとふたり揃ってあたまを下げた。

吉五郎も立ち上がり、一分金七枚を新太郎に返した。

互いにほころんだ顔を見交わしているところに、くるみが息を切らせて戻ってきた。

「百八十五個しかないけど、すぐに納めにくるそうです」

くるみがほころばせた顔から、雨粒が滑り落ちた。

三十一

五月六日も朝から雨だった。

小雨にまとわりつかれて、音が鈍い響き方になっている。

ゴオオーーン……。

尚平の背後から聞こえてきたのは、永代寺が撞いている四ツの鐘だ。

尚平はひとりで永代橋を西に向かって渡りながら、鐘の響きを聞いていた。

四ツの鐘は本来ならば、新太郎と尚平の仕事始めの合図だ。

しかし今朝もまた、仕事を休んでいた。

幾日も続けて駕籠舁きを休むのは、いままでになかったことだ。しかも今日の仕事休みは、尚平が新太郎に頼んだことだった。

新太郎との今朝のやり取りを思い返しながら、尚平は橋を渡っていた。

「おれはいいが、これくらいの雨でおめえが休みてえと言うのは、いままでになかったことだぜ」

なぜ休みたいのかと、新太郎は問うた。

滅多なことで、尚平は休みたいなどとは言わない。そのことをだれよりも、相肩の新太郎は分かっていた。

言うはずもない尚平が、休ませてくれと頼んだのだ。わけを問うた新太郎は、正味で尚平を案じていた。

「身体はなんともねっから」

強い口調で言ったあと、尚平は顔つきを引き締めた。

「ちっとばかり、わけがあるだ」

尚平の物言いも顔つきも、ただごとではなかったのだろう。

「分かった」

短く答えただけで、新太郎はそれ以上のわけを問い質《ただ》そうとはしなかった。

聞かせられるわけなら、尚平はかならずそれを新太郎には明かす男だ。なにも言わないのは、なにも言えないからだ。

そう察した新太郎は、余計な問い質しをせずに尚平の頼みを聞き入れた。

「用が済み次第に、けえってくるだ」

昼飯の仕度は外に出たついでに、なにか買ってくるからと新太郎に告げた。

「ああ」

新太郎の返事は素っ気なかった。

余計な問いかけはしなかったが、胸の内では得心していない。

新太郎の気持ちが短い返事に出ていた。

土壁に向かって横になり尚平には背を向けている新太郎に、軽い会釈をしてから土間を出た。

思いのほか雨が強いらしい。番傘を開くと、バラバラッと小気味よい音がした。

尚平は傘を見上げた。

合羽を別誂えしたとき、新太郎は併せて番傘も二本、吉羽屋に注文した。

ところが手代は傘の注文を聞くなり、渋い顔を拵えた。

「てまえどもでは蛇の目のお誂えなら、なんなりとうけたまわりますが、番傘とは……」

手代は引き受けるのを喜ばなかった。

「蛇の目ばかりが傘じゃねえだろう」

手代の所作が癇《かん》に障《さわ》った新太郎は、声の調子を変えた。

「江戸で並ぶ者なしと言われる、日本橋室町の吉羽屋さんじゃねえか」

新太郎は吉羽屋さんに力をこめた。大声ではないが、怒りの詰まった新太郎の声は周りの客を驚かせたらしい。

多くの目が、手代と新太郎のやり取りに集まった。

「吉羽屋さんが誂えたら、ただの番傘もここまでのモノが仕上がるてえところを見せてくんねえな」

費えにあれこれは言わない。極上の番傘二本を仕上げてくれと、新太郎は迫った。別誂えの合羽だけでも、相当額の買い物となっていた。それに加えての番傘注文である。

頬を膨らませていた手代のわきに、年を重ねた古参の手代が出張ってきた。

「てまえどもを見込んでくだすってのお誂え、まことにありがたく存じます」

飛び切り腕の立つ職人に、きちんと拵えさせますと年長の手代は請け合った。

費えに限りはつけないと新太郎が言ったことを、その手代は律儀に聞き入れた。

極上の蛇の目でも、一本せいぜい二朱《しゅ》（五百文）止まりである。

ところが吉羽屋が誂えた番傘は、なんと一分（千文）の高値だった。

新太郎はおのれの口に毒づいたものだったが、さすがは吉羽屋である。

バラバラバラッ。

一本一分の番傘は、雨に打たれたときの音は、安値の品とはまるで違っていた。

傘を叩く雨音はすこぶる心地よい。

しかし新太郎にわけを話さぬまま宿を出た尚平は、胸焼けするような思いで歩いた。

傘の響きがいいだけに、足駄《あしだ》を踏み出す一歩の重さが際立った。

永代橋の中ほどまで歩いたいまでも、まだ尚平の歩みは重たかった。

手には吉羽屋の番傘を持っており、歯の高さが二寸の足駄を履いていた。

もともとが六尺豊かな尚平である。二寸の足駄を履いているいまは、橋を行き交う人波のなかで番傘が突き抜けて高く見えた。

傘を叩く雨音の響きがいいのは、周りにも聞こえているらしい。尚平のわきをすり抜けて前に出た職人が、わざわざ傘を見るために振り返った。

永代橋を真ん中まで進めば、大川の上手に新大橋《しんおおはし》が見える。雨に煙ってはいるが、橋の形は見えた。

永代橋から新大橋を見るのが、尚平には好みの眺めである。しかしそれは、おゆきの受け売りだった。

「雨の日にこのあたりに立って、大川の上手を見るのが大好きなのよ。ぼんやり雨にかすんで見える新大橋が、とってもきれいだから」

おゆきのつぶやいたことが、尚平のあたまにしっかりと刻みつけられていた。

真ん中あたりに立ち止まった尚平は、行き交う者の邪魔にならないように欄干に寄りかかった。

少しだけ、おゆきに思いを馳《は》せた。

しかしおゆきへの思いをすぐに押しのけたのは、新太郎に隠しごとをしている心地わるさだった。

わけも言わずに宿を出たのは、わけが言えなかったからだ。

尚平は昨日、夕餉《ゆうげ》の仕度を買いに出たとき、仲町の辻で一ツ橋の浩蔵配下の若い者に出くわした。

浩蔵からの言伝を伝えにきたのだ。

尚平がひとりで宿から出てくるのを、若い者はじっと待っていたらしい。

「明日の昼ごろに、うちらの宿まで出張ってきてくだせえと言付かってきやした」

「分かりましただ」

往来の端で立ち話をしたあと、尚平はていねいにあたまを下げた。

心付けを握らせるのは、目の前の若い者に対して無礼であった。尚平とこの若い者は同格なのだ。

礼の気持ちを伝える手立ては、深い辞儀に限られた。

「それじゃあ明日、宿でお待ち申し上げておりやす」

尚平の辞儀を受け入れた若い者は、仲町の辻を軽い足取りで渡って行った。

浩蔵の呼び出しは、花椿の女将のことを調べ上げたからである。

尚平が浩蔵に話をしたのは、五月四日だった。わずか二日で、浩蔵は女将のことを調べ上げてくれたのだ。

どれほどの腕利きの聞き込み屋を動かしたのか、尚平には察しようもなかった。

はっきりしているのはひとつだけだ。

五月六日も、駕籠舁きは休みにするということである。

新太郎と尚平の稼業をわきまえたうえで、浩蔵は六日の昼ごろに来いと言っていた。

もちろん尚平ひとりで、である。

思いっきりひとを動かして、浩蔵は聞き込みを成し遂げてくれたのだ。たとえ立て続けに駕籠舁きを休むことになろうとも、六日の昼には出張るしかなかった。

ゆえに尚平は新太郎にわけも告げず、ひとりで雨の永代橋を渡っていたのだ。

おめにはいい話に決まってるだ。

尚平は我知らぬまま、大きな声でつぶやいていた。

足駄を履いた六尺男が、大川を見詰めてひとりごとをつぶやいた。

わきを通りかかった手代風の若者が、足を止めて尚平の後ろ姿を見上げた。

待ってるだ、新太郎。

尚平はこれも大声でつぶやいた。

足を止めていた手代は、かかわりあいになりたくないと思ったのだろう。ひとをかき分けるようにして、尚平から離れた。

雨脚が強くなっていた。番傘を叩く音が、ひときわ大きくなっている。

バラバラバラッ。

気持ちの収まりがついた尚平は、さしている番傘を見上げた。

音の心地よさを、初めて満喫したような顔つきである。

さあ、行くだ。

自分に気合を入れて、尚平は足駄を踏み出した。

軽やかな雨音が、尚平を後押ししていた。

三十二

顔を出すようにと親方から言付かってきやした……若い者が伝えてきた浩蔵の言伝には、何刻までにの、刻の決めがなかった。

駕籠舁きは身体の内に土圭が詰まっていた。陽の高さを見るまでもなく、身体が刻の見当をつけた。

しかしこの数日、尚平は仕事休みを続けていた。しかも今日は、新太郎に隠れて一ツ橋の浩蔵を訪れているのだ。

さまざまなことが重なり合って、尚平にのしかかっていた。それゆえ尚平はいまが何時なのか、確かな刻の見当もつけずに一ツ橋の浩蔵の宿に向かおうとしていた。

一ツ橋のたもとから浩蔵の宿までは、およそ十町（約一・一キロ）だ。小雨のなかを行く尚平が、ゆるい歩みで足駄の一歩を踏み出したとき。

ゴオオオンーーー。

長い韻《いん》を引くことで知られた本石町《ほんこくちょう》の時の鐘が、正午を撞き始めた。

うむ？

鐘を聞いた尚平は、一瞬、いぶかしげな顔になった。が、すぐさま刻に得心したあとは、めずらしく慌てたような顔つきを拵えた。

木兵衛店を出たあとで永代橋を渡り始めたとき、四ツを告げる鐘を尚平は聞いていた。

永代橋から一ツ橋までの道のりを、駕籠舁きの尚平にしてはうかつなことに、一刻も費やして歩いていた。

正午の捨て鐘を聞くまで、尚平はそのことに気づいていなかった。

新太郎に黙ったまま浩蔵の宿に向かう後ろめたさが、尚平の気持ちに重たくのしかかっていたということだ。

とはいえ尚平は、のろい歩きを続けてきたわけではない。むしろ逆で、足駄の歯で水溜まりを蹴散らしながら、雨中を早足で進んでいた。

それでいながら永代橋から一ツ橋まで一刻もかかったのは、途中で大きく回り道をしていたからだ。

永代橋の中ほどで、尚平は立ち止まった。が、雨に煙る新大橋をつかの間見ただけで、歩みを戻して永代橋を渡りきった。

豊海橋《とよみばし》に差し掛かったとき、前を行く花屋の手代らしきふたりのやり取りが、尚平に聞こえた。

『門前仲町のぎわや』

ふたりが羽織っている半纏の背には、仲町の花屋の屋号が染め抜かれていた。

「花椿の女将が、この数日臥《ふ》せっているそうじゃないか」

「女将の目利きのよさが、花椿の売り物だからねえ。店先に立たずに臥せっているのは大層痛手だろうよ」

「まっ、あすことは付き合いのないうちには、女将がどうだろうが障りはないがね」

尚平は夜目も遠目も利くが、耳のよさにも新太郎は正味で舌を巻いていた。その耳が、手代たちの交わすうわさを捉えた。

花椿の女将が臥せっているだと？

耳にしたことを聞き流しにできないと思った。新太郎が懸想をしている相手なのだ。

浩蔵親方から答えを聞かされる前に、花椿の様子だけでも確かめておくべ。

尚平は大きく回り道をして、花椿の店先に向かった。

江戸でも名の通った生花問屋である。花椿前の往来は、大型の荷車が何列にも重なって停《と》められるように、五間（約九メートル）の道幅があった。

尚平は通りの反対側に立ち、花椿の商いぶりに目を走らせた。

夜明けから降り続く雨のなかでも、多くの荷車が店先に停められている。

往来に張り出したひさしの下には、大小二十を数える桶が並べられていた。

茎の長い花もあれば、茎と花とがくっついているものもある。

色鮮やかな折り紙を思わせるような、派手な色味の大きな花。

不祝儀に使うような、物静かな白い花。

店のひさし下に並べられた桶には、尚平が初めて目にする花が一杯に詰まっていた。

仕入れ客と花椿の手代とは、これも尚平が耳にしたことのない符丁《ふちょう》と手の動きで商談を重ねていた。

花椿の手代は、濃紺無地のお仕着《しき》せに、黄金色の帯を締めている。商う花が色鮮やかなだけに、無地のお仕着せと帯の色比べがひときわ目立っていた。

花には素人の尚平だが、商いが達者に運んでいることには察しがついた。

よかった、店は平気でねっか。

安堵して店先を離れようとしたとき、店の軒下から射るような目が我が身に突き刺さってくるのを尚平は感じた。

が、その方向を見ることを尚平はしなかった。視線には強い敵意がこもっているのを感じたからだ。

力士時代、尚平は取組相手から何度もこれと同じ感じの視線を投げつけられていた。

そんな目をぶつけてきた者は、ひとりの例外もなく立ち合いに注文をつけてきた。まともにぶつかり合おうとはせず、左右に飛んで尚平の出足をいなそうとした。

尚平は慌てず、腰を落として相手を追った。そしてまわしを摑むなり、得意の上手投げで仕留めた。

軒下から嫌な視線を投げつけてきているのは、花椿の手代と思われた。しかし尚平には、そんな目の光を浴びせられる心当たりはまるでなかった。

ゆえに目の光を感じても、その方向には一瞥《いちべつ》もくれず、花椿の店先から離れた。

一ツ橋に向かう道々、先刻の敵意に満ちた目の光がなんだったのかと思いを巡らせた。

なにひとつ思い当たることはないまま、一ツ橋のたもとに行き着いた。

そこで正午を告げる捨て鐘を聞いたのだ。

ひとの宿を訪れるとき、昼夕の飯時にかかるのは不作法だと尚平はわきまえていた。

永代橋は四ツ過ぎに渡り終えた。いつもの尚平なら、遅くとも四ツ半には一ツ橋に行き着いただろう。

回り道をしたうえに、あれこれ考え事をしながら歩いてきた。しかも新太郎に対する後ろめたさまで加わり、雨空である。

浩蔵からの呼び出しの用向きは、尚平にはもちろん分かっていた。

新太郎の恋煩いにかかわる聞き込みの答えが出たことにほかならない。

頼み事の返事を聞かせてもらいに行くというのに、昼飯どきに出向くとは。

尚平は一度、歩みを止めた。

この近所で暇潰《ひまつぶ》しでも食らって、九ツ半（午後一時）さ過ぎてから顔を出すべさ。

そう考えてはみたものの、すぐに思い直して歩みを元に戻した。

一刻でも早く顔を出すのが浩蔵に対する礼儀だと、考え直したからだ。

時分どきに訪れる不作法は詫びればいい。

とにかく早く顔を出すことだと思い定めた尚平は、大股で歩き始めた。

たっぷりの雨を吸い込んだ地べたは、尚平が足駄で強く踏んでも音は立たなかった。

三十三

尚平が迎え入れられたのは、帳場奥の客間だった。

てきやはモノ以上に威勢と見栄を売る稼業である。浩蔵が普請させた客間には『一ツ橋の浩蔵』という男の人となりが、くっきりとあらわれていた。

客間は二十坪の庭に面した十畳間で、濡れ縁《えん》が設けられていた。

庭と客間との仕切りは障子戸である。戸は枠も桟も堅い樫《かし》を使っていた。

障子紙は純白で厚手の美濃紙《みのがみ》だ。

見た目の派手さとは縁のない素っ気ない拵えの障子戸だ。樫で拵えた枠に美濃紙を張った障子戸は、ひとりで持つのが難儀なほどに重たかった。

しかし浩蔵は戸の滑りをよくするために、若い者に言いつけて、毎日、敷居には蠟《ろう》をくれていた。

床の間の軸は絵ではなく書である。

『登龍門』の三文字が軸一杯に書かれており、隅には李白《りはく》の花押《かおう》があった。

「樫の骨に美濃紙を張った障子戸とは、並の器量ではおへんおひとですなあ」

浩蔵の人柄に惚れた京の道具屋が、この客間で向き合ったときに差し出した軸である。

唐土《もろこし》から渡来した軸だと道具屋は由緒を話し、箱まで差し出した。

「一ツ橋はんこそ、この登龍門のいわれにかなう親方はんですわ」

道具屋は一両のカネも受け取らず、いまに至るも何の見返りも求めずのままである。

その軸の前で、浩蔵は尚平と向き合った。

「勝手ながら、昼飯を仕度させてもらった。話を始める前に、これで腹ごしらえをしてもらいたい」

尚平が出張ってくるのは、昼の時分どきにかかると浩蔵は判じたようだ。ふたりの大好物、うな重を昼飯に用意していた。

「土産に持ち帰れるように、新太郎さんの分も誂えてある。あんたには相肩を案ずることなしに、存分に食ってもらおう」

浩蔵の行き届いた気遣いに、尚平は深くあたまを下げた。が、尚平は箸をつけようとはしなかった。

「今日は新太郎に黙ったまま出張ってきて、気持ちがひどく重たいですだ」

このうえ新太郎に黙ってうな重を食べたりしたら、とても尋常ではいられなくなる。

「せっかくのうな重ですが、ふたつとも持ち帰って新太郎と一緒に食わせてくだせ」

あぐらの膝に両手を載せた形で、尚平はもう一度あたまを下げた。

「あんたらしいな」

浩蔵の両目がゆるんだ。

尚平がひとりでうな重に箸をつけるとは、勧めはしたものの浩蔵はまったく考えていなかったらしい。

「やっこ」

若い者を呼び寄せると、ふたり分のうな重を尚平が持ち帰れるよう包めと指図をした。

うな重を下げた者と入れ替わりに、別の若い者が茶菓を運んできた。

湯気の立つ焙《ほう》じ茶《ちゃ》に口をつけてから、浩蔵は耳が調べ上げた話を聞かせ始めた。

「この話が吉報だといいんだが」

浩蔵は湯呑みを膝元に戻した。

「花椿の女将も、あの日以来、ぼんやりしているという話だ」

浩蔵が使った耳はわずか二日で、花椿の仔細を残らず聞き出していた。

「女将の名はそめ乃《の》さんという。花椿の長女で、歳は今年で二十八だ」

もう一度湯呑みを手にした浩蔵は、音を立てずに焙じ茶をすすった。


そめ乃は花椿の五代目当主である。花椿は代々、女将が当主を務めていた。

女将の座を世襲しても、名前は継がないのが花椿の伝統である。当代が誕生時の名をそのまま名乗って女将を務めていた。

そめ乃は今年で二十八歳。母親（大女将）は存命だが、四年前に体調を崩したときに隠居した。

その後は一切商い向きのことへの口出しは控えていた。

そめ乃には妹がふたりいるが、すでに両名とも嫁いでいた。

商いの才覚にも、見た目の器量にも恵まれたそめ乃には、婿を亡くした後でも、二十を超える縁談が持ち込まれていた。

「跡継ぎを授けてくれるだけの、種馬のような殿方に添い遂げる気はありません」

これを言い続けて、すでに四年が過ぎていた。三十路《みそじ》が迫ってきた近頃は、さすがに婿取りを本気になって思案しているようでもあったのだが。

「新太郎さんと出会った日以来、女将はぼんやりして、瞳が定まっていないことが多いそうだ」

かつて一度もなかったそめ乃の様子を見て、奉公人たちは大いに女将の身を案じていた。

ことによると、新太郎同様に恋煩いかもしれないと、浩蔵は目の光を強めた。

「端午の節句も過ぎたというのに、女将はいまもきわものの菖蒲を仕入れ続けているというんだ」

その謎が解けるのは、新太郎さんしかいないのではないか？

浩蔵は本気で、新太郎とそめ乃が互いに懸想しあっていると思っているようだ。

菖蒲を確かめて帰るだ。

尚平は胸の内でそう決めた。

庭石を叩く雨の音が強くなっていた。

三十四

花椿の女将がぼんやりしている……。

海賊橋に向かう道々、尚平は浩蔵から聞かされた言葉を何度も思い浮かべた。

おゆきとのことでは、尚平は新太郎が呆れるほどに晩稲《おくて》だった。

「そんなことにも気づかねえで、ようこそおゆきさんがついてきてくれるもんだ。よっぽどおめえに惚れちまったんだなあ、気の毒に」

女心に気が回らぬにぶさゆえ、尚平は新太郎から何度も小言《こごと》を食らっていたが……。

そんな尚平でも、ことが相肩の恋路となれば、道理がよく見えた。

駕籠に乗ったあの日からずっと、女将はぼんやりしたり、臥せったりしている。

しかも時季外れを承知で、いまも菖蒲の株を仕入れている……。

岡目八目《おかめはちもく》という。

そめ乃さんも新太郎と同じで、恋煩いの真っ直中にいるに決まっている。

そう思うと嬉しくて、尚平の足取りは軽くなった。

浩蔵が用意してくれたうな重ふたつは、尚平が左手に提げていた。浩蔵は重箱まで込みで、手土産にしてくれていた。

てきやが高町で商う品物を包んで運ぶ大ぶりの木綿風呂敷に、うな重ふたつが包まれていた。

軽い足取りの尚平が風呂敷を揺らして歩いても、ほどける気遣いは皆無である。てきやの若い衆は、風呂敷の包み方の稽古を毎日重ねていた。

雨をついて花椿へと向かっているうちに、尚平はひとつの思案を思いついた。

一ツ橋に向かう前に見た花椿の桶には、通りを隔てた遠目にも分かる、見事な菖蒲の葉がつかっていた。

花椿で菖蒲をひと株買い求めようと、尚平は思いついたのだ。

菖蒲湯に使う葉と根は、強い香りを放っているに違いない。それを宿まで持ち帰り、新太郎にことの顚末を話してやろう。

顚末を聞かせて、新太郎を楽にしてやりたかった。

浩蔵さんが耳を使って聞き込んでくれたことを、すべて新太郎に話してもいいと許しを得ていた。

「花椿の女将と新太郎さんとは、互いに相手を想い合っているということだ」

ふたりの古風なあり方を、浩蔵はことさら喜んでいた。

長らく続いた田沼《たぬま》政治は、ひとから慎《つつ》ましさを取り去ってしまった。

カネで買えないものはないと豪語する商人が、江戸の随所《ずいしょ》で大きな顔をしていた。

商人に限ったことではない。本来はつましい暮らしを知っているはずの職人までが、カネをカネをと際限なく欲しがる時代だ。

万事がカネでお手軽に運ぶ近頃にあって、恋煩いで臥せっているふたりがいた。

芝居の本に仕立てたくなるようないい話だと、浩蔵は手放しで喜んだ。

「新太郎さんを團十郎《だんじゅうろう》、そめ乃さんを菊之丞《きくのじょう》が演じれば、大当たり間違いなしだ」

よほどにふたりの恋煩いが、浩蔵の琴線《きんせん》を刺激したらしい。

「いまどき、世にふたりといない新太郎さんに食ってもらうような重だ。重箱がずれないように、しっかりと包むんだ」

若い者が驚き顔を見せたほどに、浩蔵は饒舌《じょうぜつ》だった。

尚平も浩蔵と同じ思いを抱いていた。

菖蒲の香りを嗅がせながら、そめ乃の様子を新太郎に聞かせる……。

その場を思い描くと、尚平の歩みがさらに速くなった。勢いよく踏み出した足駄の歯が、小石を蹴飛ばした。

「すまねえがにいさん、菖蒲をひと株分けてくんねえな」

花椿の店先に立っている手代に、尚平は江戸弁で語りかけた。

ここ一番の大事な場では、入用とあれば多少のことなら江戸弁で話すことができた。

足駄を履いた大柄な男から、いきなり話しかけられたのだ。しかも花椿の馴染み客ではなかった。

手代が返答に詰まっていたら、土間の奥から清蔵が出張ってきた。

「てまえどもに、なにかご用でもございましょうか？」

手代を押しのけるようにして、清蔵が尚平の前に立った。

「桶につかってる菖蒲を、ひと株分けてもらいてって、そう言っただ」

尚平は在所の訛りに戻して応えた。

「まことにおあいにくさまでございますが、てまえどもは小売りはいたしておりません」

清蔵の唇は薄い。物言いはていねいだが、声音《こわね》の薄情さは隠しようがなかった。

「そっただ、つれねえことさ言わねでよ。ひと株分けてくんねっか」

「お断わりいたします」

清蔵の物言いがさらに凍えをはらんでいた。

「断わるって、どっただことだ」

尚平にしてはめずらしく、声を尖らせた。

「花椿って店は、江戸でも名の通った花屋でながったたか?」

「おっしゃられます通り、てまえどもは花を売るのが生業です」

五尺二寸(約百五十八センチ)の清蔵は、尚平の前に立って見上げた。

「どうしてもお求めになりたいと申されますなら、てまえどもの決まりの数を仕入れていただくことになります」

小売屋に卸すのは、十本からだと清蔵は告げた。

「菖蒲に限らず、あれこれ取り混ぜていただいて十本の数が揃えばそれで結構です」

あんたに十株の菖蒲を買う気はないだろうと、清蔵の口調が言い放っていた。

「分がった、もらうべ」

あっさり呑んだ尚平を見上げる清蔵は、両目を大きく見開いた。

桶には菖蒲の葉が十本つかっていた。どの葉も大きな根つきだが、花はなかった。すでに端午の節句を過ぎたのだ。この時季に、わざわざ花のない菖蒲を買い求める小売店などあろうはずもなかった。

「おたくさまは、まことにお買い上げくださりますので?」

「あんた、くどい男だな」

十株まとめて幾らだと、尚平は声を大きくした。

「ひと株二十文です。十株でしめて二百文を頂戴します」

「ちょっと、これさ持ってろ」

尚平は傘とうな重の風呂敷を清蔵に手渡した。ふたりの間には八寸（約二十四センチ）の背丈の差があった。

しかも尚平は歯の高い足駄を履いていた。

傘を握らされた清蔵は、懸命に爪先立《つまさきだ》ちになって尚平に差し掛けようとした。

しかし左手には風呂敷包みを持たされていた。重箱に詰まったうな重ふたつは、相応に持ち重りがした。

爪先立ちの清蔵は、よろけまいとして歯を食いしばって踏ん張った。

両手のあいた尚平は、ふところから井桁柄《いげたがら》の財布を取り出した。おゆきが縫い上げた手作りの財布である。

尚平は一朱金を取り出した。一両四貫文の両替相場で、一朱は二百五十文だ。

傘を受け取った尚平は、清蔵の手に一朱金を握らせた。相手に金貨を渡してから、うな重の風呂敷も受け取った。

「雨のなかを仲町までけえるんだ」

一朱金で釣り銭はいらない。その代わり、十株を桶につけて売ってくれと清蔵に告げた。

尚平の物言いは、きれいな江戸弁に戻っていた。

三十五

「重箱詰めのうなぎ飯とは、さすがは豪気な浩蔵さんだ」

うなぎに目がない新太郎である。漆《うるし》塗りの重箱に詰められたうな重に夢中で、なぜ尚平がひとりで一ツ橋に出向いたのかを問うことも忘れていた。

いや、忘れているかのように振る舞った。

尚平も訪問したわけは黙っていた。

新太郎から問われたら、嘘はつかずにあらましを話そうと決めていた。しかし相肩を気遣う新太郎は、うな重に夢中のふりを続けて、ひとこともわけを訊かなかった。

「うなぎばかりじゃねえ」

新太郎はうなぎ半身を平らげたところで、尚平の顔を真正面から見詰めた。

「おめえが手早く拵えた、このすまし汁の美味さも格別だぜ」

新太郎は具であしらった三つ葉を箸でつまみ、口に運んだ。すぐには呑み込まず、三つ葉の風味を味わった。

汁を美味いと褒めているのは、決して世辞ではなく正味だと尚平も得心できた。

「おめがそったただ嬉しがったら、出汁《だし》をとった甲斐《かい》があるだ」

さまざまな思いが押し寄せて、尚平の目元がゆるんでいた。


花椿に立ち寄っての帰り道、永代橋を東に渡りながら尚平は新太郎とどんな話をすればいいかと思案していた。

片手は傘をさしていた。雨脚の強さは変わっておらず、バラバラと小気味のいい音を立てて渋紙にぶつかっていた。

傘の柄を摑んだ右手には、風呂敷包みが通されていた。うな重ふたつが包まれた風呂敷包みである。

浩蔵が誂えさせたうなぎは、間違いなく極上の品なのだろう。調理されてから、かれこれ半刻が過ぎようとしていたのに、まだたっぷりと蒲焼きの香りを漂わせていた。

左手には菖蒲の株十株がつかった手桶を提げていた。薄桃色の根と濃い緑色の葉の両方から、菖蒲の香りが放たれていた。

うなぎと菖蒲。ふたつの香りを嗅ぎながら、尚平は思案を続けた。

図らずも今朝は、新太郎に隠し事を抱えて宿を出る羽目になった。

できることなら、どこに出向いたかを言わずに済ませたかった。しかし浩蔵から手土産を託されたことで、ひとりで出かけた先は一ツ橋だったと新太郎に明かさざるを得ない成り行きとなった。

「なんだって、おめえひとりで一ツ橋なんぞに出かけたんでえ？」

もしも新太郎から問い質されたときは、正直に話をしようと決めていた。どうあろうが、新太郎に嘘をつくのは嫌だった。

しかし……。

恋煩いの姿を見かねて浩蔵に相談を持ちかけたと、正直にわけを話したとき、見栄っ張りの新太郎がどんな応じ方をするのか。

それを思うと気分が沈んだ。

重たくなった足で橋を渡りながら、尚平はさらにもうひとつ、あることを思い定めた。

たとえ浩蔵の宿を訪れたわけを話す成り行きになったとしても、花椿に出向いたことは黙っていようと決めたのだ。

新太郎はなによりも男としての見栄を大事にした。たとえ喉から手が出るほどほしいと思っていても、見栄を張っていらないと応えた新太郎を何度も見てきた。

花椿の女将そめ乃も、新太郎同様に恋煩いだったことが浩蔵の話から察せられた。

しかしそれを新太郎には明かせないと、尚平は思った。

自分が恋煩いで悶々《もんもん》としていたなどと他人に知られるのを、新太郎は我慢できるはずがないからだ。

浩蔵に相談したのは、新太郎のためによかれと思ってしたことだった。

が、新太郎は喜ばないと、尚平は判じた。

ひとの恋路に余計な手伝いや手出しをするのは野暮だと、尚平は強く思った。

傘を叩く音が、自分のしたことを余計なお世話だと嗤《わら》っているように感じた。

新太郎のためだと思えばこそ、雨の中を一ツ橋まで往復し、花椿に二度も立ち寄った。

そこまでしておきながらも……。

自分の今日の振る舞いは、余計なことだったという思いがおしよせてきた。

そう思った刹那《せつな》、抱え持っていた新太郎への後ろめたさがぶわっとこみ上げてきた。

息苦しくなり、東詰の手前で足を止めた。

「なんでえ、なんでえ。でけえのが、いきなり立ち止まるんじゃねえ」

尚平を雨よけにしていた半纏姿の男が、足を止められて毒づいた。

尚平は欄干のそばに寄った。大川の流れが速い。茶色く濁った川面を打つ雨が、無数の輪を描き出していた。

尚平は深呼吸をして気持ちを落ち着けた。

うっとうしいことを先取りして悩んでも仕方がない。新太郎がどう出るか、自分がどう対処するかは出たとこ勝負だ。

新太郎が腹立ちのあまりに大声を出しても、おらは言い返さずに受け止めればいい。

新太郎はカラリとした男だ、言い返しさえしなければ、怒りも収まる。

肚をくくった尚平は、仲町で買い物をして帰ろうと決めた。

浩蔵が手土産に用意してくれたうな重は、新太郎の大好物である。美味さを引き立てるために、すまし汁を拵えようと考えたのだ。

相撲部屋で稽古に明け暮れていたころ、尚平はちゃんこ番を任されていた。

在所が漁村なだけに、魚のさばき方に尚平は長けていた。初めて尚平がさばいた魚を食ったとき、関取と兄弟子の顔つきが変わった。

「これからちゃんこは、尚平に任せろ。ほかの者は余計な手を出すな」

関取の言いつけで、ちゃんこ番はほぼ尚平ひとりの受け持ちとなった。同輩に手伝ってもらったのは買い出しや洗い物などの下働きだけだった。

関取と兄弟子のちゃんこ番を続けたことで、尚平は料理の腕を大いに上げた。

新太郎との暮らしのなかでも、飯の仕度は尚平が受け持った。

「おらに任せて、おめは出来上がりを待ってればいいだ」

もともと新太郎は炊事が得手《えて》ではない。尚平に言われた通り、巣で口を開けて母親のエサを待つカラスの子のように、出来上がりを待つのが新太郎の仕事となっていた。

仲町の乾物屋と青物屋で買い物をし、酒屋では酒と一緒に醤油も買い足した。菖蒲を持ち帰るのはまずい。花椿に立ち寄ったことを新太郎に教えるも同然だ。

買い物の途中で気づいた尚平は、青物屋の婆《ばあ》さんに手桶ごと菖蒲をくれた。婆さんの宿には小商人《こあきんど》にはめずらしく、内湯があるのを知っていたからだ。

「久しぶりで、今夜はじいさんと一緒に入ろうかねえ」

軽口をきいた婆さんは、歯がほとんど抜けていた。

新太郎への後ろめたさを払いのけるために、尚平はいつも以上に汁つくりに念を入れた。

鰹節《かつおぶし》で出汁をとった汁に、尚平は婆さんから買い求めた三つ葉をあしらった。うなぎの美味さを、青物を加えたすまし汁が引き立てることを尚平はちゃんこ番で学んでいた。

「一ツ橋の浩蔵さんが、おめとおらにうなぎ飯を手土産に持たせてくれただ」

すまし汁を拵えるから一緒に食おう……尚平は戸口で風呂敷包みを掲げ持った。

「そいつあ、ありがてえ」

壁によりかかってぼんやりしていた新太郎は、口元をゆるめた。

新太郎は犬のように、人一倍においには聡《さと》かった。風呂敷包みから漏れるような重のうまそうな香りを感じたらしい。

尚平があれほど案じていたことは、すべて杞憂《きゆう》に終わった。

「腹を減らして、おめえの帰りを待っていてよかったぜ」

余計な問いかけはなにもせず、新太郎は昼飯の仕度が調うのを待った。

鰹出汁をとるために、尚平は小鍋で湯を沸かした。煮たって泡が破裂を始めた。

その泡を見ているとき、尚平はあることに思い当たった。

なぜ尚平がひとりで浩蔵の宿を訪ねたのか。

まことのところ新太郎は、わけを知りたくてたまらないに違いない。しかし尚平が自分の口で言わない限り、新太郎は問うのを我慢しているのだ。自分から問うと、尚平は言いたくなくても答えざるを得なくなる。

ゆえに新太郎は問いたいのを我慢していた。

うな重で声を弾ませたのは、そうすることで自分を抑えつけているのだ……相肩の胸中を察した尚平は、ひたすら出汁とりに精を出した。

尚平が言わない限り、新太郎はいつになっても自分からは問わないだろう。

新太郎とそめ乃の気持ちがひとつに重なり合ったあとなら、今日の一件も笑いながら話せる。

どうかふたりの思いが成就《じょうじゅ》しますようにと願いながら、尚平はすまし汁を調えた。

うな重を食べ終えたあと、ふたりはごろりと横になった。

雨音を聞いているうちに、ふたりとも明るいうちから眠りに落ちた。

五月七日は、見事な晴天で夜が明けた。

三十六

久々に目映《まばゆ》い朝日を身体に浴びる、気持ちのいい夜明けとなった。

「よかったじゃないか、ふたりとも身体にカビが生える前に晴れてくれてさあ」

長屋の女房連中が、米を研ぐ尚平に弾んだ声をかけた。

まだ朝日が昇り始めたばかりだというのに、井戸端には職人の仕事着と、こどもの汚れ物が山積みになっていた。

カビが生える前でよかった……女房連中のほうが、これを実感している顔つきだった。

手早く米を研ぎ、へっついに釜を載せたあと、尚平は表通りの玉子屋に駆けた。

この五日間、江戸では雨が降り続いていた。

深川の住人は、だれもが今朝の晴天を待ち焦がれていたのだろう。明け六ツ直後から、玉子屋は大賑《おおにぎ》わいだった。

大きな卵を四つ買い求めた尚平は、二個をゆで卵に仕立てた。

「やっぱりお天道《てんと》さまはありがてえ」

井戸端で朝日に手を合わせ、総楊枝《ふさようじ》で歯を磨いてから新太郎は朝餉の膳についた。炊きたて飯に生卵、それにまだ熱さが残っているゆで卵、目刺しの膳である。

「いただきます」

新太郎はどんぶり飯二杯を平らげた。

仕事始めは四ツの鐘で、八幡宮の大鳥居下からだ。四ツまで、まだたっぷりと刻があった。

井戸端に四つ手駕籠を運び出した。

「新太郎さんがそうやって駕籠を洗うのを見ると、いい一日が始まるように思えるから」

洗濯に忙しい女房連中に混じって、新太郎は四つ手駕籠を洗った。

木兵衛店は裏店ながらも、昼前まで陽が差した。五ツ半過ぎには、駕籠はすっかり乾き上がった。

「いってらっしゃい」

木兵衛店のカミさん連中は、木戸を出る新太郎と尚平の背中に声を投げかけた。

大鳥居下の石畳に駕籠をおろすと同時に永代寺が四ツを撞き始めた。

四つ手駕籠の向きを直そうとして、新太郎が長柄に触れたら、身なりの調った男が寄ってきた。

「なんともいい案配《あんばい》だ」

空の辻駕籠に出会えたことを、男は声を弾ませて喜んだ。

「海賊橋までやってもらいたいんだが」

男は尚平に行き先を告げた。

「海賊橋のどちらまで?」

問うたのは新太郎である。

「橋のたもとに、花椿という花問屋があるんだが、ご存じか?」

客の目は新太郎に向いていた。

「行き先は花椿さんでよろしいんで?」

新太郎の物言いがていねいである。客はそうだと答えた。

「うけたまわりやした」

客を駕籠に乗せた新太郎は、大きく息を吸い込んだ。存分に吐き出したあとで、尚平を見た。

「行くぜ、相肩」

「がってんだ」

ふたりの声が鳥居にぶつかり、駕籠が走り始めた。

口開けの客が花椿とは……。

胸の内に湧き上がるさまざまな思いを抑えつけるようにして、新太郎は駆けた。

相肩がいまなにを思っているのか……。

痛いほどに察しのついている尚平は、駆け足の調子を合わせることだけを考えた。

ふたりの駕籠舁きの思いは、ぴたりと重なり合っていた。

久々の晴天である。町を行き交う辻駕籠は、どの駕籠も速く走りたいらしい。

はあん、ほう。はあん、ほう。

往来のあちこちから、駕籠舁きのかけ声が聞こえた。

新太郎・尚平の担いだ四つ手駕籠は、富岡八幡宮鳥居下から海賊橋まで、なんと四半刻もかからずに走り抜いた。

「お待たせしやした」

めずらしく新太郎が駕籠の垂れをまくり上げた。

客が駕籠の外に出した履き物には、富士山が描かれていた。

色違いのイグサを一本一本編み込み、職人が数日がかりで仕上げる極上の雪駄だ。

しかし履いている限り、その趣向は他人には分からない。履き物を脱いだとき、初めて絵が分かるという粋人《すいじん》の履き物だ。

客は履きなれているのだろう。新太郎に見せびらかすわけでもなく、すっと履いた。

「久々に、いい駕籠に乗せてもらった」

正味で乗り心地のよさを褒めた客は、銀の小粒五粒（約三百三十三文相当）の駕籠賃を新太郎に握らせた。

相場の倍近い乗り賃である。

「いただきやした」

新太郎はすっきりした声で相肩に告げた。

「ありがとごぜえやすだ」

尚平も礼を言っているところに、花椿のなかから手代が迎えに出てきた。

「藤木屋《ふじきや》様、朝からご足労いただきまして」

手代の辞儀の深さから、藤木屋の上得意ぶりが察せられた。

新太郎が垂れをおろし、店先から離れようとしているところに女将が出てきた。

薄桃色の友禅には、時季を外れた菖蒲が描かれている。地の薄桃色と、菖蒲の紺色が見事な色味比べを示していた。

友禅の邪魔をしないように考えたのだろう。帯は菖蒲と同じ色味の、深い紺色の無地を締めていた。

おたいこ部分には、白い花椿が小さく描かれていた。

「わざわざご足労をいただきまして、ありがたく存じます」

辞儀をしたあとで顔を上げた女将と、駕籠の垂れをおろし終えた新太郎の目が合った。

花椿に向かってくれと客から注文されたときから、新太郎は女将を思い浮かべて走った。

が、まさか店先まで客を出迎えに出てくるとは思ってもみなかった。

気安く店先に顔を出さないのが女将という身分の格式である。

よほどに藤木屋は上得意なのか、そめ乃が顔を出した。

新太郎を見ても女将は驚きを表さなかった。

成さぬものは成さぬと思いを断ち切ったがゆえの、凜々《りり》しさすら感ぜられる表情といえた。

新太郎にも察するものがあったのだろう。

新太郎は軽い会釈を返しただけで、長柄に肩を入れた。たちまち駕籠は店先を離れた。

遠ざかる駕籠を、手代の清蔵は燃え立つ目で睨み付けていた。

「深川駕籠てえのは、おめえさんたちのことかい？」

五月九日の四ツどきに、職人風の男が新太郎に問いかけた。

七日以来、晴天が続いている。今朝もいつも通り四ツの鐘の前に、鳥居下の石畳に駕籠をおろした。

その新太郎に男が問いかけてきたのだ。

「どちらまで行きやしょう？」

一日の縁起担ぎに大事な口開けの客である。新太郎は目一杯に愛想のいい声で応えた。

「おれっちがいま訊いたことに、答えてくんねえな」

深川駕籠てえのはおめえさんたちかいと、職人は問いを重ねた。

「おれたちが名付けたわけじゃありやせんが、この辺りじゃあ深川駕籠とか、疾風《はやて》駕籠とか呼ばれてやす」

返答したあと、どちらまで行きやしょうかと改めて問うた。

「やっぱりこの駕籠か」

職人の物言いが変わった。

「見た目は速そうだが、とんだ見かけ倒しだともっぱらの評判だぜ」

そんな駕籠に乗るほど、おれは酔狂者じゃねえ……言葉を吐き捨てた職人は、駕籠から離れて行った。

「なんでえ、あの野郎」

毒づいた新太郎は、唾を吐き捨てようとした。が、八幡宮の鳥居下だと思い直し、唾を呑み込んだ。

嫌な一日になるのかと、新太郎はため息をついた。が、それは思い違いだった。

すぐに客がつき、日本橋室町まで駆けた。

その後も客は切れず、日本橋周辺を走り回ったあと、一ツ橋までの客を乗せた。

その客をおろしたときは、正午を大きく過ぎていた。

どの客も気持ちのいい乗り手で、祝儀込みの駕籠賃は小粒銀で十七粒（約一貫文）を超えていた。

「どうでえ尚平」

ひたいの汗を拭きながら、新太郎は相肩に近寄った。

「昼過ぎまでにしちゃあ、いい稼ぎだ」

岡本に出向いて、うなぎを食うかと昼飯の見当を口にした。

「いい思案だ」

尚平も顔をほころばせた。空駕籠で走れば、岡本まではわけなく行き着ける。

「そいじゃあ、行くべ」

尚平が先に肩を入れたとき、新太郎が思いとどまった。

「浩蔵さんの宿まで出向いて、こないだのうなぎの礼を言ってからにしようぜ」

「がってんだ」

尚平に異存はない。ふたりは足を急がせて、浩蔵の宿に向かった。

間のいいことに、浩蔵は在宅だった。

「ふたり揃ってとは……あのうわさが気になったということか？」

浩蔵が口にしたことの意味が分からず、ふたりとも目を見開いて浩蔵を見詰めた。

心地よい風が、新太郎の頰を撫でた。

三十七

新太郎と尚平が若い者ふたりに案内されたのは、手入れの行き届いた小さな庭が見渡せる、濡れ縁つきの十畳間である。

久々の晴れ続きで、庭に面した障子戸はすべて開け放たれていた。

「どうぞ、へえってくだせえ」

ひとりが座敷に入れと勧めている間に、もうひとりの若い者は座布団を運んできた。

十畳間だが、てきやの元締めの宿だ。客間ではなく、庭につながる廊下から部屋の半分を使って、数々のガサ（品物）が積み重ねられていた。

若い者は新太郎と尚平の座り場所に座布団を敷《し》いた。庭を背にして座る形だ。

ふたりの向かい側に浩蔵の座布団が置かれていた。

新太郎も尚平も座布団は敷かず、畳にじかにあぐらを組んだ。

浩蔵には先客があった。ゆえに帳場奥の客間ではなく、この十畳間に案内されたのだ。

気持ちよく晴れてはいるが、九日の今日はどこにも浩蔵が店を出す高町はないらしい。

十人を超える若い者が、庭やら廊下やらでガサの整理を続けていた。

「今年は十一日が入梅《にゆうばい》だからよう。もう幾らも日がねえぜ」

「がってんでさ」

指図をする若《わか》い者頭《ものがしら》に、威勢のいい返事が返された。

「十一日が入梅か……」

つぶやいた新太郎は、遠くを見るような目になっていた。

入梅は、二十四節気《にじゆうしせつき》のひとつ「芒種《ぼうしゆ》」のあとの最初の壬《みずのえ》の日とされていた。今年の五月十一日は壬申《みずのえさる》。まさに入梅はその日だった。

てきやに雨は仇《かたき》も同然である。

が、自然の営みに対しては深い敬いを抱いているがゆえに、真正面から雨を嫌うことはしない。

雨を「水晴れ」と呼んで、仲良くしようと努めていた。

新太郎と尚平には、雨は生業に仇《あだ》する嫌な相手だった。

しかし吉羽屋で駕籠の合羽と、自分たちの合羽を誂えてからは、ふたりとも雨を苦手とはしなくなった。

いや、いまの新太郎は雨を恋しくすら思っていた。

花椿の女将、そめ乃を乗せたからだ。

吉羽屋の雨除け合羽は駕籠にも駕籠舁きにも見事な効き目があった。

新太郎たちはよそ行きを着たそめ乃を気遣い、加減しながら駆けた。

海賊橋で下ろしたとき、そめ乃の上体はまるで濡れていなかった。

しかし四つ手駕籠の底から跳ねが上がることまでは気が回らなかった。

そめ乃はひとことも文句を言わず、それどころか心底からの礼を新太郎に告げて店に入った。

新太郎の恋煩いがその日から始まった。

五月九日の今日は、見事に晴れていた。

新太郎が遠い目を向けている庭には、彩《いろど》り豊かな花々が植わっていた。

葉も花も、目一杯に五月の陽を浴びている。

新太郎はしかし、庭の花を見ているわけではなかった。

陽の降り注ぐ庭を見ながら、新太郎はそめ乃を駕籠に乗せた雨の日を思い浮かべていた。

「待たせてわるかった」

十畳間に入ってきた浩蔵は、座布団に座って正座をした。

新太郎は思い返しを閉じて浩蔵を見た。

先のうなぎの礼を言おうとしたら、先に浩蔵が口を開いた。

「あんたらも遠慮せず、座布団を使ってくれ」

手を差し出して勧めたが、駕籠舁きふたりは断わりを言った。

「おらたちは畳にあぐらを組んだほうが楽ですだ」

尚平の言い分を了とした浩蔵は、若い者が運んできた湯呑みを手に持った。

今度は新太郎が浩蔵よりも先に口を開いた。

「先日は尚平とふたりで、たっぷりうなぎをいただきやした」

新太郎は礼と同時にあたまを下げた。

「口にあったのならば何よりだ」

浩蔵が応えたあとも、新太郎は口を閉じたままである。

その無言で、浩蔵は察した。

尚平は新太郎に、そめ乃も恋煩いをしていることはまだなにも話していない……と。

浩蔵は目で尚平に確かめた。

尚平はうなずきで応えた。

浩蔵は湯呑みの茶をすすってから、新太郎を見た。

「今し方、あんたらにあのうわさが気になったから来たのかと問うたが……」

浩蔵はふたりの顔を等分に見てから話を続けた。

「おれの勘違いだったようだ」

「あのうわさてえのは、なにかあっしらにかかわりのあることでやすかい？」

「その通りだ」

新太郎の問いに浩蔵は即答した。

「六日は雨降りだったが、小網町一丁目の稲荷《いなり》はいつも通りの高町だった」

浩蔵は茶をすすった。長い話になると思ったからだろう。

「思案橋《しあんばし》のたもとにある思案橋稲荷は、もちろんあんたらも知ってるだろう？」

「へい」

ふたりの返事が揃った。

「あすこは境内も狭いし、朱塗りの鳥居の数も知れているが、なにしろ室町を控えた稲荷だ。六日の縁日には老舗の旦那や番頭に限らず、ご隠居衆も多くお参りにくる」

物売り屋台は、雨降りのなかでも上々の商いとなった。

「八ツから八ツ半の間は、そうは言っても人通りが減る時分だ」

八ツはおやつどきの仕事休みである。雨のなかを参詣に出るよりは、店で休んでいるほうがいいのだろう。

それでも参詣客が絶えるわけではなかった。

「人通りが大きく減ったとき、職人身なりのふたり連れがうなぎ焼きの前に立った。うなぎ屋台をまかせているのは、若い者のなかでも気働きが抜きん出ている与三郎《よさぶろう》だ」

浩蔵はまた茶に口をつけた。

新太郎も尚平も与三郎を知っていた。浩蔵が褒めた通り、細かなことまで見逃さない若者である。

浩蔵の話がどう進むのか。

新太郎と尚平とは、どんなかかわり方になるというのか。

見当のつかないふたりは、膝に両手を載せて背筋を伸ばした。

職人ふたりは室町のお店に出入りする壁塗《かべぬ》りの左官職人だった。

蔵の目塗りを頼まれているのだが、あいにくの雨続きである。この日も昼前からお店に顔を出したものの、一向に雨の止む気配がなかった。

職人は蔵のなかで雨の降り止むのを待っていた。しかし八ツになっても降り止まない。

「今日は思案橋稲荷の縁日だ」

「そいつぁいいや。お参りがてら、うなぎを食ってこようぜ」

与三郎のうなぎの美味さを、職人ふたりは知っていた。女中が八ツの茶菓を仕度するというのを断わり、思案橋に出向いた。

うなぎは焼き上がるのにひまがかかる。とりわけ与三郎の焼き方はていねいで、店売りのうなぎ同様に手間ひまがかかった。

焼き上がりを待ちながら、職人ふたりはその日に耳にしたといううわさを話し始めた。

「あの手代さんは、よっぽど深川の疾風駕籠に恨《うら》みでもあるらしいな」

「駕籠をボロクソにいう口ぶりは、尋常《じんじょう》なものじゃなかったもんな」

ふたりはそのあとも、耳にしたうわさの中身を言い交わした。

深川の疾風駕籠は、見た目は派手な色の合羽を着せて走っているが、乗ったらひどい目に遭う。

合羽はとんだ見かけ倒しで、駕籠の内は雨が吹き込んでずぶ濡れになる。

海賊橋たもとの花椿の女将は、うっかり疾風駕籠に乗ったばかりに、大事な着物をすっかり駄目にした。

ひどいのは、それだけではない。

花椿の女将に横恋慕《よこれんぼ》した駕籠舁きは、女将に会わせろと店先で凄んだ。ひどく怯えた女将は、店にも出られずに寝込んでいる。

左官ふたりは仕事ができず、蔵のなかで手持ち無沙汰にしていた。

蔵に入ってきた手代は、左官にひどい駕籠舁きがいると吹き込んだ。

「あんたらの出入り先で、ぜひにもこの話を広めてほしい。うわさが広まれば、疾風駕籠も大きな顔ができなくなる」

手代は左官を煽《あお》り立てた。

手代の話を真に受けた職人ふたりは、うなぎを焼く与三郎に聞こえるように話した。

てきやの口を通じて、うわさを広めてもらいたいと考えてのことだろう。

「そいつあ、ひでえ話だ」

うなぎを焼く手を休めず、与三郎は左官に話しかけた。

「にいさんもそう思うかい？」

左官のひとりが与三郎を見た。目が大きく見開かれていた。

「あっしがひでえと言ったのは、そんなでまかせをあんたらに吹き込んだ野郎のことを言ったんでさ」

きつい声で言ってから、与三郎は左官にうなぎを差し出した。

「でえじな話を聞かせてくれたことへの、礼代わりでさ。代はいりやせん」

ロハでうなぎを渡した代わりに、与三郎は手代の名と店の屋号を聞き出した。

「疾風駕籠はいい駕籠でさあ。そんなひでえ嘘っぱちは、よそで話さねえほうがお客さんらの身のためですぜ」

与三郎は凄んで話を閉じた。

「屋号は越前屋《えちぜんや》という乾物の卸《おろし》問屋で、手代の名は次郎吉《じろきち》だそうだ」

あんたらに心当たりはあるかと、浩蔵は問うた。

まるで心当たりはありやせんと、新太郎は即座に答えた。
尚平はなにか引っかかりでもあるような顔つきだった。
しかし口は閉じていた。

三十八

江戸の空模様は律儀に二十四節気をなぞっていた。
五月十一日、壬申の日は暦《こよみ》通りの梅雨入りとなった。
昨日の暮れ六ツはまだ、雨は降っていなかった。
ところが今朝は雨空となった。
何度も木兵衛店の屋根修理を施してきたが、尚平も新太郎も屋根葺き職人ではない。
所詮《しょせん》、素人《しろうと》が修繕した屋根である。雨の弾き返し方にムラがあるのだろう。
敷き布団を畳んでいた新太郎の首筋めがけて雨粒が垂れ落ちた。
機嫌のいいときなら、新太郎は素《す》っ頓狂《とんきょう》な声を上げて大騒ぎをしたはずだ。
今朝の新太郎は、首筋に落ちた雨粒を黙って受け止めた。

手早く敷き布団を畳むと、雨粒の落ちてこない場所に移した。そして流し場から大きな鍋を手にして戻ってきた。

いまぐらいの降り方なら、この鍋で半刻は雨粒を受けられる。

鍋が最初の雨粒を受けとめたとき、尚平が井戸端から戻ってきた。ザルには研がれた米が入っていた。

「尚平よう……」

新太郎の声の調子で、尚平はなにが言いたいのかを察した。

「今日は入梅だ。休みにするべさ」

新太郎が言い出す前に、尚平が仕事休みを口にした。

ふたりとも今年の五月までは、滅多なことでは辻駕籠を休むことはなかった。冬場の氷雨が降るときでも、四ツには八幡宮の大鳥居下で客待ちをしてきた。

今年の五月……つい先日のことだが、出し抜けにふたりは仕事休みを繰り返すようになった。

七日から十日までは、四日続けて晴れた。仕事には出たものの、稼ぎは思ったほどではなかった。

九日は浩蔵の宿を訪れて、二刻ほど休んだ。その後も、昼間なのに駕籠を担いでいないときが多々あった。

そして昨夜の夕暮れ前の出来事である。

今日、新太郎が仕事に出たくない気持ちは、尚平にも理解できた。

七輪《しちりん》を軒下に出した尚平は、鍋で飯を炊き始めた。

七輪の焚き口をうちわであおぎ、火加減を見ながら今朝までのことを思い返した。


「尚平さんには、その手代になにか心当たりがあるようだな」

九日の昼間、うわさの仔細を聞かせた浩蔵は、尚平の顔つきの動きを見逃さなかった。

「新太郎、おめは三日のことを覚えてっか？」

尚平は浩蔵ではなく、新太郎に話しかけた。

「なんでえ、三日のことてえのは」

「浩蔵さんに招かれて、岡本さ行ったときだ。あんとき永代橋で、客を断わっただな？」

「ああ、思い出したぜ」

新太郎の顔つきが明るくなった。

「この雨で往生していたところです。室町三丁目まで乗せてくださらんか」

お店の旦那風の男に、駕籠をと言われた。が、先を急いでいた新太郎と尚平は、客の頼みを断わった。

そのとき、旦那にいいところを見せたかった手代が、新太郎に食ってかかった。

「あの手代が雨の日のことを根に持って、でたらめさ振り撒《ま》こうとしてるだ」

あの手代のほかに思い当たることはないと、尚平は告げた。

「その手代が余計なことを言いふらさないように、若い者を差し向けてもいいが……」

浩蔵があとの口を閉じたとき、新太郎はきっぱりとした物言いで断わった。

「明日、走りの合間を見て出向き、あっしと尚平でケリをつけてきやす」

尚平も強くうなずいたことで、浩蔵はふたりにまかせると応じた。

「尚平の言う通り、乾物問屋の手代に間違いはねえでしょうが、ひとつ合点《がてん》のいかねえことがありやす」

新太郎は浩蔵を見詰めて話を続けた。

「なんだってその次郎吉てえ手代は、花椿の女将のことを知ってたのか……そいつが腑《ふ》に落ちやせん」

「言われてみれば、その通りだ」

てきやの元締めにもわけが分からなかった。

仔細は翌日、新太郎が自分の口で次郎吉を問い詰めたことで分かった。

室町三丁目の越前屋は、六間間口の老舗である。しかし店売りをするわけではなく、土間はさほどに広くはなかった。

越前屋の軒下に駕籠を置いた新太郎は、小僧を手招きした。

「言付かりものがあるんで、次郎吉さんを呼んでくんねえな」

新太郎は四文銭二枚を小僧に握らせた。

「お待ちくださあぁい」

弾んだ声をその場に残し、小僧は売り場座敷に駆け上がった。

待たせることなく、次郎吉が出てきた。新太郎をひと目見るなり、お仕着せの裾まで震えさせた。

新太郎は作り笑いをして近寄った。

「妙なうわさの火元はおめえだな?」

小声で話す新太郎と口をきつく閉じた尚平が、次郎吉を前後に挟んだ。

手代の震えが激しくなった。

「数日前、左官の膳助《ぜんすけ》さんと多吉《たきち》さんにきつく言われてからは、だれにも話していません。なにとぞ勘弁してくださいまし」

次郎吉は前垂れに両手を重ねて詫びを繰り返した。が、人目を気にしてあたまは下げなかった。

与三郎に凄まれた左官ふたりは、お店に帰るなり次郎吉に詰め寄った。

「てきやのにいさんが、これ以上嘘を言いふらしたら半殺しにすると息巻いていたぜ」

膳助と多吉は、与三郎が言ってもいないことまで言い募った。

元来が気弱な次郎吉である。

てきや。半殺し。

このふたつがあたまのなかを走り回り、それ以来、寝付きがわるかった。

六尺男ふたりに挟まれたいまは、とにかく詫びてこの場を離れることしかあたまになかった。

「花椿の女将のことをおめえに話したのは、あの手代だな?」

新太郎が差し出したエサ針を、次郎吉は喉の奥まで呑み込んだ。

「そうです、あの清蔵さんです」

次郎吉はあっさりと手代の名を吐いた。

「二度と妙なことを言うンじゃねえぜ」

前垂れの上から、新太郎は次郎吉のきんたまをぎゅっと音がするほど強く握った。

くぐっ。

息を詰まらせた次郎吉は、身体を二つに折り曲げた。

「あたまを下げりゃあ、それでいい」

蒼い顔でしゃがみ込んだ次郎吉をその場に残して、疾風駕籠は走り去った。

「どうする新太郎、花椿さ出張って清蔵を呼び出すだか？」

「いや、それはできねえ」

新太郎は強い口調で拒んだ。

花椿に駕籠舁きが押しかけたりすれば、かならずよくない評判が立つ。そんなことをしたら、女将のそめ乃に迷惑がかかる。

新太郎はそめ乃を想って怒りを抑え込んだ。

しかし強く抑え込めば抑え込むほど、怒りは身の内で熾火《おきび》となった。

「やってらんねえ。尚平、湯に行くぜ」

昨日、駕籠を早仕舞いにした新太郎は、七ツ半に尚平と八幡湯に向かった。

五月五日の菖蒲湯以来、新太郎はすっかり八幡湯が気に入っていた。

湯屋まで四半町（約二十七・三メートル）のところで、釜焚き手伝いのくるみに出会った。

「じいちゃんが喜ぶから、湯につかる前に立ち寄って……お願い」

くるみに手を合わされた新太郎と尚平は、釜焚き場に向かった。

「じいちゃん、新太郎さんと尚平さんがきてくれたよ」

くるみの弾んだ声を聞くなり、茂三が釜の前から離れた。

くるみは急ぎ茶の仕度をした。釜焚き場には、湯はいつでも沸いていた。

喉に渇きを覚えていた新太郎は、焙じ茶に口をつけた。くるみがいれた茶は、香ばしさを見事に引きだしていた。

「おめえなら、いい嫁さんになるぜ」

「嬉しい！」

ぴょんぴょん飛び跳ねるようにして、くるみは場を離れた。間をおかずに戻ってきたときは、細紐でぐるぐる巻きにした菖蒲を二株手に持っていた。

「たらいに張った水にこれを浸《つ》けておけば、洗濯物が乾いたとき、いい香りがするから」

くるみが差し出した二株を、新太郎はいぶかしげな顔で受け取った。

「なんだってこんなものが、茂三さんところにあるんでえ?」

「花椿の手代が、毎日ここに納めにくるんだよ。その余りをもらっているうちに、すっかり溜《た》まっちまってね」

茶をすすり、茂三は仔細を話し始めた。

花椿の女将はなにか深いわけがあるらしく、端午の節句を過ぎたいまも毎日二十株の菖蒲を買い続けていた。

「手代の清蔵さんは、女将のことを深く深く案じていてねえ。その想いがこっちにも伝わってきたもんだから、おれが旦那に口利きをして菖蒲を引き取ってるんだ」

捨て値の買い取りだが、清蔵は大いに喜んでいた。

「暮れ六ツ前に来るから、こうして話しているうちに顔を出すさ」

茂三は清蔵を心がけのいい手代だと褒めた。

新太郎と尚平は黙って顔を見交わした。

毎日、菖蒲の株を海賊橋から深川にまで売り込みに出向いてくる清蔵。

新太郎も尚平も、清蔵がどれほどそめ乃を想っているかが痛いほど分かった。

茶を呑み干した新太郎が、ふうっと深い息を吐いたとき。

「花椿でございます」

清蔵が釜焚き場に姿を見せた。海賊橋から亀久橋まで、清蔵は菖蒲を手桶に浸けて運んできた。

手桶と水と菖蒲の重さが重なり合って、さぞかし重たいだろう。その重さをこらえて、清蔵は手桶を運んできた。

そめ乃を慕《した》う清蔵の気持ちが、重さを我慢させていた。

清蔵の声を聞くなり、新太郎は立ち上がった。尚平にはその場に止《とど》まるように言った。

不意に目の前にあらわれた大男を見て、清蔵は息を呑んだ。

「ちょいとそこまで、ツラを貸してくれ」

新太郎は仙台堀河岸《がし》に清蔵を連れて出た。

釜焚き場で出くわしたときの清蔵は、モノが言えぬほどに驚いていた。が、河岸まで歩くうちに肚が決まったのだろう。

河岸で新太郎と向き合ったときの清蔵は、両目に強い光を宿していた。

新太郎は清蔵が提げてきた手桶に手を伸ばした。清蔵は逆らわずに差し出した。

内側まできれいに磨かれた手桶には、菖蒲が十株入っていた。

「今日はこれをおれに引き取らせてくれ」

新太郎は値も訊かず、一分金二枚を清蔵に握らせた。

手桶の代金も込みだった。

「おめえがどれほど女将を大事に想っているかは、この桶と菖蒲を見れば分かる」

清蔵を見る新太郎の目は優しかった。

「おめえがしっかりして、女将を守《も》り立ててやってくんねえ」

明日からはもう菖蒲は無用だと女将に、かならず女将に伝えてくれと新太郎は告げた。

「てまえの口で、かならず伝えます」

清蔵は請け合ったあと、非礼を詫びた。

「女将を想う口が、勝手なことを言ったんだろうよ」

言い終えた新太郎は、もはや清蔵を見もせずに釜焚き場に向かった。

深い辞儀をしてから、清蔵は船着き場のある亀久橋に向かい始めた。

ゴオオーーン……。

永代寺が撞く暮れ六ツの鐘の音が流れてきた。新太郎の胸の内を察したのか、響き方が湿っていた。

「新太郎」

飯炊きの途中で、尚平が土間に入ってきた。

新太郎は黙ったまま尚平を見た。

「今朝は朝飯は食わねえまま、八幡湯に行くだ」

「なんでえ、それは」

新太郎はぶっきらぼうな物言いで応じた。

「湯につかって、ぺこぺこの腹で岡本さうなぎ食いに行くだ」

おめの幼馴染みに給仕してもらうべと、尚平はいつになく声を弾ませた。

新太郎の気を引き立てようと懸命だった。

相肩の気持ちが、新太郎の胸に深く染み込んだ。

「いい思案だ」

立ち上がった新太郎は、思いっきり大きな伸びをくれた。

ひとみの給仕か……。

つぶやいた新太郎はしかし、まだそめ乃の姿を思い浮かべていた。

新太郎の首筋に、別の雨漏りが落ちた。

注・この作品は、平成二十三年十一月祥伝社より四六判として刊行されたものです。——編集部

解説：「一力《いちりき》さん」への土佐《とさ》からのエール

高知県立文学館館長　元《もと》吉《よし》喜《き》志《し》男《お》

「一力さん」。

高知《こうち》では、山本《やまもと》先生ではなく、ついこう呼んでしまいます。それは、何時も変わらない、あたたかみや親しみが自然に滲《にじ》み出る山本一力さんの人柄が、敢《あ》えてそう呼びたくなる雰囲気を醸《かも》し出しているからでしょう。

これは大人だけに止《とど》まりません。先日、地元紙の〝声のひろば〟の欄《らん》に、高知市内の中学一年生の男子の投稿が掲載されました。自校で講演を聴《き》き、「いろんな挑戦をして、できる限り精いっぱいがんばらんといかんな、と気づかされた」という内容でしたが、呼び名は、やはり「一力さん」でした。

高知県立文学館では、平成二十六年四月二十六日から六月二十二日まで「山本一力の世界展～明日は味方だ～」という展覧会を開催しました。

これまでも当文学館では高知県出身など、多くの高知ゆかりの作家の企画展を開催してきました。

　そして一力さんの登場です。

　一力さんの故郷《ふるさと》土佐への思いは、『牡丹酒《ぼたんざけ》』、『ほうき星《ぼし》』、『くじら組《ぐみ》』、『朝《あさ》の霧《きり》』、『ジョン・マン』、『龍馬奔る《りようまはしる》』等の土佐にまつわる作品をはじめ、自伝的小説やエッセイ、テレビやラジオ等の番組など、色々なところから伝わってきます。また、高知県観光特使として、平成二十年三月から一年間、高知県全土を舞台に展開した「花・人・土佐であい博」では、県の魅力を紹介する案内人としてPRビデオにも登場していただきました。

　このような故郷への熱い思いに対し、高知に居る者としてささやかなご恩返しができないかという気持ちが、常に我々スタッフの胸にありました。文学館としてやれることは……？　『あかね空《ぞら》』で直木賞を取った人気作家という一般のイメージに止まらず、土佐から東京へと歩んだ生い立ちや人間的魅力に迫ることで、より多くの人たちに一層深く一力作品に親しんでいただきたいという情熱が、この展覧会の開催を後押ししました。

　展覧会開催への胸の内を初めて一力さんにお伝えしたのは、平成二十四年九月二十八日でした。この日は、高知県本山町《もとやま》出身の作家・故大原富枝《おおはらとみえ》さんの生誕一〇〇年にあたる日で、本山町の大原富枝文学館から記念講演の依頼を受けて高知に帰られていた時のことです。講演会終了後の懇親会の席での私の申し出を快《こころよ》く受けとめ、「僕にできることは、何でも協力する」とおっしゃった言葉に、大変心強い思いをしたものでした。実際、展覧会の準備に取りかかってからは、有言実行そのものでした。ご自宅にある貴重な写真、校正ゲラ、愛用の何十本もの万年筆、使用中のパソコン、直木賞受賞時の記念品や特装本、中学時代の親友から贈られた宝物、池波正太郎《いけなみしょうたろう》氏からいただいた諸品、アメリカでの取材旅行時の写真（当館でＢＧＭ付きの映像に加工）、愛用の自転車までもが展示会場を飾りました。

　展覧会のオープニングには、地元のファンはもちろんのこと東京から出版社の方々なども来高され、実に多くの方の参列をいただきました。テープカットは、ご来賓からは尾崎《おざき》高知県知事のみとさせていただき、あとは一力さんと奥さん、長男・次男さんにお願いしました。平坦《へいたん》な道ばかりでなかった時代を苦楽を共にして支え、今の一力さんを育《はぐく》んだ功労者は「山本家」の家族力であると考えてのことでした。さらにその日は、中学三年生の時の旅立ちに高知駅で、列車の発車まで見送ってくれたＹさん、Ｈさんをはじめ、中学時代の同級生や高知時代の恩師にもご出席いただき、会場は土佐弁が飛び交う、さしずめミニ同窓会的な懐かしさも漂《ただよ》いました。

式典後は、当館ホールで「江戸・深川《ふかがわ》と土佐」と題した記念講演。また、会期中の関連企画としては、八月に名古屋《なごや》の中日《ちゅうにち》劇場で舞台公演が予定されていた一力作品「だいこん」に主人公つばきの母親みのぶ役で出演された女優の高橋惠子《たかはしけいこ》さんとの記念対談なども実現しました。また来館者のアンケート調査表からは、「人柄を身近に感じ、家族力の素晴らしさを痛感した」「高知を思う気持ちが解った」「まだ読んでない本もたくさんあることを知って楽しみが増えた」等々の声をいただきました。

この展覧会を通じ、何度となくご本人と直接お話しする機会も持てました。活字やメディアという間接的なものを通さずに、直《じか》にご本人や奥さんと話すことにより、改めて一力さんや奥さんの人柄、周囲の人たちへの感謝の心、細やかな心配りなどにも触れることができました。それは、出版社の人たち、小中学校時代の恩師や高知の友人・知人、文学館の館員などとのちょっとした会話の端々《はしばし》にも感じられました。反面、会話の中で時として感じる、不当に権力を笠に着たり、真心や誠意の無い表面的な言葉や態度に対する毅然《きぜん》とした姿勢には、作品の底流にある一力流の価値観や、作中の登場人物の気骨などとも重なるものを見た思いでした。

山本一力作品の物語の舞台として多く登場するのは、展覧会の記念講演のタイトルにもなった、作者が現在居を置いている江戸の下町深川です。現在、東京都江東《こうとう》区の町の表情は大きく変貌しています。しかし、そこを散策する一力さんは「文学の上だけではなしに、実際に深川の町を自分の足で歩いてみれば、転がっている小石ひとつにも伝わってくるものがある」と述べています。この町の小石ひとつにまで思いを巡《めぐ》らせ江戸の町と重ねる、時代小説家としての洞察力を感じます。近所の富岡八幡宮《とみおかはちまんぐう》のお祭りに、祭り半纏《ばんてん》にねじり鉢巻《はちま》きで写真に収まっている姿などを見ると、すっかり江戸の下町に溶《と》け込んでいるようです。

一力さんの生まれは「土佐の高知」です。言わずと知れた、坂本龍馬《さかもとりょうま》など維新の志士たちや〝自由は土佐の山間より出づ〟の自由民権運動家たちを輩出《はいしゅつ》した〝いごっそう〟の土地柄です。龍馬も泳いだ鏡《かがみ》川や〝潮吹く魚〟の泳ぐ〝おらんくの池〟ともふれあいながら、高知城の近くの地で少年時代を過ごしました。その山本少年にとって、生活の拠点が大きく変化することを余儀なくされたのは、中学三年生（十四歳）の時でした。家庭の事情により、五月二十一日、高知駅発・午前十一時五分の準急「南風《なんぷう》」で、生まれてはじめて高知を離れ、東京に移ることになります。車窓から独りで見る、遠ざかっていく故郷・高知の風景。学校に欠席届を出して見送りに来てくれた二人の親友。「親友の出発だ。しっかり見送ってやれ」と快く欠席を認めてくれた担任の先生。展覧会の図録の巻頭文に書いていただいた「豊饒《ほうじょう》のとき」という文章の中からも窺《うかが》えますが、一力作品の重要な部分のルーツは、少年時代の様々な体験にも潜《ひそ》んでいるように思えます。

土佐の歴史や素朴であたたかい人情の土地柄で育った山本少年にとって、江戸の下町に漂《ただよ》う余情のようなものは、色々な意味でふるさとと土佐の空気と重なるところが多いのかも知れません。また、一本気で正義感が強い反面、人情もろいといったところなども何となく共通項として理解できるような気がします。

一力さんの作品でタイムスリップする江戸の町。そこには、市井《しせい》に生きる人々の人間模様や心意気が生き生きと描かれています。

物語の主人公には、大工、豆腐《とうふ》屋、飛脚《ひきやく》、火消し、鮨《すし》職人、研《と》ぎ師《し》、弁当屋、老舗《しにせ》料亭の女将《おかみ》、絵師、一膳飯屋、なかには、どんな業種？　と思わせる損料《そんりよう》屋や五二屋《ぐに》など、様々な職業の人たちが登場します。

そして、この度、祥伝社から文庫化された『花明《はなあ》かり　深川駕籠《かご》』の主人公・新太郎《しんたろう》の職業は、〝駕籠舁《か》き〟。『深川駕籠』『お神酒徳利《みきどつくり》　深川駕籠』に次ぐ「深川駕籠」シリーズ第三弾の人気作品です。物語は、「花明かり」と「菖蒲《しようぶ》の湯《ゆ》」の二作品で構成されています。前者では、足の自由がきかず余命を自覚している老女およねの「死ぬ前に、もう一度桜を見たい」という望みを叶《かな》えてやろうと花見に招待した新太郎たちに、千住《せんじゅ》の駕籠舁き寅《とら》とその客村上《むらかみ》屋六造《ろくぞう》が早駕籠勝負をけしかけてきます。事態は二転三転と変化し、それに伴う登場人物の内面の変化なども細やかに描写されています。

『花明かり』の中で、新太郎が相肩の尚平《しょうへい》に対し「どこまでも走り通す、脚力の強さ。つらくても音を上げない、粘り強さ。相手のしくじりを許せる、度量の大きさ。相手を心底から案ずる、心根の優しさ」という尊敬の念を持ちます。

この感覚こそ、中学三年生で上京して新聞の販売店に住み込み、最も多感な時期に色々な人々に出会い、人情に触れ、通常その世代の人たちが体験し難い様々なことを、身を以《もっ》て体感したことで培《つちか》われた一力さんの〝骨〟ではないでしょうか。社会人となってから作家として本格的に歩みを始めるまでの間、様々な苦難や波瀾万丈《はらんばんじょう》の人生を経験されたことは、ご存じの方も多いでしょうが、特筆すべきは、一つにはこの時期、一力さんにはいつも一力さんを信じ、励《はげ》ましを絶やさなかった奥さんと家族の存在があったことです。また、もう一つには、小説雑誌各誌に何度も投稿を続けやっと手にした新人賞受賞後、まったく作品が採用されず、不満を募らせていた時期に、愛の鞭《むち》で厳しく鍛《きた》えてくれた編集担当者に出会えたことです。先の新太郎の台詞《セリフ》には、自身が身を以て体感した人生訓が凝縮されているように思えるのです。

感謝の気持ちと言えば、平成二十六年十月、一力さんはジョン万次郎の郷土での研究家として有名なN氏の一周忌に帰省され、墓参の後、研究会の人たちの依頼でちょっとした講演会が持たれました。その際、小説は山本一力の名で出るが、その裏には取材に献身的に協力してくれたり、苦労して集めた資料を惜《お》しげもなく見せてくれたりと、たくさんの人の支えがあるという感謝の念を何度も繰り返されました。

また、高知で食事のご招待をいただきご一緒した時のことです。「ごめん。原稿の締切があって……」と本当に申し訳なさそうに奥さんに後を任せて中座されたことがありました。何本もの連載など、我々には想像を絶する本数を同時並行的に執筆している訳で、作品の現地取材も人一倍綿密であり、実態をお聞きすると超人的にも思えます。しかし、原稿の締切に追われる位の作家になりたいと思っていた頃のことを思い起こせば、現在、多くの締切に追われている忙しさに、とても不平不満は言えない。自分の小説を待っていてくれる人がいる限り書き続けるという強い意志からは、書けることへの感謝と喜びの気持ちが伝わってきます。

作家を志してから約二十年。今や多くの読者の支持を得てその名声も高くなり、『花明かり』に出てくる木兵衛《きへえ》や近江《おうみ》屋の頭取番頭利兵衛《りへえ》のような風格すら漂う域にありますが、初心を忘れず、謙虚な気持ちを持ち続け、書けることのありがたさ、読者や協力者への感謝の気持ちには、いささかもぶれがありません。

最近は、『小説ＮＯＮ』誌（祥伝社刊）で、初の現代ミステリーに挑戦するなど、時代小説以外にも幅を広げ注目されている一力さんですが、こうした姿勢が作品に込められている以上、「明日を味方」につけて、円熟した筆は、これからも多くの人の心の中に、あたたかい明かりをともし続けてくれることでしょう。

ますますのご活躍を、土佐の地より応援しています！

一〇〇字書評

切り取り線

花明かり

購買動機（新聞、雑誌名を記入するか、あるいは○をつけてください）	
□（　　　　　　　　　　　　）の広告を見て	
□（　　　　　　　　　　　　）の書評を見て	
□ 知人のすすめで	□ タイトルに惹かれて
□ カバーが良かったから	□ 内容が面白そうだから
□ 好きな作家だから	□ 好きな分野の本だから

・最近、最も感銘を受けた作品名をお書き下さい

・あなたのお好きな作家名をお書き下さい

・その他、ご要望がありましたらお書き下さい

住所	〒				
氏名		職業		年齢	
Eメール	※携帯には配信できません	新刊情報等のメール配信を 希望する・しない			

この本の感想を、編集部までお寄せいただけたらありがたく存じます。今後の企画の参考にさせていただきます。Eメールでも結構です。

いただいた「一〇〇字書評」は、新聞・雑誌等に紹介させていただくことがあります。その場合はお礼として特製図書カードを差し上げます。

前ページの原稿用紙に書評をお書きの上、切り取り、左記までお送り下さい。宛先の住所は不要です。

なお、ご記入いただいたお名前、ご住所等は、書評紹介の事前了解、謝礼のお届けのためだけに利用し、そのほかの目的のために利用することはありません。

〒一〇一・八七〇一
祥伝社文庫編集長　坂口芳和
電話　〇三（三二六五）二〇八〇

祥伝社ホームページの「ブックレビュー」からも、書き込めます。
http://www.shodensha.co.jp/bookreview/

祥伝社文庫

花明《はなあ》かり　深川駕籠《ふかがわかご》

平成27年2月20日　初版第1刷発行

著　者　山本一力《やまもといちりき》
発行者　竹内和芳
発行所　祥伝社《しょうでんしゃ》
東京都千代田区神田神保町3-3
〒101-8701
電話　03（3265）2081（販売部）
電話　03（3265）2080（編集部）
電話　03（3265）3622（業務部）
http://www.shodensha.co.jp/

印刷所　萩原印刷
製本所　関川製本
カバーフォーマットデザイン　中原達治

Printed in Japan ©2015, Ichiriki Yamamoto　ISBN978-4-396-34094-0 C0193

祥伝社文庫の好評既刊

祥伝社文庫の好評既刊

宮本昌孝
風魔（下）
天下を取った家康から下された風魔狩りの命――。乱世を締め括る影の英雄たちが、箱根山塊で激突する！

宮本昌孝
紅蓮《ぐれん》の狼
風雅で堅牢な水城、武州忍城を守るは絶世の美姫。秀吉と強く美しき女たちの戦を描く表題作他。

宮本昌孝
天空の陣風《はやて》 陣借り平助
陣を借り、戦に加勢する巨軀の若武者、疾風のごとく戦場を舞う！　無類の強さを誇る快男児を描く痛快武人伝。

宇江佐真理
おうねぇすてい
文明開化の明治初期を駆け抜けた、若い男女の激しくも一途な恋……。著者、初の明治ロマン！

宇江佐真理
十日えびす 花嵐浮世困話
夫が急逝し、家を追い出された後添《のちぞ》えの八重《やえ》。実の親子のように仲のいいおみちと日本橋に引っ越したが……。

宇江佐真理
ほら吹き茂平
うそも方便、厄介ごとはほらで笑ってやりすごす。江戸の市井を鮮やかに描く、極上の人情ばなし！